전설을 꿈꾸는

초보 영웅 들을 위한
지침서

전설을 꿈꾸는 초보 영웅들을 위한 지침서 6 (完)
조훈 판타지 장편 소설

초판 1쇄 찍은 날 § 2003년 1월 14일
초판 1쇄 펴낸 날 § 2003년 1월 24일

지은이 § 조훈
펴낸이 § 서경석

편집장 § 문혜영
편집책임 § 김희정
편집 § 장상수 · 권민정 · 이종민
마케팅 § 정필 · 강양원 · 이선구 · 김규진

펴낸곳 § 도서출판 청어람
등록번호 § 제1081-1-89호
등록일자 § 1999. 5. 31
어람번호 § 제1-0341호

주소 § 경기도 부천시 원미구 심곡1동 350-1 남성B/D 3F (우) 420-011
전화 § 032-656-4452 팩스 § 032-656-4453
http://www.chungeoram.com
E-mail § eoram99@chol.net

값 7,500원

ISBN 89-5505-416-5 (SET)
ISBN 89-5505-581-1 04810

●조훈 판타지 장편 소설

전설을 꿈꾸는

초보 영웅 들을 위한

지침서 6 결전의 그날
완결

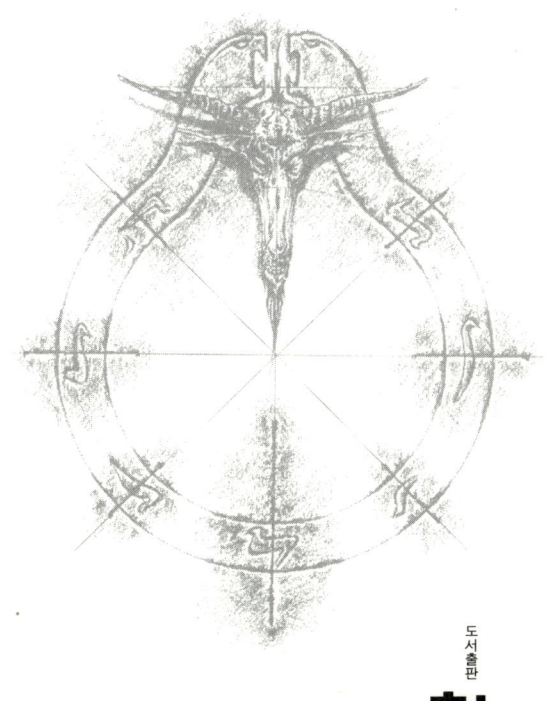

도서출판
청어람

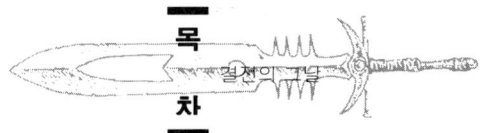

목
차

제19장 쌓여가는 의문

쌓여가는 의문

크라이스는 잠시 어이가 없다는 표정을 지은 채 아무 말도 하지 못하고 있었고, 몸에 구멍이 숭숭 뚫린 끔찍한 모습을 한 소녀는 하나 남은 눈으로 그런 크라이스를 바라보며 빙글빙글 웃고 있었다. 피 한 방울 흘리지 않는 걸 보면 확실히 사람이 아닌 듯 보이지만 그렇다고 해도 걸레처럼 누더기가 된 사람의 모습을 본다는 건 그리 기분 좋은 일이 아니었다. 그것도 그냥 안 움직이고 있는 것이 아니라 빙글빙글 웃으며 꿈틀대고 있다면 더욱더.

어찌 되었든 아무래도 제삼자가 될 수밖에 없는 내 입장으로는 둘이 하는 대화에 끼어들거나 할 수도 없었다. 가장 큰 문제는 지금 왜 크라이스가 소녀를 보고 이처럼 으르렁거리는가 하는 것도 모른다는 점이었으며, 그녀가 돕겠다는데 왜 황당해하는지 또한 당연히 알 수가 없다.

사실 일행에 여자 하나 더 낀다는데 내가 기분 나쁠 이유는 없었다. 물론 그게 온몸에 구멍이 뻥뻥 뚫리고도 깔깔거리는, 거의 괴물이나 다름없는 존재일지라도 말이다.

아, 그러고 보니 잠시 한눈을 판 사이에 어느샌가 그녀의 몸에 났던 구멍은 원래 모습대로 사라져 가고 있었다. 이거, 신기하네.

"농담하나?"

기도 안 찬다는 듯한 말투로 크라이스가 그렇게 잠시의 침묵을 깨고 입을 열자 소녀는 씨익 웃으며 고개를 살래살래 저었다. 마치 어린애를 어르는 듯한 표정으로 말이다.

"왜 이러실까. 내가 이렇게 일부러 찾아와서 농담이나 할 실없는 사람으로 보이나 봐."

그러자 크라이스는 당연하다는 듯이 바로 대꾸했다.

"응."

하하, 이거 무슨 개그도 아니고. 하지만 크라이스의 표정은 너무나 진지해서 그가 지금 농담을 하고 있다고는 생각할 수 없을 정도였다. 그냥 농담이라고 하기에는 기백이 너무 강했다. 하긴 그래서 왠지 더 우스운 상황일지도 모르지만.

"에?"

소녀 역시 갈피를 잡을 수 없었던지 지금까지의 어르는 듯한 말투와는 전혀 상관없는 말투로 그렇게 반응했다. 크라이스는 그런 그녀의 모습을 여전히 노려보며 천천히 입을 열었다. 왠지 불똥이 튀는 것 같은 그런 시선으로 말이다.

"실없는 말이 아닐 수도 있겠지. 하지만 절대 날 돕겠다는 말이 진담으로는 들리지 않는군. 네가 빙글거리며 하는 말치고 진담이 거의 없다는 정도는 바보가 아닌 이상 전부 알고 있는 사실이기도 하고 말이지."

난… 몰랐는데. 그럼 난 바보인 건가. 으윽. 난 그녀를 처음 본다고.

크라이스는 거기까지 말하고선 잠시 아무 말 없이 그녀의 시선에 똑바로 눈을 맞추고 노려보다가 한마디 한마디에 힘을 주어 말했다.

"네 속셈이 뭔지 정도는 간단히 알 수 있다. 영살검주에게 꼬리 치다가 공주가 나타나 둘이 죽이 맞으니까 속이 뒤틀리기라도 한 거겠지. 나잇값을 해라, 이 할망구야. 겉모습만 속인다고 네가 정말 소녀라도 된 걸로 착각하는 거냐?"

윽, 심하다. 옆에서 듣고 있는 내가 다 민망할 정도의 폭언이 아닌가 말이다. 하지만 막상 당사자인 그 소녀는 그러거나 말거나 다시금 생글생글 웃으며 대답한다.

"어머, 우리 라이 군이 나한테 서운한 게 많았나 봐. 왠지 전보다 남자다워진 거 같은데? 이젠 치마폭에 싸여 노는 애라고 보기는 힘들겠어."

뭔지 내용을 파악하기는 힘들지만 말에 가시가 있는 듯하다. 생글생글 웃으면서도 치마폭이 어쩌구 하는 걸 보면 좋은 말은 아닌 모양인 것 같다. 그건 크라이스의 표정만 봐도 알 수 있었다. 마치 금방이라도 폭발할 것같이 불그락푸르락 해대는데 보는 내가 다 불안할 지경이니 말이다.

"홍, 어차피 본체가 아니라고 마음대로 찧고 까부는군."

"어머, 우리 라이 군이 정말 화났나 보네? 귀여워."

뭐, 말싸움은 먼저 흥분하는 쪽이 진다던데 그 말이 맞는 것 같다. 폭언이라면 크라이스 쪽이 더 심했지만, 그러거나 말거나 생글거리면서 받아치는 품을 보아하니 아무래도 소녀 쪽이 훨씬 우세하다고밖에 볼 수가 없었다.

하지만 그것도 잠시, 갑자기 크라이스가 헛웃음 한번 내뱉더니 키득거리기 시작한다. 너무 열받다 보니 미치기라도 한 것일까?

"훗, 내가 왜 이따위 미친 노파와 점잖게 대화를 하고 있는 거지?"

그러더니 이내 손을 내뻗으며 뭐라 중얼거리다가 크게 부르짖는다.

"샤이닝 랜스!"

그리고 그 외침과 함께 크라이스의 손 앞에 둥근 광점이 형성되었다. 아니, 그렇게 느낀 순간 빛의 구체는 꿈틀거리며 무섭게 팽창하였고, 이내 미친 듯이 폭주하여 빛의 창으로 변해 사방으로 요동 치는 빛의 잔해를 남기며 곧장 소녀에게 달려들었다.

씨익.

어정쩡하게 선 채로 어쩔 줄 몰라 하면서도 그 모든 걸 똑똑히 보고 있던 나의 눈에 순간 소녀의 모습이 비쳤다.

그녀는 오히려 웃고 있었다!

순식간에 빛의 창은 그녀의 몸을 정확히 꿰뚫고 나갔다. 그녀뿐만이 아니었다. 빛의 창은 앞을 가로막는 모든 장애물을 없애 버리기라도 하겠다는 듯이 폭주하여 몇 그루의 나무를 쓰러뜨린 채 사라져 갔다.

빛의 창이 사라지고 나서야 몸 한가운데가 뻥 뚫린 소녀의 몸은 미소 띤 모습 그대로 뒤로 털썩 쓰러졌다. 그 끔찍한 모습에 나도 모르게 고개를 돌리려는데 갑자기 그녀의 입이 오물거리기 시작한다.

"나중에⋯ 다시 얘기하도록 하지."

그 말이 끝나는 순간 기묘한 바람이 한번 몰아치는가 싶더니 그녀의 몸은 형형색색의 연기로 변해 사라져 가기 시작했다.

기묘한 정적.

잠시 후 그 정적을 깨며 크라이스가 이렇게 중얼거렸다.

"짜증나는군. 빌어먹을."

분명히 이건 내 꿈인데 왜 이렇게 내가 모르는 일들이 많은 것인지.

크라이스는 좀 전에 나에게 윽박지르던 일 따위는 전부 잊어버린 듯이 씨근덕거리고 있었다. 나로서야 갑자기 나타났던 소녀가 황당한 소리 몇 마디 하고 유령마냥 사라져 버린 게 기분 나쁘긴 했지만, 그렇다고 해서 크라이스의 심정을 전부 이해한다는 건 역시 무리였다.

"저기……."

아무래도 궁금한 건 못 참는 성격인지라 웅얼거리듯이 그렇게 말을 걸어보았다.

"뭐냐?"

금방이라도 주위 사물이 얼어붙어 버릴 만큼 살기 어린 그의 말투에 움찔했지만, 그렇다고 여기서 내가 물러난다면 그것도 우스운지라 겁나는 걸 애써 참아가며 물어보았다. 하아, 이게 도대체 무슨 꼴인지.

"방금 그게 누군데 그러는 거야?"

그러자 크라이스는 시선을 돌려 금방이라도 날 죽일 듯한 무서운 눈초리로 노려보기 시작했다. 나같이 순수하고 여린 소년이 그런 살기 어린 시선을 아무렇지도 않게 받아들인다는 건 역시 무리가 있는 일인지라 순간 움찔했으나 내가 누군가, 일단은 영웅 역할 아닌가 말이다. 이런 건 아주 사소한 시련의 하나일 테니 내 즐거운 마음으로 받아주지.

크라이스는 내가 실실 웃으면서 그의 시선에 똑바로 응대하자 기도 안 찬다는 표정으로 바라보더니 이렇게 말했다.

"너, 정말 기억을 잃어버린 거냐?"

뭐, 뻔한 패턴이라고나 할까. 일단은 내 상황이 그렇게 되어 있는 모양이니 그렇다고 해주지 뭐.

"그런가 봐."

"허어… 안 그래도 바보인데 거기서 더 바보가 됐으니 너도 참 불운한 놈이구나."

이, 이거 화내야 하는 거 아닌가? 뭐랄까, 굉장히 기분이 나빠지는 거 같은데. 왜 자꾸 바보바보 하는 거야? 우씨.

생각 같아서야 정말 그대로 쥐어박아 버리고 싶지만, 일단은 공주를 구하는 데 있어서 꼭 필요한 마법사 동료이니 내가 참는다. 사실은 이 녀석이 좀 무섭기도 하지만.

"하, 하… 아니, 뭐 그런 거지."

화낼 수도 없고, 그렇다고 그냥 꾹 눌러 참을 수도 없는 상황인지라 이런 어정쩡한 대답이 나와 버리고 말았다. 말하고 나서야 비로소 후회했지만 이미 나와 버린 말을 어쩌겠는가. 후, 나 아무래도 정말 바보인 건가.

크라이스도 같은 생각이었던지 고개를 절레절레 저으며 한숨을 푸욱 내쉬고 아까보다는 그래도 약간 누그러진 말투로 얘기하기 시작했다.

"방금 그건 영살검주의 부하다."

"영살검주?"

오오, 바로 용사의 적으로 되어 있는 공주를 납치한 그 영살검주의 부하란 말인가! 이거 멋진데!

역시 뭔가 되는 건가 보다. 그 무안의 성인지 뭔지에 가기도 전에 내

응하겠다는 부하가 달려오다니. 하하, 역시 영웅은 잘나고 봐야 한다니까.

기분이 좋아서 혼자 씨익 웃는데 그게 못마땅했던지 크라이스가 여전히 한심하단 눈으로 쳐다본다.

"왜 웃는데?"

"아니, 그냥. 이거 일이 잘 풀린다 싶어서……."

"너, 정말 바보냐?"

"에?"

아니, 근데 이 녀석은 왜 볼 때마다 자꾸 바보라는 거야? 내가 기억을 잃어버린 상태로 되어 있으면 그냥 순순히 몰라서 그런가 보다 하고 생각할 것이지. 뭐야, 도대체. 사람 기분 나쁘게시리.

"아까 내가 하는 말은 어디로 들은 거냐? 저 미친 할망구가 정말로 도와주려고 그러는 건 줄 알아? 그 속에 뭐가 들었는지 네가 아냔 말이다. 네 앞에서 실실거리고 웃어주면 죄다 네 편인 줄 아는 거냐?"

아니, 뭐 그렇게 말한다면 할 말은 없지만 그래도 난 용사인데…….

하지만 아는 바가 없는 나로서는 거기에 뭐라고 답변할 말이 딱히 없었다. 크라이스는 내가 그렇게 어물대고 있자 거의 경멸스러운 눈초리로 바라보다가 문득 외면하며 씹어삼키는 듯한 목소리로 혼잣말처럼 중얼거렸다.

"자신 외에는 아무도 믿지 마라. 설령 사랑하는 사람일지라도."

뜻 모를 한마디를 남긴 채 크라이스는 어느샌가 몸을 돌려 나에게서 멀어져 가고 있었다. 음, 아무래도 정말 세상 피곤하게 사는 녀석인 것 같다.

나 역시도 덕분에 께름칙한 기분이 되어 머리를 긁적이며 그를 따르려 했지만, 문득 뭔가 잊어버린 게 있다는 느낌이 들었다.

아차, 설거지!

크흑, 분위기 있는 대로 잡아놓고 그렇게 가버리면 어쩌란 말이야. 이 많은 설거지거리를 나보고 어쩌라고. 크라이스 녀석 설거지 하기 싫으니까 괜히 연극한 거 아니야, 이거?

하지만 아무리 속으로 으르렁거려 봐야 이미 크라이스는 시야에서 사라진 후였다.

은근슬쩍 설거지거리를 전부 떠넘기다니. 이런 식으로 크라이스의 말에 동의하긴 싫지만, 정말 세상에 믿을 놈 하나 없는 건 확실한 것 같다.

정말 울며 겨자 먹기로 설거지를 모두 마치고 크라이스를 뒤따라 돌아와 보니, 이미 모두들 짐을 다 챙겨서 떠날 준비를 마친 후 날 기다리고 있었다.

"그릇을 만들어 와? 왜 이렇게 시간이 걸려?"

보자마자 대뜸 엘리스의 이런 말이 내 고막을 울렸다. 나라고 늦고 싶어서 늦었겠는가. 크라이스 녀석이 내빼서 혼자 다 했으니 그만큼 시간이 걸릴 수밖에 없는 노릇 아니겠는가 말이다. 그렇다고 대충 했다가는 또 나중에 무슨 쿠사리를 먹을지 모르는 판에 하는 척만 할 수도 없는 것 아니냐고.

이런 마음을 담아 절실한 어조로 나의 억울함을 호소해 보려고 했으나……

"그게… 내가 늦으려고 해서 늦은 게 아니라……"

"됐으니까 빨리 타기나 해. 지금 노닥거릴 시간 없어."

"……"

내 의견 따위는 들을 필요도 없다는 듯이 얼른 뒤에 타라고 재촉을 해댄다. 내가 설거지에 시간이 좀 걸린 건 사실이지만, 그렇다고 이렇게 무슨 머슴마냥 취급할 건 없지 않겠는가. 적어도 난 이 무리에서 가장 중요한 용사인데 말이다.

꿈은 현실의 반영이라더니 그게 맞는 말인 건가. 내가 아무리 현실에서 애물단지 취급받는 몽상가라고는 해도 꿈이라면 평소 내가 생각해 왔던 그런 모습이 나올 수도 있는 것이 아닌가 말이다.

"빨랑 타!"

"어? 응!"

벼락같은 엘리스의 호통에 그릇을 대충 얼기설기 싸서 짐 보퉁이에 쑤셔 넣고 어기적 그녀의 등 뒤에 올라탔다. 아니, 뭐 내가 특히 그녀를 무서워해서라기보다는 왠지 모를 박력이 전해져 오는 게 그렇게 하지 않으면 그냥 내가 따라오거나 말거나 가버릴지도 모른다는 생각이 들었기 때문이다.

그런 내 모습이 어지간히도 어리숙해 보였던가 보다. 돌아보니 제드밀란은 히죽거리면서 웃고 있었고, 그나마 침착해 뵈던 루스 역시 씨익 웃고 있었다. 메프는 푸근한 미소를 짓고 있었고, 그녀를 태우고 있는 크라이스는 코웃음을 한번 친 후 외면해 버린다. 같은 웃음인데도 왜 죄다 이렇게 다른 건지. 왠지 별로 기분은 안 좋았지만, 그래도 용사된 마당에 일일이 이런 내색을 보일 수도 없는 노릇인지라 그냥 멋쩍게 씨익 웃어주고 말았다.

"시간없다. 출발!"

하지만 그것도 잠시, 엘리스의 외침이 울리자 모두들 표정을 굳힌 채 일제히 말에 박차를 가했다. 나야 뭐, 기겁을 하고 놀라서 엘리스의 허리를 꽈악 끌어안은 게 전부긴 하지만.

"더듬지 말라고 했지!"

"아니, 그게……."

그럼 뭘 잡으라는 거야. 어쩔 수 없는 거 아니냐고…….

아무튼 여느 때와 다름없는 출발을 하긴 했는데… 출발하고도 한참이 지나서야 이전과 다른 점 한 가지를 알 수 있었다. 말에 전부 재갈이 물려서 소리를 내지 않았으며, 여전히 빠른 속력이기는 했지만 이때까지와는 달리 루스와 제드밀란이 앞서거니 뒤서거니 하며 마치 나와 엘리스, 그리고 크라이스와 메프가 탄 말을 호위하는 듯한 모습으로 달리고 있었다.

그만큼 적의 근거지에 가까워졌다는 뜻일까. 그렇게 생각하고 보니 그들의 시선이나 행동 하나하나가 예전보다 훨씬 신중해졌다는 게 느껴진다. 뭐, 착각이라면 할 말 없지만.

어쨌든 그렇게 되고 보니 이전보다 이동 속도가 떨어질 수밖에 없는 건 당연한 일이었다. 덕분에 좀 여행이 편해졌다면 그나마 다행이라고 해야 하는 건가.

몸이 편해지면 당연히 잡생각이 많아지는 법. 그리고 그런 생각들 중에서도 가장 먼저 내 머리 속에 자리 잡은 건 왜 갑자기 이런 변화가 생겼느냐 하는 것이었다. 아무래도 내가 가장 중요한 위치여야 하는데 내 뜻과는 상관없이 일들이 벌어지니 좀 기분 나쁘다는 점도 있었다.

아무래도 말을 모는 중에 말을 거는 건 별로 권장할 만한 사항이 아닌지라 마구마구 치솟는 궁금증을 억지로 눌러가며 시간을 보내야만 했다. 궁금한 거 참는다는 게 보통 사람으로서도 무척 힘든 일인데 나 같이 호기심 왕성하고 상상력 풍부한 사람이라면 그건 거의 고문도 그냥 고문이 아니다.

참는다고 참아보았지만, 결국 인내심이 호기심만큼 강하지 못한 난 어쩔 수 없이 엘리스의 등에다 대고 조용히 물어보았다.

"저기, 무슨 일 있었어요?"

나름대로 조용히 물어본다고 하긴 했는데 정작 돌아온 대답은,

퍽!

"뭐 하는 거야!"

"캑!"

대뜸 날아온 엘리스의 팔꿈치였다. 덕분에 난 하마터면 말 등에서 굴러 떨어질 뻔하고 말았다. 세상에, 어째서 이런 반응이 나오는 거냐고!

아픈 것도 있지만 황당해서 이번엔 나도 목소리를 키웠다.

"왜 때려요!"

"이젠 부비적대다 못해서 변태 짓까지 하는 거야? 죽고 싶어?!"

변태… 짓이라니? 내가 뭘 어쨌길래? 그냥 등에 대고 말 한마디 한 것뿐인데. 흔들리는 말 위에서 안 떨어지려고 좀 달라붙어서 등에다 입 대고 말하긴 했지만, 그러면 오히려 잘 알아들을 수 있는 거 아닌가?

어이가 없기도 하고, 왠지 억울하기도 해서 가만있을 수가 없었다. 너무 하잖아, 이건!

"변태라뇨! 내가 뭘 어쨌길래!"

"됐거든? 정신 산란하니까 하고 싶은 말 있으면 나중에 해줘, 마스터."

억울하지만 그렇게 말해 버리니 뭐라고 대꾸할 수가 없었다. 언제가 돼야 난 진정한 용사로 대접받을 수 있는 걸까.

하지만 내가 그렇게 투덜거리든 말든 왠지 진지한 분위기로 일행은 결국 날이 어두워질 때까지 죽어라 달리기만 했다. 나 역시 더 이상은 왠지 긴장된 듯한 분위기에 질려 이런저런 말도 제대로 해보지 못했다. 궁금한 건 궁금한 거지만 그래도 또 얻어터지기는 싫었기 때문이다. 한두 번도 아니고 여자한테 이리 쥐어 터져서야 용사 체면이 말이 아니지 않은가.

어찌 되었든 간에 마침내 해가 져가는 시점이 되어서야 난 겨우 한숨을 돌릴 수 있었다. 왠지 숨 막히는 듯한 분위기도 싫었고, 내가 직접 모는 것이 아니더라도 하루 종일 말 등에서 누구 말마따나 얻어터지지 않을 정도로만 부비적거리는 것도 의외로 신경을 많이 잡아먹는 일이었으니까.

이전보다 천천히라고는 해도 여전히 빠른 속도로 이동하던 일행들은 어느 계곡 어귀에서 점차로 속력을 줄이기 시작했다. 작은 산 두 개가 마치 쌍둥이처럼 서 있는 사이로 난 조그만 고개라고 해야 하나? 그다지 높지도 않고 험해 보이지도 않는 평범한 작은 고개였지만, 웬일인지 서로 말이라도 맞춘 것마냥 서서히 속력을 줄이더니 그 앞에서 모두 멈추어 선 것이다.

"오늘은 이 아래에서 쉬는 게 낫겠는데."

한동안 멈추어 선 채로 잠시 여기저기 둘러보던 엘리스가 먼저 그렇게 입을 열었다. 그러자 루스가 잠시 무언가를 생각하더니 조심스럽게 대답했다.

"차라리 그냥 오늘 여길 넘어가는 게 낫지 않을까?"

그러나 엘리스는 이내 그 말에 고개를 저으며 대답했다.

"이미 이곳은 영살검주의 세력 범위이고, 누군가 벌써 우리 동태를 파악하고 있다면 저 위쪽은 고립되기 딱 알맞아. 이 고개의 양 입구만 막아버리면 옴짝달싹할 수 없을 테니까. 아무래도 이 아래에 있는 편이 낫다고."

"그건 맞는 말이지만 우리는 좀 더 빨리 이동할 필요가 있어. 이건 시간을 다투는 문제니까. 게다가 위쪽에서는 주위의 움직임을 파악하기 더 쉬울 테고. 만약 습격이 있다면 막아내기 더 수월할 텐데. 그렇지 않은가?"

그러자 그때까지 잠자코 듣고 있던 크라이스가 한마디 했다.

"그건 저 기사의 말이 맞다. 아무래도 시야가 트인 고지 쪽이 마법 쓰기에도 편하고."

내 생각에도 일단 적에게 공격당하는 거라면 지형이 높은 곳을 먼저 취하는 쪽이 더 유리하다고 생각되었다. 뭐, 고지의 중요성이야 병사를 운용하는 데 있어서 가장 기본적인 참고 사항의 하나니까 말이다. 나같이 그저 소설이나 좀 읽은 자라도 이미 알 수 있을 만큼 말이다.

하지만 엘리스는 요지부동 뜻을 굽히려 들지 않았다.

"아니, 둘 다 일리있는 말이지만 우린 지금 군사를 몰아 영살검주를 공격하려는 게 아니야. 고작해야 여섯 명이 몰래 남의 보물단지를 훔치러 가는 거지. 이럴 땐 도둑의 의견을 듣는 게 좋을 거야."

어쩐지 그 말도 일리가 있었다. 사실 그 수가 얼마나 되는지도 모를 영살검주의 부하들과 정면으로 맞붙는다는 것도 말이 안 되는 일일 테니까. 이거야 원, 둘 다 말이 그럴싸하니 어느 쪽 편을 들어야 할지 모르겠군.

잠시 이러지도 저러지도 못하는 사이에 어느새 해는 완전히 져버려서 주위가 온통 어두워져 버렸다.

곰곰이 생각해 보면 이건 지금 우리들의 가장 중요한 문제점이 표출된 것이라고 할 수 있었다. 별로 이런 얘기는 하고 싶진 않지만 리더가 없다 보니 어떤 문제도 쉽게 결정하지 못하는 것이라고나 할까. 이제까지는 영살검주의 입김이 그다지 강하지 않은 지역이었던지라, 그냥 어떻게 대충 다 넘어가고는 했는데 막상 점점 긴장이 되기 시작하자 서로 옳다고 생각하는 것을 쉽게 포기하려 들지 않는 것이다. 단순히 피크닉 가는 게 아니니 당연한 일인지도 모르겠지만. 쩝.

원래는 용사 역인 내가 강한 리더십을 발휘해서 이들을 이끄는 게 원칙이겠지만, 너무 바보 취급을 당해 버려서 왠지 나서기도 좀 껄끄러웠다. 괜히 말 한마디 잘못했다가 쿠사리나 얻어먹긴 싫었기 때문이다. 그나마 엘리스가 이제까지 리더 비슷한 역할이긴 했는데, 이젠 그것도 통하지 않는 것 같았다.

"어찌 되었든 이미 해도 졌으니 빨리 결정하는 게 좋겠습니다만."

지켜보고 있던 제드밀란도 답답했던지 그렇게 말했다.

"내 생각에는 엘리스 언니의 말이 여기선 옳은 것 같아요. 게다가 어두워진 고갯길을 가는 것보단 그게 덜 위험하지 않을까 싶네요."

제드밀란의 말이 떨어지자 기다렸다는 듯이 메프가 그렇게 말했다. 언제나 내게 사근사근하게 대했던 그녀의 말투와는 조금 이질적인 차분한 음성이었다.

어쩌다 보니 남자와 여자의 의견 대립으로 번지는 양상이군. 물론 나나 제드밀란은 여전히 멍청한 표정으로 그걸 지켜볼 뿐이었지만. 단순히 다수결로 따질 수 없는 문제이니 우리가 끼어들어 봐야 나아질 것도 없는 문제이고.

잠시 곰곰이 뭔가를 생각하던 루스는 이미 어두워진 고갯길을 한번 둘러보고는 어쩔 수 없다는 듯이 고개를 저었다.

"할 수 없군. 오늘은 일단 이곳에서 머무는 수밖에. 지낼 만한 곳이 있는지 돌아보고 오지."

아무 말 없이 의견만 제시해 놓고 지켜보던 크라이스도 별다른 말 없이 고개를 끄덕였다. 아무래도 어두운 고갯길을 이동하다 습격받는 건 사양이었나 보다.

썩 명쾌하지는 않더라도 일단 의견 일치를 본 셈인가.

루스는 천천히 말을 몰아 자신이 말한 대로 주위를 살피기 위해 천천히 움직이기 시작했다.

"이제 거의 다 온 건가요?"

은연중에 오늘 하루 종일 조심스럽게 이동했던 이유도 알게 된 셈인건가. 영살검주의 세력권이라. 하지만 난 별다른 느낌을 받은 게 없었는데.

아, 역시 아까 나타났던 그 소녀 때문인가?

그러고 보니 이제야 왠지 섬뜩한 느낌이 들었다. 도대체 그녀는 우리가 여기 있는 걸 어떻게 알고 찾아온 것일까. 그것도 그냥 나타난 게 아니라 크라이스가 무리에서 떨어지길 기다렸다는 듯이 그 장소에 별안간 나타난 것이니 이미 계속 우리들을 지켜보고 있었다는 얘기가 되는 셈이다.

뒤늦게야 일행들이 지니고 있던 긴장감의 실체를 알아챈 내가 잠시 주위를 힐끔거리고 있는데 어디선가 말발굽 소리가 들리기 시작했다. 루스일까? 벌써 다 돌아보고 온 건가?

하지만 엷게 드리운 어스름 속에서 말을 타고 나타난 모습은 이전까지 본 적 없는 또 다른 사람이었다.

짧게 친 머리와 조금 째진 듯한 작은 눈, 그리고 밀어버린 것처럼 깨끗한 눈썹. 무엇보다도 한쪽 뺨에 검게 새겨진 이상한 모양의 검은색 문신. 키는 보통 어른들과 별 차이 없어 보였고, 그 외에는 나이를 추측하기 힘들다는 정도가 특징이었다.

이 남자는 또 누구지?

"오랜만이군, 소년."

그는 다른 사람은 일절 무시하고 대뜸 나를 향해 그렇게 인사를 건넸다.

누구지? 내가 아는 사람인가? 난 저런 사람 모르는데. 도대체 누구길래 날 아는 척하는 거지?

확실히 꿈속에서의 일이니 그럴 수도 있는 일이겠지만 그렇게 납득을 하더라도 이거야 뭐 계속 일이 이상하게 흐르는 분위기가 아닌가. 왜 전부들 이렇게 느닷없이 나타나는 거지. 아무리 꿈이라고는 해도 이건 억지라구.

물론 그런 생각은 나만 가지고 있는 건 아니었다.

"당신은… 예전에……."

어쩐지 긴장된 어조로 엘리스가 그렇게 남자를 향해 말했다. 그녀 역시도 이 갑작스러운 불청객의 존재가 놀랍기는 매한가지였나 보다. 나름대로 주의하면서 이동한다고 했는데 또다시 느닷없는 불청객이 찾아들었으니 그건 어쩌면 당연한 일이었다.

하지만 당사자인 그 남자는 말에서 내리더니 공격 의사가 없다는 것을 표시하기 위해서인지 손을 펼쳐 보인 채 엘리스는 무시하고 나를 향해 다시 말을 걸었다.

"기억할는지는 모르겠지만, 일단 다시 소개를 하도록 하지. 내 이름은 발드레드 파라노미어. 벨더의 수장이다."

뭔가 분위기 잡으며 벨더라는 단어에 힘을 잔뜩 주고 말하기는 하는데 그게 뭔지 모르는 나로서는 그저 어리둥절할 수밖에 없었다.

하지만 상대가 소개를 했는데 그냥 있다면 그것도 예의가 아니겠지. 일단은 저렇게 공격 의사가 없다는 표시까지 하고 나오는데 말씀이야.

그렇게 생각이 정리되자 난 엘리스의 등 뒤에서 떨어져 땅에 내려선후 약간 허리를 굽히며 인사했다. 어차피 이렇게 된 거 인사한다고 죽는 것도 아니고 날 아는 척해주는데 그냥 무시할 수도 없는 노릇이니까.

"제 이름은 토머스 루크레노 베라크루스입니다. 만나뵈어서 반갑습니다."

나름대로 성의껏 대답을 한다고는 했는데 제대로 한 건지나 모르겠다. 예법을 배웠다고는 해도 써먹은 적이 없어서 불안하다고 하는 게 맞겠지. 하지만 지금은 그게 먼저가 아니었다.

또다시 나타난 새로운 불청객. 언뜻 보기에도 꽤난 실력있어 뵈는 분위기를 물씬 풍기는 대단한 위압감을 지닌 사내였다. 도대체 어떻게 된 노릇인지 알 도리도 없었지만, 길 가다 우연히도 아니고 기다렸다는 듯이 떡하니 길을 막아서는데 긴장하지 않는다면 그게 어디 사람이겠는가. 게다가 우리는 혹시라도 누군가에게 족적을 들킬까 봐 하루 종일 신중하게 이동해 오지 않았던가.

최소한 누군가 우리 뒤를 밟고 있던가, 그것도 아니라면 우리의 진행 방향을 모조리 꿰뚫고 있지 않다면 이렇게 공교로운 일이 벌어질리가 없다는 점에 생각이 미치자 이때껏 그나마 태평했던 내 기분마저도 왠지 싸하게 식어 내리는 듯한 느낌이었다.

혹시나 또 다른 일행이 있나 싶어서 내 일행들은 일제히 다시금 감각을 곤두세우고 주위를 둘러보기 시작했다. 눈썹 없는 사내는 그걸 보고는 누구에게라고 할 것도 없이 천천히 입을 열었다.

"둘러볼 필요는 없다. 어차피 나 혼자이니."

언뜻 보기에도 살기등등한 우리 일행의 반응에는 관심도 없다는 투로 그렇게 넌지시 말하자 그때까지 그에게서 시선을 떼지 않고 있던 엘리스가 그의 말에 나직이 대꾸했다.

"내 기억이 맞는다면 당신은 아마도 영살검주의 부하였던 것 같은데⋯⋯."

발드레드라는 이름의 눈썹 없는 사내는 그 말에 엘리스를 힐끔 보더니 왠지 신경에 거슬린다는 듯한 투로 눈을 가늘게 떴다. 엘리스의 미모는 남자라면 모두가 한 번쯤은 흘깃거릴 정도로 대단한 것이라 저런 식으로 귀찮다는 표정을 짓는 사람이 이제껏 없었다. 하지만 정작 당사자인 엘리스는 그런 건 아무 상관도 없다는 듯한 표정으로 그의 시선에 정면으로 응수하고 있었다.

아니, 그것보다 중요한 건 방금 엘리스가 한 말이었다. 영살검주의 부하라고? 아까 보았던 소녀 역시 영살검주의 부하라고 했다. 왠지 인간 같지 않던 그 소녀가 사라진 지 한나절도 채 되지 않아 또다시 나타난 영살검주의 부하라니. 우리의 움직임은 이미 모두 포착되고 있단 말인가?

하지만 그렇다고 보기에는 또 석연치 않은 점이 있었다. 기왕에 우리의 움직임을 모두 알고 있고 그 이유가 뭔지도 이미 짐작하고 있다면, 왜 이런 식으로 한 사람씩 나타나는 것인가.

적어도 우리의 움직임이 이미 다 드러나 있다는 건 부정할 수 없는 사실이었다. 우연히 길 가다가 영살검주의 부하를, 그것도 한눈에 이건 정말 대단한 인물이겠다 싶은 사람이 연속으로 등장한다는 건 말이 안 되는 일이니까.

이 남자는 또 무슨 목적을 가지고 있는 것일까. 이자 역시 우리를 돕겠다고 그럴까? 아니면 혼자서도 충분히 우리 모두를 잡을 수 있다고 생각하는 걸까.

나름대로 긴장해서 그의 모습을 똑바로 바라보고 있었지만, 그는 여전히 실눈을 뜬 채 엘리스를 바라보고만 있었다.

"상관없다."

상관없다? 뭐가 상관없다는 것일까? 영살검주와 상관없다는 소리인가? 아니면 또 다른 무엇이 있다는 소리인가?

"그와는 원래 동맹. 하지만 그는 신의를 어겼고, 덕분에 내 명예가 더럽혀졌다."

점점 더 모를 말만 한다. 하지만 지금 말을 종합해 보면 원래는 영살검주와 동등한 위치에 있었지만 무언가 영살검주가 그에게 잘못을 저질렀고, 거기에 실망해서 이렇게 우리 앞에 나섰다… 뭐, 이렇게 되는 건가?

잽싸게 머리를 굴려 일단 그의 말속에 담긴 의미를 풀어보았지만 그렇다고 해도 이해가 안 가는 부분이 한두 가지가 아니었다. 분명 영살검주와 동등한 위치에 있는 자였다면 그만큼의 세력이란 것이 있었을 텐데 그가 덜렁 혼자 나타났다는 점이 제일 먼저 생각났다.

어떤 세력에서 동등한 위치를 가진다는 건 혼자만 잘나서 되는 게 아니다. 역량, 인맥, 능력같이 개인적인 부분 외에 다른 여러 가지가 모두 포함되어야 비로소 어떤 집단에서 개인의 위상이라는 게 정립이 되는 거니까 말이다. 무슨 동네 골목대장이 아닌 바에야 혼자 아무리 잘났다고 해도 소용이 없는 이치다.

영살검주라면 일단 왕국에 대치하고 있는 세력의 영수이고, 그러려면 그만큼 막강한 힘을 가지고 있을 게 당연한 일이었다. 그리고 그런 그와 동맹 관계였다면 적어도 그가 우습게 볼 만한 역량을 가지고 있지는 않을 것이다.

어째 생각이 자꾸 엉뚱한 데로 치닫는 느낌이다. 가뜩이나 잡생각 많다고 늘상 로즈한테 구박당하는데 꿈속에서도 이러면 안 되지. 침착, 또 침착.

"그거라면 대충 무슨 일 때문에 그러는지는 알겠어요. 하지만 아무래도 이건 과장되어 있다는 느낌을 지울 수가 없네요."

억지로라도 침착해 보려고 머리를 두들겨 보고 있는데, 느닷없이 다시금 엘리스가 그렇게 질문을 던졌다. 어째 이 사람에 대해 잘 안다는 듯한 그런 느낌이 드는 게 단순히 착각이라고는 생각이 안 되는데. 나만 그런 건가. 하지만 아까부터 아무도 말을 못하는데 혼자서만 말을 붙이는 것도 그렇고.

"과장?"

게다가 아까부터 왠지 엘리스를 유심히 보고 있는 발드레드의 표정도 뭔가 의미가 있어 보였다. 단순히 외모에 대한 호기심이라고는 할 수 없는 그런 표정이었다.

여기에도 뭔가 내가 모르는 사실이 있는 걸까. 기억을 잃은 상태라는 건 꽤 편한 설정이지만 기분 좋은 일은 아닌 것 같다. 하지만 이런 꿈 꾸는 것도 흔한 일은 아니니 그냥 즐겨보는 게 좋을지도 모르겠다.

"분명 당신이 영살검주에게 기분이 상했을 거라는 건 인정해요. 왕성 외곽에서 마스터와 벌였던 그 결투의 결말을 생각해 보면 자존심 강해 보이는 당신이 얼마나 기분이 상했을지는 충분히 이해가 가는 일이지요. 하지만 그렇다고 동맹이란 걸 무시할 정도라고는 생각되지 않네요."

"이유는?"

"당신은 한 무리를 이끄는 수장이에요. 당신 입으로 벨더의 수장이라고 말했고, 벨더라는 이름이 제가 알고 있는 바로 그것이라면, 당신은 이미 몇 년 전부터 영살검주와 동고동락하는 사이라고 할 수 있죠. 사실상 영살검주가 왕실에 반역하게 된 시발점이라고도 할 수 있을 테니까요. 그런 당신이 기분 좀 나쁘다고 그를 버리겠다? 이해가 안 가요. 당신이 벨더라는 이름을 버렸다면 모르겠지만 방금 전에도 당신은 분명히 벨더의 수장이라고 자신을 소개했죠."

"흠."

가늘게 뜬 눈으로 발드레드의 시선이 잠깐 번쩍이는 듯싶었다. 그는 별다른 말 없이 계속 엘리스를 바라보고 있다가 처음으로 입가에 미소를 띠더니 조용히 한마디 말을 내뱉었다.

"그래서 아무래도 내가 미심쩍다 이 말이로군."

"그래요. 당신이 지금 내세우는 이유는 진짜가 아닐 것이란 뜻이죠."

"재미있군."

발드레드와 엘리스를 제외한 모든 인원들은 지금 이 두 사람이 나누고 있는 대화에 집중하고 있었다. 아니, 루스와 크라이스는 그마나 혹시라도 모를 매복을 두려워하며 여전히 주위를 살피는 기색이었지만 그런 그들 역시도 주의는 온통 두 사람의 대화에 집중된 상태였다.

나로선 역시 그 벨더라는 것이 무엇인지가 우선 궁금했지만 그걸 알려줄 엘리스는 여전히 발드레드라는 눈썹 없는 남자와 신경전을 벌이고 있었으며, 그렇다고 쪼르르 다른 사람에게 달려가 물을 수도 없으니 그냥 궁금함을 참고 견디는 수밖에 없었다.

잠시 동안 그렇게 침묵을 지키고 있던 발드레드는 여전히 자신에게서 시선을 떼지 않고 있는 엘리스에게, 아니, 그녀에게랄 것도 없이 곧 시선을 돌리며 모두에게 들으라는 투로 크게 말했다.

"어찌 되었든 난 너희들을 도울 것이다."

"언제 등 뒤에서 검을 들이댈지 모르는 사람을 맘 편하게 데리고 다닐 만큼 신경이 굵지 못합니다만."

엘리스가 그처럼 대꾸하자 발드레드는 가당치도 않다는 듯이 피식 웃더니 이렇게 대꾸했다.

"검이라면 지금도 들이댈 수 있다."

그 말이 떨어지자 서로 약속이라도 한 것처럼 제드밀란과 루스가 일제히 검을 뽑아 드는 소리가 들려왔다. 그러자 엘리스는 손을 들어 금방이라도 덤벼들 것만 같은 기세의 그들을 제지하고는 차분하게 말했다.

"이전에 분명 제 마스터에게 패배했던 걸로 기억합니다만."

"분명히 그랬지."

느닷없이 그의 시선이 나를 향했다.

그리고 그 순간 시야가 모두 암흑으로 변해 버렸다!

암흑, 또 암흑.

그 암흑 속에서 빛나고 있는 단 하나의 눈동자.

갑자기 온몸이 무언가에 꽉 붙들린 것마냥 옴짝달싹할 수 없게 되어 버렸다. 시선을 돌리려고 해도 몸이 움직이질 않는다.

그저 아무것도 없는 캄캄한 어둠 속에 그의 눈동자만이 나의 뇌리 속으로 파고드는 그런 느낌.

숨이, 숨이 막혀온다!

더 이상 참을 수 없어 가슴을 움켜쥐려 해도 마치 내 손이 아닌 것처럼 움직이질 않는다.

더, 더 이상은!

바로 그때였다. 희디흰 무언가가 내 눈앞에 내밀어진 것은.

"후우……."

순식간에 주위의 사물이 제 모습을 찾는다. 어두운 건 마찬가지였지만 그 끔찍한 암흑에 비하면 대낮이나 다름없었다.

그제야 숨통이 트이며 겨우 호흡이 제대로 돌아왔다. 어느샌가 등줄기와 이마 사이로 땀이 비 오듯이 흘러내리고 있었다. 도, 도대체 이건.

겨우 제정신이 돌아오고 나서야 내 눈앞을 가로막은 물체가 무엇인지 알 수 있었다. 그것은 바로 엘리스의 손이었다.

그녀가 손을 내려 발드레드의 시선을 가로막은 것이다.

"장난이 심하시군요."

하나 곧바로 들려온 것은 승리의 기색을 감추지 않은, 약간 빈정대는 듯한 발드레드의 목소리.

"역시 그랬군."

"……."

엘리스는 대꾸하지 못하고 그저 입술을 한번 깨물 뿐이었다.

"용기가 가상했다. 그것뿐이라 문제지만."

마치 눈앞에 아무도 없다는 듯한 그 말투. 아무리 성격 좋은 나라고 해도 울컥할 수밖에 없었다.

하지만 내가 울컥하기 전에 그 역할은 이미 예약되어 있었다.

누군지 안 봐도 뻔한 일. 안 그래도 엘리스에게 눈이 돌아가 있는 제드밀란이었다.

히히히힝!

한차례 울려 퍼지는 말 울음소리에 고개를 돌려 보니 제드밀란의 말이 두 다리를 곤추세운 채 울부짖고 있었다.

이미 칼은 빼 든 상태였고 그저 말을 몰기만 하면 되는 상태.

급하게 고개를 돌려 발드레드를 바라보았다.

하나 그는 그걸 보고도 눈 하나 깜짝하지 않았다. 아니, 오히려 보일 듯 말 듯 입술 한쪽이 치켜 올라가고 있었다.

비웃고 있는 것이다!

"그만둬!"

비명과도 같은 엘리스의 외침이 들려왔지만 이미 제드밀란의 말은 발드레드를 향해 달려들고 있었다. 그리고 동시에 무언가가 급하게 내 머리카락을 끌어당겼고, 마치 눈에서 불똥이 튀는 듯한 그 아픔에 난 정신 차릴 겨를도 없이 우당탕 널브러지고 말았다.

"어이쿠!"

반사적으로 머리를 얼싸안으며 널브러져 버린 나는 정신이 하나도 없는 상태였다. 눈을 가늘게 뜨고 아픈 머리를 쓰다듬으며 몸을 일으키는 그 순간, 무엇인가 검은 그림자 하나가 내 눈앞을 스쳐 지나갔다.

아니, 지나갔다고 느낀 순간 들려오는 외마디 비명 소리.

"크헉!"

아픈 것도 잊고 화들짝 놀라 벌떡 일어섰다.

하지만…

그때 내 시야에 들어온 건 뒤돌아선 발드레드와 땅바닥에 널브러져 꿈틀대고 있는 제드밀란의 모습과 저만큼 나아가 멈추어 선 채 투레질을 하고 있는 말 한 마리였다.

이럴 수가.

"다음은?"

천천히 다시 몸을 돌리며 발드레드는 그렇게 말했다.

달리는 말의 위압감이란 건 말로 표현할 수 있는 게 아니다. 뻔히 달려오는 것을 두 눈으로 멀뚱히 보면서도 피하지 못해서 죽는 사람도 있는 판국이니까. 단순히 두 사람이 서로 길이 엇갈려 마주치기만 해도 어찌할 바를 모르고 머뭇대는 게 사람 심리인데, 그것이 전속력으로 달려드는 거대한 말이라면 말해 무엇 하겠는가.

게다가 제드밀란은 기사 서임을 눈앞에 둔 사람이다. 기사란 것은 말 그대로 말을 탄 무사. 말을 달려 상대를 제압하는 무사인 것이다. 그런 사람이 실수를 했을까? 그가 비록 성이 나 있었다고는 해도 수년간 배운 걸 망각하고 아무렇게나 말을 몰았을 리도 없지 않은가.

그런 제드밀란의 돌격을 피해 오히려 맨손으로 말 위의 그를 떨어뜨렸다고? 이건 말이 안 되는 일이었다. 아무리 침착하고 아무리 노련하더라도 수십 번 그런 상황을 겪어보지 않았다면 도저히 흉내조차 낼 수 없는 일인 것이다.

웃지도 않는다. 그저 또 덤빌 사람이 있다면 얼마든지 상대해 주겠다는 여유만만한 태도. 하나 아무도 그런 그에게 대항할 엄두를 내지 못했다. 나부터가 그랬으니까.

"그만둬."

그때였다, 문득 뒤에서 다시 한 사람의 목소리가 들려온 것은.

돌아보니 메프가 크라이스의 한 팔을 붙잡은 채 당기고 있었다.

아!

그렇다. 우리 일행은 무사로만 이루어진 게 아니었다. 마법사도 있고, 주법사라는 희귀한 사람도 있었다. 왜 그 생각을 못했지?

"그의 왼손을 봐."

그렇게 다시금 우쭐해지려는 찰나 또다시 메프의 말이 이어졌다. 왼손이라니.

이럴 수가.

어느 틈엔가 발드레드의 왼손엔 작은 무언가가 들려 있었다. 가려서 잘 보이지는 않았지만, 손잡이조차 없는 길쭉한 대못 같은 무엇이 말이다.

"눈썰미가 좋군."

그제야 발드레드는 피식 웃었다.

왜 깨닫지 못했는가. 적어도 우리의 족적을 이렇게 여유롭게 추적할 정도라면 이 일행의 구성원쯤은 이미 꿰뚫고 있을 것이란 사실을.

이미 발드레드는 크라이스가 마법사라는 사실을 알고 있었고 그에 대한 대비를 하고 있었던 것이다.

이자, 정말 대단한 사람이다.

대담함은 둘째 치고라도 풍부한 실전 경험과 폭 넓은 시야는 그가 이미 원숙한 경지의 무사라는 걸 깨닫게 하고도 남음이 있었다. 어느 누가 있어 달려드는 말의 기수를 맨손으로 땅에 패대기칠 수 있을 것이며, 어둑어둑해진 상황에서 안 그래도 정신없는 판에 다른 사람들의 기척까지 전부 사전에 감지해 낸단 말인가.

적어도 한 가지는 확실해졌다.

지금 여기서 이자와 싸우게 된다면 우리 중 몇몇은 크게 다치거나 심지어는 죽을지도 모른다.

"당신이 강하다는 건 충분히 알겠어요. 그러려고 마음먹으면 어줍잖은 수를 쓰지 않더라도 우리를 제압할 수 있다는 것도 충분히 이해했구요. 하지만……."

엘리스는 여전히 미심쩍다는 기색이 역력했다. 바닥에서는 제드밀란이 신음 소리를 흘리며 이리저리 뒤척이고 있었지만, 그녀의 눈은 그런 건 보이지도 않는 듯했다. 불쌍한 제드밀란.

발드레드는 엘리스가 말꼬리를 흐리자 냉큼 대꾸했다.

"하지만?"

"하지만 역시 이대로 당신을 신뢰할 수는 없어요."

"신뢰라고?"

얼굴 표정 하나 변하지 않은 상태에서 그냥 코웃음을 한번 치고 만다. 언뜻 봐서는 그랬는지도 모를 만큼 조용히.

"네게 그런 말을 들으니 우습군."

에? 이건 무슨 말이지?

또다시 둘은 한동안 서로를 노려보았다. 하지만 그것도 잠시, 이내 엘리스는 한숨을 내쉬고는 이렇게 말했다.

"그렇긴 하네요. 할 수 없군요, 도움을 조금 받는 수밖에."

으음, 나만 그런 걸까. 왠지 발드레드라는 저 눈썹 없는 사내가 엘리스의 약점 같은 걸 잡고 있는 것처럼 느껴지는 건.

"난 인정할 수 없어."

"나 역시."

어쩔 수 없는 건가 하고 있는데 문득 뒤에서 일제히 그런 말들이 터져 나왔다. 돌아볼 것도 없이 그 목소리의 주인공들은 바로 루스와 크라이스였다.

나 역시 이렇게 어정쩡하게 그냥 넘어가는 건 역시 별로 탐탁지 않았다. 다만 아무래도 엘리스가 나보다는 나으리라 생각되어서 그녀의 의견을 존중해 주려고 했을 뿐이다. 더 솔직히 말하자면 내가 끼어들 건덕지를 느끼지 못한다는 게 더 맞을지도 모르겠다.

어찌 되었든 은연중에 리더 역할을 하고 있던 엘리스의 결정에 그들이 이런 식으로 정면에서 반박하고 나선 건 처음이었다.

엘리스는 잠시 그들을 돌아보더니 발드레드를 가리키며 이렇게 말했다.

"그럼 이 사람 이길 자신 있는 사람?"

"내가 해보지."

아무래도 방금 전의 모습 때문인지 루스는 조금 머뭇거리는 듯했으나 크라이스는 일말의 주저도 없이 곧장 그렇게 말하고 나섰다.

마법사 대 전사라. 크라이스가 얼마나 뛰어난 마법사인지 알 도리는 없으나 아무래도 일 대 일의 싸움이라면 이 같은 상황에선 크라이스가 불리하다고밖에 느껴지지 않았다. 그건 단지 나만 그렇게 생각하는 게 아닐 것이다. 제아무리 강한 마법사라도 마법을 외우기 전에 전사가 한 대 치면 그걸로 끝일 테니까.

무리라고밖에 생각되지 않았지만 크라이스는 그런 문제 같은 건 전혀 염두에도 두지 않는 듯했다. 전혀 흔들림없는 자신감. 어떻게 보면 참으로 부러운 일이 아닐 수 없었다. 적어도 나에게는 없는 것이었으므로. 그것이 단지 만용이라고 할지라도 말이다.

그것이 용기이든 만용이든 간에 누가 말리고 자시고 할 틈도 없이 크라이스는 대뜸 말에서 내려 똑바로 발드레드를 응시했다.

하지만.

그런 그에게도 약점은 있었다.

바로 메프로슈네였다.

메프는 크라이스가 말에서 내리자마자 화들짝 놀라서는 구르듯이 말에서 내려 그를 붙잡았다.

"라이, 하지 마."

"괜찮아."

"그가 따라오든 말든 상관없잖아."

"상관있어."

여전히 발드레드를 바라보며 메프에게는 눈길도 안 주던 크라이스였지만 그렇게 간곡하게 매달리자 이내 고개를 돌려 메프를 바라본다.

"내가 지금 저 바보 녀석이 하는 일 때문에 여기 있는 게 아니잖아. 난 널 지키기 위해서 있는 거라고."

"그럼 상관없잖아. 저 눈썹 없는 남자가 따라오든 말든."

"그게 아니야. 목적이 뭔지, 왜 자신의 동맹마저 버리고 우리를 돕겠다고 나서는 건지 아무것도 모르는 사람을 그냥 무턱대고 따라다니게 놔두라고? 메프, 세상에 공짜란 건 없어. 알잖아. 세상의 저울은 공평하다는 걸. 세상도 그런데 그냥 마음에 안 드니까 우릴 돕는다는 게 말이나 된다고 생각해?"

확실히 그건 일리가 있는 말이었다. 하지만 왠지 좀 기분 나쁘기도 했다. 마치 나나 다른 사람들은 전혀 안중에도 없다는 투가 아닌가. 원래 알고는 있었지만 이렇게 다시금 재확인하는 건 역시 썩 마음에 들지 않는다.

게다가…

닭살 돋는닷!

지금 뭐 하는 짓이냔 말이다. 좋아하면 좋아하는 사이지 꼭 남들 보는 앞에서 저래야 하냔 말이다!

내 16년 인생 동안 여자 친구 하나도 없었던 게 이렇게 서러울 줄이야.

안 그래도 티 안 내려고 그렇게 노력했건만 네 녀석이 염장을 질러 대는구나!

"하지만……."

격렬한 크라이스의 말에 붙잡던 메프가 오히려 말문이 막혀서 머뭇거린다.

그때 발드레드가 다시금 한마디 했다.

"약속하지. 메프 양에게 해가 되는 일은 없다. 이러면 되겠는가?"

그러자 대뜸 크라이스가 돌아보며 대답했다.

"번지르르한 말 한마디에 목맬 바보는 아니다."

"나는 벨더의 무사. 위대하신 사나스님의 이름에 걸고 맹세한다. 이래도 부족한가?"

또다시 벨더가 언급되었다. 하지만 난 벨더가 뭔지 모르니 그냥 그런가 보다 할 수밖에 없었다.

"흥."

크라이스는 잠시 쏘아보다가 고개를 획 돌려 버렸다. 별다른 말은 없었지만 반박하지 않은 걸로 보아 그 말을 수긍한 모양이다.

벨더가 무엇인지, 위대하신 사나스가 무엇인지 알 도리는 없었지만 그 맹세 한마디로 결국 발드레드는 일행에 합류하게 되었다.

약간의 해프닝이 있었지만 아무튼 새로운 동료를 얻었으니 그걸로 잘된 건가. 어찌 되었든 저렇게 강해 보이는 사람이 일행에 끼어들었다는 건 좋은 일이겠지. 미심쩍은 면이 없다고 볼 수는 없지만, 벨더인지 사나스인지를 걸고 맹세까지 했고 그걸로 깐깐한 크라이스가 납득을 했다면 적어도 옆집 화장실 변기통에 맹세한 건 아닐 테니까.

그러고 보니 궁금해진다. 도대체 벨더는 무엇이고, 사나스는 무엇인지가.

하지만 그렇다고 당사자인 발드레드에게 물어볼 수도 없었다. 일단 인상이 너무 무서워서 사실 말 붙이기가 겁났다. 다른 사람들도 나 같은 소심함 때문은 아니지만 별로 그와 대화하고 싶어하지 않는 듯했다. 일단 미심쩍으니 거리를 두려 하는 거겠지만, 어찌 되었든 일행이 되었는데 이런 식의 대접은 별로 보기 좋은 일은 아니다. 하긴 그렇다고 해봐야 내가 나서서 먼저 친해지고 싶은 생각은 별로 없지만.

그럼 크라이스에게 물어봐야 하나. 벨더니 사나스니 하는 것에 대해서 어느 정도 아니까 그 맹세에 납득한 것 아니겠는가.

그러나 역시 물어보기 힘든 건 마찬가지였다. 뭐라 해도 그는 무언가 나에 대해서 심각하게 악감정을 품고 있는 걸로밖에 안 보였다. 아무리 내가 얼굴에 철판을 깔아봤자 그가 뿜어내는 살기를 감당하기엔 역시 역부족이었다.

그렇다면 누구한테 물어보아야 하나. 대답은 이미 정해져 있었다. 그나마 날 챙겨주고 상대해 주는 엘리스에게 물어볼 수밖에 없는 것이다.

하지만 막상 식사 준비다 뭐다 해서 바쁘게 움직이는 그녀에게 다가가 은밀하게 어떤 질문을 던져 볼 기회를 잡지 못한 나는 어물쩍 식사까지 마치고 겨우 잠자리에 들 때가 되어서야 정신이 화들짝 들었다. 이런 식으로는 평생 가도 못 물어볼 것 같아서였다.

나 정말 이렇게까지 소심한 놈이었나. 겨우겨우 마음을 정하고 자리를 펴고 있는 엘리스 옆으로 다가가는데 문득 그녀가 고개를 휙 돌려 나를 바라보았다.

으음, 역시 제드밀란이 미칠 만도 하다. 붉게 타오르는 모닥불 빛에 비친 그녀는 내 어쭙잖은 말 몇 마디로 표현할 수 없는 신비로운 아름다움을 뿜어내고 있었다. 정말 입만 안 연다면 최강의 미녀라고 불려도 손색이 없을 텐데.

"뭐 할 말 있어? 며칠은 굶은 강아지마냥 그러지 말고 얼른 말해 봐. 나 지금 피곤해."

그래, 내가 소심한 건 사실이지만 꼭 저런 식의 비유로 내 이미지를 깔아뭉개야 하느냔 말이다. 하아, 하긴 현실이라면 저런 미녀가 나한테 말 거는 일도 없었겠지. 핸디캡이라고 생각하고 그냥 참아주는 수밖에.

"저기… 벨더가 뭐죠?"

"벨더?"

그녀는 인상을 살짝 찌푸리더니 곧 입을 삐죽거리며 고개를 끄덕인다. 언뜻 제드밀란의 인상 쓴 얼굴이 슬쩍 그녀의 머리 뒤로 보였다. 아마도 둘이 도란도란 얘기하는 게 신경에 거슬린 거겠지. 음, 오늘 첫 불침번이 저 녀석인데 잠 못 들게 괴롭히는 건 아닌지 모르겠군.

"벨더… 그건 부족의 이름이야. 남부에 자리 잡고 있던 용병 부족의 이름이지."

용병 부족이라… 그런 얘기를 들어본 적이 있는 것 같다. 오직 전투만을 위해 살아가는 종족이 있다는 걸. 어디서 잠깐 들은 얘긴가 본데 그걸 기반으로 등장 인물이 나타나다니 정말 신기할 따름이다. 하긴 꿈이라면 이 정도는 되어야 정상이겠지만.

"저 남자는 그 벨더의 수장인 사람이야. 하긴 나보다는 마스터가 더 인연이 깊은 사람이지. 로즈 일 때문에 저자와 결투까지 했었으니까."

에? 로즈? 그 천하에 버금갈 자 없는 왈패 때문에 결투를?

순간 난 하도 어이가 없어서 그저 입을 쩌억 벌리고만 있었다. 기가 막히다는 말 한마디로 표현할 수가 없는 게, 일단 여자 때문에 하는 결투라는 건 적어도 기사도에서 그 여인을 사모한다든가 그런 전제 없이는 불가능한 일이 아닌가.

물론 그는 용병 부족의 수장이라고 했으니 기사도 같은 건 전혀 상관이 없을 수도 있었다. 하지만 여자 때문에 결투라니 더 이상 다른 어떤 명목이 떠오르지를 않는다.

"노, 농담이겠죠?"

"농담? 아닌데? 마스터와 저 눈썹 없는 남자는 평야 한복판에서 로즈를 걸고 일대 결투를 했었어. 지켜본 사람만도 얼마나 많았는데."

허, 허허. 도대체 아무리 꿈이라지만 이렇게 황당할 수가 있나. 로즈 때문에 결투에 나서는 남자라니. 설마 공주가 사실은 로즈고 내가 왕자였다라는 이상한 얘기는 아니겠지. 만약 그런 거면 당장 성 꼭대기에서 떨어져 버릴 테다.

"으음. 그, 그건 일단 넘어가죠. 그럼 사나스는 또 뭐죠?"

"사나스? 그건 신의 이름이야."

신? 신이라. 아직도 신을 믿는 사람이 있었나?

언제부터 종교가 사라져 버린 것인지는 모르지만 그저 음유 시인의 입에서나 흘러나오는 얘기 한 토막의 단역 정도로밖에 안 되는 신을 정말로 신봉하는 사람이 있다는 건가. 그것참, 재미있네.

"신이라는 존재 자체가 사람들 의식 속에서 부정되고 있는 현재로써는 가장 강력한 지지 층을 얻고 있는 신이라고 봐도 무방하겠지. 원래 사나스는 수인족들의 전설에 나오는 예언자? 현인? 뭐, 그런 사람의 이름인데 어떻게 된 것인지는 몰라도 벨더는 아예 그를 신으로 추앙하더군. 아니, 추앙 정도가 아니지. 거의 그들의 존재 자체라고 봐야 옳을 거야. 그들이 용병으로서 생을 살아가는 절대적인 이유가 바로 사나스 때문이니까."

"그 얘긴 그럼 벨더는 사나스라는 예언자에 대한 광신도들이 모인 부족이라 이건가요?"

"맞는 말이야. 그들이 육체를 단련하고 전사로서의 소양을 쌓는 이유가 예언자 사나스의 단 한 마디 때문이었다고 전해지거든."

그 사나스라는 예언자가 대체 어떤 사람인지는 모르겠지만, 말 한마디로 부족이라고 불릴 만큼 큰 집단의 사람들이 자신의 삶을 의심없이 바치다니 정말 대단한 자인 모양이다. 괜히 말해 봐야 바보 취급이나 받는 나로서는 도저히 상상도 못할 일이 아닌가.

"그가 무슨 말을 했는데요?"

"그게 뭐라더라… 아, 아마 죽을 때 이랬다나 봐. '다가올 새 시대를 위해 나의 검이 되어라' 인가? 뭐, 미친놈이지. 죽으려면 곱게 죽을 것이지 그런 헛소리를 하니 말이야. 사실 부족이라고 해봐야 얼마나 되겠어. 그런 그들이 힘을 길러봐야 또 얼마나 될 것이고. 웃기는 일이지. 하긴 이런 소리 들으면 저 눈썹 없는 바보가 당장 미친 듯이 달려들 테니까 저 인간 앞에서는 그런 소리 하지 마. 바보가 미치면 정말 감당 안 되거든."

음, 그건 나도 해당되는 얘긴가. 미치지 않게 조심해야겠… 윽, 이게 아니지. 아무튼 그런 얘기가 있었기에 크라이스가 납득한 것이었군. 이거 꽤 재미있는데.

제20장 돌입! 무안의 성

돌입! 무안의 성

　다른 사람이 그를 어떻게 대우하든지 간에 사실상 발드레드가 일행에 끼게 된 것은 무척이나 행운이었다. 일단 그는 영살검주 편에 있었던 사람인지라 우리가 목표로 삼고 있는 무안의 성 근변의 경계 태세를 완전히 꿰뚫고 있었기 때문이다.

　비밀리에 설치된 감시 초소며 순찰 지역, 그리고 순찰 시간 같은 아주 중요한 정보를 그는 완전히 숙지하고 있었다. 말로만 벨더의 수장 운운했던 것이 아니었다.

　루스와 다시 대화를 나누어보았는데, 일단 그는 왕국의 기사인지라 영살검주의 이전 동향에 대해 확실히 파악하고 있었다. 그가 반란을 일으키게 된 중요한 원인까지는 모르는 듯했지만, 반란을 일으켰을 당시에 그가 지니고 있던 병력에 대해서는 거의 완벽하게 알고 있었다.

　일단 영살검주의 친위 병력이라고 할 수 있는 전 원정군 병력은 약

천오백 명이었다. 물론 반란 직후 그중의 일부가 영살검주에게 반기를 들고 떨어져 나오기는 했지만, 그래도 천여 명의 병력이 아직 그의 수하로 있다는 것은 확실한 것 같았다.

거기에 원정의 빌미가 되었던 벨더의 병력이 약 오백 정도 되었다. 물론 그들은 부족이라는 집합체 형식을 가지고 있었기에 그 외 비전투 병력까지 합한다면 역시 약 천 명가량이 더 추가된다고 보아야 했다.

그리고 이후에 그 세력에 투신한 수인족의 병력까지 합한다면 영살검주의 총 병력은 적어도 2천 이상이 될 것이라는 게 루스의 예상이었다.

"이천이라… 비슷하군. 하지만 영살검주의 병력을 그렇게 간단히 숫자 단위로 계산해서는 무리가 있을걸."

말을 숨기고 산길을 올라가며 루스와 그렇게 얘기를 나누고 있는데 문득 엘리스가 끼어들었다.

"그럼 뭔가 다른 게 더 있나요?"

"그래."

"음, 북의 탑을 말하는 모양이군요."

루스의 표정이 이내 굳어진다. 북의 탑이라고? 어디서 얼핏 들은 것 같은데.

"북의 탑뿐만이 아니지. 일단 수도 근변과 발코스 주위로 이미 저항 조직이 마련되어 있다고 봐야 해. 눈으로 드러나는 병력 외에도 언제 내응할지 모르는 비밀 조직이 기반에 퍼져 있기에 그가 무서운 거야. 알겠지만 공주 납치극은 그들의 힘이 아니었다면 어림도 없는 일이었지."

들고 보니 그렇다. 한 왕국의 공주라는 위치는 단순히 왕의 딸이라는 의미 외에 여러 가지 의미를 내포하고 있는 것이고, 그런 위치에 있는 사람을 빼돌린다는 게 무슨 옛날애기처럼 간단한 건 아닐 테니까.

하지만 일단 궁금한 건 북의 탑이 무엇인가 하는 점이다.

"북의 탑이 뭐죠?"

궁금한 것은 해결을 봐야 하는 성미이기에 그것부터 물어보았다. 사실 다른 내용은 지금의 나로서는 이해하기 힘든 게 한두 가지가 아니었기 때문이다. 뭐 나름대로 재미있고 흥미진진하기는 했지만 그래 봐야 꿈인 건 마찬가지이고 나에게는 그저 참고 사항에 지나지 않았다.

"북의 탑이란 현존하는 최고의 마법사 집단이야. 하긴 고대에 비한다면 한참이나 그 질이 떨어지기는 하지만 그래도 일반적인 인간들로서는 상상할 수 없는 초월적인 존재들이 머무는 곳이지. 저기 크라이스도 그곳 출신일걸. 현재의 마법사들은 모두 그곳 출신이라고 보면 돼. 하긴 그 외에는 마법을 배울 길이 없으니 당연한 얘기겠지만."

하긴 그러고 보니 마법사라는 존재를 보게 된 건 아마도 크라이스가 처음이 아닐까 싶다. 그러고 보니 이상하다. 난 왜 그가 마법사라는 사실을 그처럼 쉽게 받아들인 걸까. 처음 봤을 때 그가 마구 마법을 사용했기 때문에? 글쎄, 그렇게만 생각하기에는 뭔가 석연치 않았다. 마치 이전부터 알고 있었던 듯한 느낌이랄까. 하긴 그냥 어차피 꿈이니까 상관없다고 생각한 건지도 모르지.

"쉿!"

뒤에서 헉헉거리면서 쫓아오는 크라이스를 다시금 새로운 시각으로 힐끔거리는데 문득 앞서 가던 발드레드가 몸을 낮추며 조용히 하라는 제스처를 취했다.

순간 주위를 감싸는 침묵. 들리는 것이라고는 루스나 제드밀란, 그리고 크라이스와 메프가 내뱉는 거친 숨소리뿐.

음, 그러고 보니 또 신기하네. 이렇게 오랫동안 산길을 걸었는데도 별로 지치지 않는다. 물론 나뿐만 아니라 엘리스와 발드레드도 마찬가지이긴 하지만, 항상 집안 구석에만 처박혀 있던 내가 이 괴물 같은 사람들과 같은 체력을 가지고 있다는 건 확실히 신기한 일이었다. 현실에서도 이렇다면 얼마나 좋을까.

그나저나 무슨 일이길래 갑자기 조용히 하라고 그러는 걸까?

별다른 기척 같은 건 느껴지지 않는데… 어?

그때였다, 무언가 알 수 없는 느낌이 든 건.

왠지 몸 구석구석의 털들이 일제히 일어나는 듯한, 아니, 그러면서도 소름이 돋는 것과는 또 다른 어떤 느낌.

뭐지, 이건?

"가까워지긴 한 모양이군. 수색대들이다."

들릴 듯 말 듯한 엘리스의 속삼임이 전해져 왔다. 그녀의 시선을 그대로 따라가 보았다.

하지만 아무런 기척도 느껴지지 않았다. 그냥 바람이 조금 부는 것마냥 풀잎들이 조금씩 흔들리는 정도? 아!

지금은 바람이 불지 않고 있다!

그렇다면 저것은 풀잎으로 위장한 병사들인 걸까? 바람 한 점 없는 숲 속에서 다른 모든 것이 정지한 상황에서 한 부분에만 움직임이 있다는 것은 그런 의미가 아니고 무엇이겠는가.

시간이 가는지 마는지도 모르겠다. 엉겁결에 자세를 낮추느라 쭈그리고 앉은 다리가 저려오기 시작한다. 하지만 작게 부스럭거리는 소리라도 나면 숨어서 조심조심 움직이는 수색대들에게 들킬까 봐 어떻게 움직여 볼 생각도 할 수 없었다.

부스럭.

너무나 조용한 상황인지라 그 작은 소리가 마치 천둥치는 것마냥 내 고막을 울렸다. 기겁을 하고 돌아보니 모두들 맨 뒤에 따라오던 메프를 향해 시선을 던지고 있었다.

아무래도 이런 일에 익숙하지 않은 건 나도 마찬가지였지만 그녀는 이중에서 가장 체력이 떨어진다고 봐도 무방했다. 힘들게 산길을 따라 걷다가 갑자기 불편한 자세로 쪼그리게 되니 그 괴로움이 나보다 더하면 더했지 덜하지는 않았을 테고 그래서 조금 움직인다는 것이 낙엽을 밟은 모양이었다.

하지만 그렇다고 지금 그녀에게 화를 내거나 할 수도 없었다. 일단 중요한 것은 지금 우리들의 앞쪽 수풀을 헤쳐 나가고 있는 수색대들이었으니까.

그 생각이 들자 내 시선은 다시 앞쪽을 향했다. 내 앞에 있던 발드레드와 엘리스는 아예 메프가 낸 잡음 따위는 일단 무시하고 계속 앞쪽 수색대들의 동향을 살피기에 여념이 없었다.

정말 너무나 조용한 상황이었기 때문에 그들도 그 소리를 들은 모양이었다. 방금까지만 해도 느릿하기는 하지만 조금씩 흔들리던 풀잎들이 미동도 하지 않은 채로 가만히 있는 것을 보면 말이다.

또다시 얼마나 시간이 흘렀을까. 등에서 스멀스멀 무언가 기어가는 듯한 느낌이 든다. 머리카락들이 죄다 들고일어난 것마냥 간지럽기 시작했다. 하지만 난 차마 그런 내색도 하지 못하고 꾹 눌러 참고 있을 수밖에 없었다. 내가 도움이 되기는커녕 방해물이 되기는 정말 죽어도 싫었기 때문이다.

뭐랄까. 그래, 사실은 이게 아무리 꿈이라지만 내가 중요한 인물이 되어서 비밀스러운 임무를 수행하러 간다는 그 사실이 무척이나 기뻤었나 보다. 하긴 그래 봐야 여기서도 난 바보 취급이었지만, 최소한 현실에서처럼 나약하거나 하지는 않았다. 그것만으로도 얼마나 대단한 일인가.

여기서 내가 만약 참지 못하고 움직여서 저들에게 들켜 버리기도 한다면 내가 나 자신을 용서할 수 없을 것이다. 모처럼 만들어진 내 자신의 중요성을 스스로 깨버린 데 대한 분노를 참을 길이 없을 것이다. 그것만큼은, 그것만큼은 정말로 피하고 싶었다.

거의 이를 악물다시피 하면서 그렇게 또 얼마나 참고 또 참았을까. 문득 다시금 보일 듯 말 듯 수풀이 부스럭거리며 움직이기 시작했다. 정말 어지간해서는 눈치 챌 수 없을 만큼 경미한 변화였지만 계속해서 뚫어지게 신경을 곤두세우고 있던 나에게는 확연하게 그 모습이 눈에 들어왔다.

얼마 되지도 않는 그 짧은 시간이 왜 이다지도 길게 느껴지는 것인지.

정말 손에 땀을 쥐는 게 어떤 것인가를 몸소 체험하게 된 그 짧지만은 않은 시간이 끝난 건 그로부터도 한참이나 더 지나서였다.

"후우."

겨우겨우 그 모든 기척이 사라졌음을 느끼고도 한참이나 더 지나서야 긴장이 풀리며 나도 모르게 그 자리에 철퍼덕 주저앉아 한숨을 푸욱 내쉬었다.

으윽, 뼈마디가 다 쑤신다. 무릎, 허리, 어깨, 목뒤… 안 아픈 곳을 찾는 게 더 빠를 지경이다. 몸을 움직일 때마다 내가 마치 해골 병사라도 된 것마냥 덜그럭덜그럭 소리가 날 지경이니 말 다 한 것 아니겠는가.

물론 나만 그런 것은 아니었다. 내가 우선 그렇게 행동하자 다른 사람들도 다들 기다렸다는 듯이 제자리에 저마다 다른 자세로 널브러져 숨을 들이쉬고 내쉬며 긴장을 풀기에 여념이 없었다.

"병사들이 저 정도라니. 도대체 영살검주 쪽 녀석들은 괴물들만 모인 건가."

제드밀란의 투덜거리는 소리가 들린다. 하긴 나로서도 놀랍기는 마찬가지였다. 저 정도로 은밀하게 이동할 정도의 능력을 가진 병사들이라니 놀랍지 않으면 그게 이상한 일이다.

만약 저런 병사들이 지형의 이점을 살려 곳곳에 매복해 있게 되면 아무리 대군으로 몰아친다고 해도 무척이나 큰 손해를 입을 수밖에 없을 것이다. 제드밀란은 뭐라 해도 왕실의 기사이기에 그런 점들을 생각할 수밖에 없었을 테고.

어찌 되었든 적이 될 상대와의 첫 번째 조우치고는 꽤 충격적이었다. 그리고 덕분에 앞으로의 일이 점점 더 암담해졌다고 봐야 했다. 저런 병사들이 우글거리는 성을 돌파해서 공주를 구출해야 한다는 부담감 때문이었다.

이렇게 막상 적이 될 자들과 마주치고 나서야 정말 이번 일이 생각보다 쉬운 게 아니라는 걸 겨우 깨닫게 되었다면 내가 역시 미련해서일까. 사실 꿈이라고 생각은 하고 있지만 상대편 수색대들의 기민한 움직임이나 그들이 지나쳐 갈 때의 그 긴장감이란 건 너무나 현실적이어서 이게 도저히 꿈인가 싶을 정도였다.

그렇다고 해서 이미 여기까지 온 마당에 물러날 수도 없는 일이다.

어찌 되었든 공주를 구출하는 게 나의 임무이니까 그게 내 의지로 맡은 일이든 아니든 간에 하다못해 꿈에서까지 도망치고 싶지는 않았다. 사실 도망자란 건 정말 피곤한 일이니까.

그랬다. 이제까지 살아오면서 난 그저 도망만 치려고 했었는지도 모른다. 그게 의식적인 것이든 아니든 간에 실제로 그랬었으니까. 어쩌면 이 꿈은 내게 그런 모든 이전까지의 행동들, 현실에서의 도피라든가 상상 속으로의 도망이라든가 하는 것들을 꾸짖어주기 위한 것은 아닐까.

역시 잡생각이란 건 한번 시작하면 끝이 없는 모양이다. 하지만 꿈은 현실의 반영이라는 말이 자꾸 떠오른다. 그래서 그냥 하룻밤 개꿈으로는 도저히 여겨지지 않는다면 그것도 변명일까.

"막막하긴 하군. 이제 어떻게 해야 하는 거지?"

하긴 바보는 나뿐이 아니었던 모양이다. 제드밀란의 투덜거림을 루스가 받자 모두들 꿀 먹은 벙어리마냥 아무 말도 하지 못했으니까.

도대체 여기까지 올 동안 어떻게 공주를 빼돌릴 건지 생각도 안 해 뒀단 말인가!

뭐, 나도 그렇게 물어보면 할 말은 없다.

"누구 좋은 생각 있어?"

혹시나 하고 엘리스가 그렇게 질문을 던져 보았지만 결과는 마찬가지, 서로 두리번거리며 눈치만 본다. 이거야 원, 정말 앞길이 아득하군.

하지만 여기서 그냥 어쩔 줄 모르고 있다면 역시 그건 꿈이 아니겠지.

"그건 나한테 맡겨라."

모두가 서로 눈치만 보는 게 한심했는지 발드레드가 문득 그렇게 입을 열었다. 당연히 모두의 시선은 기대 반 의구심 반 뒤섞인 상태로 그에게 돌려졌다.

"좋은 방법이라도 있나?"

문득 크라이스가 그처럼 질문을 던졌지만 발드레드는 언제나처럼 그 물음을 가볍게 씹어 넘겼고, 마법사라고는 생각되지 않는 불 같은 성격의 소유자인 크라이스는 덕분에 화가 머리끝까지 치밀었다. 물론 메프가 말리는 바람에 그 울분을 직접 행동으로 표현하지는 못했지만. 암만 봐도 저 둘은 애초에 성격이 서로 뒤바뀐 게 아닐까 하는 생각이 들었지만 그게 중요한 일은 아니니 일단 넘어갔다.

다른 모든 일행들의 의문 섞인 시선에도 불구하고 발드레드는 무작정 다시 앞으로 나아가기 시작했다. 도대체 어떻게 돌아가는지 알아야 일단은 다음 작전이라도 생각해 볼 텐데, 발드레드에게는 일단 의견 수렴이라든가 하는 그런 종류의 개념은 없는 모양이다. 처음 그가 소개했듯이 그의 위치가 이제까지 우두머리여서 그런 걸까. 워낙에 자기 의지대로만 일을 행하다 보니 다른 사람의 의견은 듣지 못하게 된 걸까.

별로 좋은 일은 아니다. 적어도 지휘자라는 것은 일단 자기 소신대로 밀어붙이는 결단력도 필요한 것이지만 옳은 의견을 받아들이고 틀린 의견이라면 자기 의견을 굽힐 줄도 아는 그런 유연함도 필요한 것이니까. 아무래도 그런 면에서 본다면 발드레드도 그리 좋은 수장은 아니었을 것 같다. 뭐, 하긴 종교를 기반으로 둔 집단이라고 하는 걸 보면 그런 그의 성격이 완전히 이해가 안 되는 것도 아니긴 하다. 사실 종교만큼 맹목적인 종류의 가치관도 없는 것 아닌가.

할 수 없는 일이다. 그가 말하고 싶지 않다면 내가 어떻게 강제로 입을 열게 할 수 있는 것도 아니고. 실제로 무력에서 보나 분위기에서 보나 지금 여기서 그의 입을 강제로 열 수 있는 사람이 몇이나 될까. 그저 바보 같은 나는 잠자코 뒤나 따라가 볼 수밖에. 쯧.

어찌 보면 정말 바보 같은 일일 수도 있긴 했다. 그렇잖은가. 완전히 믿지도 않는 사람의 뒤를 이렇게 따라가야 한다는 게 말이다. 혹시라도 그의 협조 선언이 거짓이고 우리를 완벽한 함정으로 이끌기 위함이 아니라는 보장이 어디 있는가. 단순히 내 과대망상일 수도 있는 일이긴 하지만 사람 일은 모르는 일 아닌가.

물론 그가 정말 마음먹는다면 우리 중에 하나 정도는 없애든가 포로로 만들어서 일행들을 바보로 만들 수도 있는 일이었다. 아니, 그렇게 할 바에야 병사들을 동원해서 몇 겹으로 에워싸 버린다면 도망도 못 치고 꼼짝없이 전부 사로잡을 수도 있는 일이다. 굳이 우리를 직접 이끌어서 함정으로 몰아넣는 번거로운 짓을 할 필요도 없이 말이다. 쩝, 이런 식으로 억지로 마음을 가라앉혀야 하다니 이것도 한심한 노릇이군.

"저곳이다."

한참을 그렇게 설명 한마디 없이 앞서 가기만 하던 발드레드가 문득 걸음을 멈추고 누구에게랄 것도 없이 한마디 던진다.

그의 시선을 쫓아가자 희끄무레한 안개 사이로 거무튀튀한 인공의 구조물이 눈에 들어왔다.

"드디어 도착인가."

날이 흐려서 그런가. 분위기 탓인지는 몰라도 왠지 음울하고 괴기스러워 보이는 그곳이 바로 우리가 목표로 삼았던 무안의 성이었다.

그런데…

착각인지 모르겠지만 아무래도 낯설지가 않다. 나 여기 처음 온 거 아니었던가.

숲 한가운데 마치 구멍이라도 난 것마냥 나무가 잘려져 있는 널따란 공간이 두 군데 있었다. 하나는 작은 구덩이 같은 것이었으나 하나는 상당히 넓은 데다 여기저기 그루터기와 잘려진 통나무들이 쌓여 있는 것으로 보아 인위적으로 벌목을 한 모양이었다. 회색 안개에 휩싸인 음울한 회색의 성채는 그 공터 중앙에 서 있었다.

거대한 절벽을 등 뒤로 한 채 얼마나 오래되었는지 정말 전설에나 나오는 마왕의 성과 같은 어두운 분위기가 물씬 풍기는 그런 성이었는데, 언뜻 보기에도 성벽의 높이가 3, 40리드는 거뜬히 되어 보였다. 다만 여기저기 성벽을 이루고 있는 돌들의 색깔이 조금씩 다른 것이 특이하다면 특이한 점일까. 아마도 낡아서 보수를 한 흔적이겠지.

"아무래도 본격적으로 저 성을 거점으로 삼을 생각을 굳혔나 보군."

아무 말 없이 유심히 성의 안팎을 바라보던 루스가 지나가는 투로 그렇게 말했다. 그러자 엘리스도 기다렸다는 듯이 그 말을 잇는다.

"이전에 들은 바로는 아무도 살지 않는 폐성처럼 위장을 했었다고 하던데. 이젠 완전히 드러내 놓고 보수를 하는군. 벌목을 하는 건 시야를 보다 넓히기 위한 것과 토목 공사에 들어갈 자재를 보충하기 위함 두 가지 이유겠지."

"그러니 방금 전처럼 수색대가 삼엄하게 경비를 하는 거로군."

"왕국과도 한판 붙어볼 만큼 채비가 갖추어졌다는 뜻이겠지."

휴유, 나랑 같이 있는 사람들이 보통이 아니긴 한 모양이다. 단순히 멀리서 한번 본 것만으로 이런 결론들을 뽑아내다니. 난 그냥 그런가 보다 하고 입만 헤벌린 채 바라보고 있었는데. 과연 든든하다고 할 만

하지만, 어째 내 자신이 더 위축되는 느낌은 지울 수 없다.

"이쯤 되면 우리도 이제 슬슬 어떻게 저곳에 들어간다는 건지 알아야 되는 거 아닐까?"

엘리스와 루스의 대화가 끝나길 기다린 듯 곧장 크라이스가 발드레드를 향해 질문했다.

"쉿."

하지만 역시 돌아온 대답은 질문과 전혀 상관없는 것이었다. 물론 크라이스 성격에 그걸 가만히 볼 이유가 없는 건 당연한 일. 다짜고짜 마법을 날리려고 하는 걸 다시 메프가 뜯어말린다. 메프가 있어서 다행인 건가. 그녀가 아니면 저 성난 야생마를 다룰 사람이 없으니. 하지만 그녀가 아니라면 크라이스가 끼지도 않았을 테니 이것 참, 뭐라 하기 미묘한 문제군.

아무튼 발드레드는 두 남녀가 그렇게 법석을 떨거나 말거나 고개를 약간 숙인 채 눈을 감고 무언가 정신을 집중하는 듯한 모습을 보였다. 뭔가 신호라도 기다리는 건가. 나 역시 괜히 긴장해서 주위를 살펴보았지만 별다른 기색을 알 수가 없었다.

요즘에 또 느낀 거지만 예전보다 감각이 엄청나게 좋아졌다. 정신을 집중하면 수십 리드 밖에서 벌레가 부스럭거리는 소리까지 들을 수 있을 정도였다. 물론 무턱대고 그랬다가는 귀가 먹어버릴 것만 같은 엄청난 소음을 한 아름 짊어져야 하기 때문에 자주 그러지는 않았지만 지금은 일단 중요한 상황이니까. 음, 역시 그래 봐야 무슨 성난 황소 콧소리 같은 크라이스의 숨소리만 쩌렁쩌렁 들릴 뿐이었지만 말이다.

하지만 발드레드는 나와는 또 다른 무슨 비법이라도 있는지 이내 고개까지 끄덕이며 다시금 천천히 앞장서기 시작했다. 미심쩍기는 해도 여기까지 별탈없이 온 것도 그의 덕분이니 끝까지 한번 따라가 볼 수밖에 없었다. 무슨 특별한 대안이 있다면 모를까 적어도 지금 이 일행은 서로 티격태격하지 않는 것만도 엄청 대단한 일이었으니 말이다. 뭐 그 이유의 태반이 나라는 것도 문제긴 하다. 엘리스와 메프로 인해 제드밀란과 크라이스에게 엄청난 살기를 며칠이고 받아야 했으니 내 고충이 얼마나 심했을지는 따로 설명할 필요가 없다. 사실 그런 식으로 떠올릴 만큼 유쾌한 기억도 아니고 말이다.

기분이 그렇게 나쁜 건 아니다. 사실 내 생전 언제 이렇게 여자 문제 때문에 골치 아파한 일이 있었겠는가. 사실 따지고 보면 여자 문제라고도 할 수 없는 게, 당사자들인 엘리스나 메프는 별다르게 생각하지 않는 것 같은데 괜히 남자들이 질투하고 나서니 골치가 아픈 것이지만. 그렇다고는 해도 역시 귀엽고 예쁜 여자들인데 나도 싫을 이유는 없지 않은가. 여자라고는 맨날 그 왈가닥 로즈 녀석만 봐와서 그런지는 몰라도 저 괄괄한 성격의 엘리스도 별로 나쁜 건 아니라는 생각이 들 정도였다. 흠, 이걸 과연 로즈에게 고마워해야 하는 일인가. 이것 참.

"웃!"

뭐, 뭐지? 갑자기 또 귓속이 웅웅댄다. 마치 모기라도 한 마리 귓속에 들어간 것 같다. 그냥 소리가 들리는 정도도 아니고 갑자기 머리가 울리는 듯한 그런 소음이랄까. 도대체 왜 이러는 거지.

잠시 머리를 감싸 쥐고 그 소음이 끝나기를 기다리다가 좀 잠잠해지는가 싶어서 고개를 드니 모두들 의아한 눈초리로 날 바라보고 있었다.

"무슨 일이야?"

그들 모두를 대표해 엘리스가 퉁명스러운 어조로 그렇게 물었다. 항상 여유만만한 그녀도 왠지 조금은 긴장한 듯한 표정이었다. 이것 역시 흔히 볼 수 있는 모습이 아니다.

"에… 갑자기 귀가 먹먹해서요."

"고산중인가? 별로 높은 곳도 아닌데. 침을 한번 삼켜봐."

그렇게 말하고는 다시 고개를 휭 하니 돌려 버린다. 다른 사람들 역시 흥미를 잃은 듯 다시금 얼굴을 긴장으로 딱딱하게 굳힌 채 조심스레 발걸음을 옮기기 시작했다.

꿀꺽.

마른침을 삼켜보니 정말 효험이 있는 건지 그 먹먹할 정도로 머릿속을 울리던 소음이 이내 사라져 버렸다. 나중에 혹시 모르니 기억해 둬야겠군.

어찌 되었든 간에 이제 목적지에 도착한 셈이다. 우리가 상대해야 할 자들 모두가 저 거무튀튀하고 음침한 성에 몰려 있으며, 공주는 그들 한가운데에서 희희낙락하고 있겠지. 뭐 옛날얘기에서처럼 애타게 용사를 기다리는 그런 공주의 이미지는 아니지만 이런 것도 별로 나쁘지는 않다. 나 자신부터가 단순히 근육을 뽐내며 잘생긴 얼굴로 환하게 웃음 지으며 결의에 불타는 그런 옛날얘기 속의 왕자가 아니니 별로 불만을 품을 일도 아니다.

다시 생각해 봐도 좀 웃긴 일이다. 이를테면 마왕과 뜨거운 사이가 된 공주가 사랑의 도피를 감행하고, 열받은 부친으로부터 명령을 받은 왕실의 정예 인원이 가출한 공주를 붙잡아 오기 위해 급파된 그런 상황이지 않은가. 어쩌 내가 악역이 된 것 같아서 실소가 터져 나오기도 하지만 확실한 건 나도 그리 착한 놈은 아니라는 거니까 어쩌면 꽤 정확한 역할인지도 모르겠다.

사실 이 인원으로 저렇게 적들이 바글거리는 성에 쳐들어가 그들을 물리치고 영살검주라는 자로부터 공주를 빼돌린다는 건 이게 현실이라면 절대로 불가능한 얘기다. 영살검주라는 작자가 완전히 바보고 그 부하들도 그에 못지않은 천치들이 아닌 이상에야 그건 당연한 일이었다. 어쩌면 지금 여기서 서로 으르렁거리는 이 사람들 중 몇몇은 죽임을 당하거나 큰 부상을 입을지도 몰랐다.

우선 우리 앞에 돌연히 나타나 길을 안내한다고 자청한 저 발드레드라는 인물이나 이전에 크라이스와 설거지하러 갔다가 마주친 키치라는 여자만 보더라도 영살검주의 부하들이 보통 수준은 아니란 걸 바로 알 수 있는 일이니까. 거기에 비한다면 여자 꽁무니 쫓아다니기 바쁜 제드밀란이나 무언가 있어 보이기는 해도 그리 믿음은 가지 않는 루스, 자기 여자 챙기기 바빠서 딴 건 눈에 들어오지도 않는 크라이스를 보면 있던 믿음도 사라질 판이다. 그나마 엘리스와 메프는 좀 그런대로 성격 같은 건 괜찮은 편이지만 그래 봐야 닭 한 마리 못 잡을 것같이 연약한 저 모습으로 무얼 할 수 있겠는가. 게다가 정작 가장 중요한 용사 역할인 나부터가 믿음이 안 가는 판이니 말해 무엇 하랴.

생각할수록 암울한 현실이기는 하지만, 그렇다고 해도 일단은 여기까지 술술 풀린 걸 보면 앞으로도 그다지 어려울 것 같지는 않다. 사실 그게 꿈과 현실의 차이가 아니겠는가. 생각지도 않게 영살검주의 부하인 발드레드나 키치가 돕겠다고 나서는 것부터만 봐도 그렇다.

여전히 주위를 살피며 지형과 상황을 나름대로 분석하고 있는 엘리스와 루스를 괜히 따라하면서 그렇게 잡생각에 여념이 없을 때였다.

문득 지금까지 눈을 감고 무언가 생각에 잠긴 듯한 모습이던 발드레드가 벌떡 몸을 일으켰다.

갑작스런 그의 행동에 일행들은 모두 순간 입을 닫고 그의 등 뒤를 멀거니 바라보았다. 하지만 발드레드는 그런 우리들은 애초에 염두에 도 없는지 여전히 한 방향을 뚫어지게 응시하고 있었다.

뭔가 있는 건가?

모두들 이번에는 발드레드의 시선을 쫓아가 본다. 뭘 보고 있는 건 가 하면서. 그리고 순간 엘리스와 루스, 그리고 크라이스가 움찔하면 서 경직하는 것이 느껴졌다. 나와 제드밀란만 여전히 멀뚱거리다가 그 들의 반응에 덩달아 긴장했다.

처음엔 뭔지 알 수 없었다. 그러나 좀 더 유심히 바라보자 나무 그늘 사이에서 무언가 거대한 것이 웅크리고 있다는 것을 알 수 있었다. 그 나마도 그 무언가가 천천히 몸을 일으키는 바람에 깨달은 것이지만.

천천히 몸을 일으킨 그것의 정체는 사람이었다. 지금까지 전혀 요동 도 하지 않은 채 죽은 듯이 웅크리고 있던 것이다.

발드레드보다 약간 더 큰 몸집을 하고 있는, 역시 눈썹이 없는 대머 리의 거한이었다. 오랫동안 그대로 웅크리고 있었는지 그의 몸은 흙먼 지와 나뭇잎 같은 것으로 몹시 더럽혀져 있었지만 그는 그런 건 전혀 개의치 않은 듯 몸을 털 생각조차 하지 않고 천천히 걸음을 옮겨 우리 에게 다가왔다. 당연히 잔뜩 긴장하고 있던 우리도 몸을 일으키며 그 의 행동 하나하나를 주시하기 시작했다.

그는 천천히 걸음을 옮겨 우리 앞에 이르더니 이내 바위가 무너지듯 이 털썩 한쪽 무릎을 꿇었다. 우리가 그의 행동에 또다시 움찔한 건 굳 이 말할 필요도 없는 일이었다.

그때까지 의연한 모습으로 말없이 괴한을 바라보던 발드레드가 나 직이 입을 연 건 그때였다.

"준비는?"

"모두 끝내두었습니다."

마치 주군과 신하의 모습을 보는 듯한 행동. 이 괴한은 발드레드의 부하인 건가.

지금 이 모습으로 보건대 눈썹 없는 이 괴한이 발드레드의 부하라는 건 바보가 아닌 이상 쉽게 눈치 챌 수 있는 사실인 듯했다. 하지만 발드레드는 분명 처음에 벨더와는 상관없이 혼자의 의지대로 우리를 돕는다고 했다. 물론 이런 일들을 일일이 따질 필요는 없겠지만 한 가지 문제가 있는 건 사실이었으므로 그냥 넘어갈 수는 없는 일이었다. 도대체 우리가 오는 걸 몇이나 알고 있는 것인가 하는 문제였다.

발드레드로서야 신뢰할 수 있는 부하들에게 말을 하고 미리 준비 같은 것을 해놓은 것이겠지만 사람 일이라는 게 어떻게 될지도 모르는 일이고 우리들의 임무 자체가 비밀스러워야 하는 일임에도 불구하고 너무 많은 사람들이 사전에 알고 있다는 자체가 부담인 것이다.

"당신 부하인가요?"

일단은 확인부터 해보겠다는 마음에 발드레드에게 그렇게 물었다. 하지만,

"좋아, 앞장서라."

발드레드는 내 말 같은 건 들리지도 않는다는 듯이 새로이 나타난 눈썹 없는 괴한에게 그렇게 말했고, 괴한은 그 말을 들은 즉시 벌떡 일어나 성큼성큼 어디론가 걸어나가기 시작했다. 발드레드가 사람 말 무시하는 거야 어제오늘 일이 아니긴 하지만 이건 정말 짜증나는군. 일단은 부정하지 않았으니 긍정인 셈인가. 에휴.

하지만 그렇다고 이렇게 뜬금없이 처음 보는 사람이 이끄는 대로 끌려간다는 건 또 말이 안 되는 일이다. 다른 사람들의 표정을 힐끔 봐도

마찬가지 생각인 모양이었다.

"저 사람은 누구고, 또 어디로 가는 건지 말부터 하라구요!"

무시받은 일에 대해서 좀 열받은 것도 있고, 아무튼 이제까지 발드레드에 대해 의문스럽고 답답한 기분이 모두 합쳐지는 바람에 나도 모르게 버럭 소리를 지르고 말았다. 물론 그래 놓고 그 소리에 내가 놀라 기겁하고 입을 틀어막기는 했지만 말이다. 뭐라 해도 이곳은 적지 한복판이니까.

스스로 놀라 눈이 휘둥그레지며 다른 사람 눈치를 보는 상황. 바로 그때,

"헉!"

그때까지 무반응이던 발드레드가 갑자기 휙 돌아서며 느닷없이 내 멱살을 잡아채 버렸다. 막으려면 막을 수도 있었겠지만 스스로 당황해서 어쩔 줄 모르는 상황이었기 때문에 어이없이 낚아채여 그대로 허공에 들어 올려지고 말았다.

"컥컥!"

이봐들, 보지만 말고 좀 어떻게 해달라고!

속으로 그렇게 기겁을 하며 절규했지만 보이는 건 오직 발드레드의 냉정한, 보는 순간 움찔 오싹하게 만드는 시선만 가득했다.

"그만둬."

다행히 그 한마디 말과 함께 무언가 새하얀 것이 내 눈앞에서 어른거리며 내 멱살을 잡고 있는 우악스러운 발드레드의 손을 붙잡았다. 경황 중에도 그 손의 임자를 향해 흘깃거렸다. 그 손의 주인공은 다름 아닌 엘리스였다.

발드레드 역시 날 노려보던 시선을 이내 그녀에게 돌린다. 왠지 정

면으로 바라보면 등에 소름이 좌악 돋아나는 그런 시선이었지만, 엘리스는 너무도 침착하게 그 시선을 받아내었다. 아니, 엘리스 역시 발드레드 못지않은 냉정하고 강한 시선으로 그대로 맞받아쳤다. 잠시 동안 둘은 그렇게 서로를 마주 보고 있었다.

하지만… 이, 이봐들! 눈싸움은 나중에 하고 일단 좀 살려달라고!

눈앞의 시야가 새하얗게 탈색되는 느낌이 드는 순간, 살아야겠다는 본능이 이제까지 내 머리 속을 지탱하던 잡생각을 밀어버리기에 이르렀다. 그리고 그 순간 난 냅다 발을 들어 있는 힘껏 눈앞에 어른거리는 아무것이나 걸어차 버렸다.

그리고 그 순간 거짓말처럼 내 목을 죄고 있던 발드레드의 손이 풀렸다. 덕분에 난 그대로 땅바닥에 철퍼덕 나뒹굴고 말았다. 중심이고 뭐고 간에 머리 속엔 온통 이제 살았다라는 생각만이 가득했다.

"헉헉……."

그대로 바닥에 널브러진 채 목을 쥐고 숨을 고르느라 정신이 없었다. 주위 일 같은 건 일단 생각할 겨를도 없었다. 하지만 얼핏 그런 와중에도 엘리스의 말이 들려오는 건 피할 수 없었다.

"소리 지른 게 잘한 일은 아니지만, 나 역시도 궁금한 건 마찬가지야. 이대로 영문도 모르는 채 끌려가기만 할 수는 없는 일이니까."

엘리스, 그러다 너도 멱살 잡히면 어쩌려고.

하지만 그건 쓸데없는 걱정이었다. 발드레드는 이번에도 그녀의 질문에는 대꾸하지 않은 채 무언가 다른 것에 정신이 온통 팔려 있었던 것이다. 하여튼 저놈은 딴청 피우는 데는 일가견이 있는 녀석이군.

겨우 숨이 좀 돌아오는가 싶자 다시 한 번 따지려고 벌떡 몸을 일으켰다. 그런데 문득 그런 나의 어깨를 누군가가 덥석 움켜잡았다. 돌아보니 이번에는 메프의 얼굴이 똑바로 나를 바라보고 있었다.

"쉿!"

메프는 곧장 손가락 하나를 들어 입술에 가져가더니 조용히 하라는 시늉을 했다. 머쓱해진 나는 눈동자를 굴려 주위를 흘깃거렸다.

모두들 뭔가 낌새가 이상한데. 뭐가 어떻게 돌아가는지 몰라 어리둥절해하며—제드밀란 녀석만 빼고—미동도 하지 않은 채 왜 그러나 하며 덩달아 주의를 기울이는 모습이었다.

쉽게 말해서 주의를 집중하는 모습이었다. 모두들 그러니 나 역시도 얼결에 그들의 행동을 따라하는 것은 당연한 일.

그리고 지금의 내 감각은 보통 사람의 그것과는 비교도 할 수 없는 수준이었기에 다른 사람들이 애써 찾으려 하는 그 무언가를 곧바로 찾아낼 수 있었다.

바삭.

무언가 부스러지는, 하지만 바로 끊어지지 않고 조금 끄는 듯한 기묘한 소음. 아마도 무언가 낙엽이라도 밟는 듯한 그런 작은 소리였다.

물론 야외에서는 어디든 약간의 바람 정도는 불게 마련이므로 이런 작은 소음쯤은 언제든 날 수 있는 것이겠지만, 이건 단순히 바람결에 나뭇잎이 흔들린다거나 야생 짐승의 발걸음과는 엄연한 차이가 있었다. 바람에 흔들리는 나뭇잎이 이처럼 부스러지는 소음을 낼 리도 없거니와 야생 동물이 이렇게 먹이를 쫓는 야수마냥 살금살금 접근하는 발소리를 낼 리도 없는 일이지 않은가.

아무래도 그것이 인간의 발걸음 소리라는 결론을 내린 내가 고개를 들어 다른 사람을 돌아보는 순간 발드레드와 시선이 딱 마주치고 말았다.

왠지 공허한 느낌이 드는 두 눈동자. 이처럼 작은 일에도 당황한 나와는 달리 그의 눈동자는 흔들림없이 평온했다. 하지만 단순히 그 눈빛이 평화롭기만 하다든가 그런 건 아니었다. 어떤 위압감이랄까. 감정이 없는 듯한 눈빛에는 그것을 보는 다른 사람이 곧바로 올가미 같은 것에 잡힌 것 같은 착각을 일으키게 만드는 미지의 힘이 있었다. 바로 이 순간 난 그 느낌을 철저하게 실감하고 있었다.

내가 알아챈 기척을 알려주려고 했다가 어이없게도 순간 몸이 굳어버린 것이다.

참으로 어이없는 일이지만 확실히 나 같은 녀석과는 수준이 다른 인물이라고 인정해야만 했다. 단순히 눈빛만으로 사람을 이처럼 압도한다는 건 보통 기백으로 되는 일이 아니니까.

마치 맹수 앞에 몰린 어린 새끼 사슴마냥 그렇게 옴짝달싹 못하고 있는데 문득 발드레드의 입가에 미미한 웃음이 서리는 것을 느꼈다. 이렇게 계속 시선을 고정시키고 그의 얼굴을 똑바로 주시하고 있지 않았다면 도저히 알아채지 못했을 그런 작은 미소였다.

명백한 비웃음이었다, 그건.

순간 울컥하고 화가 치밀어 올랐다. 그리고 극심한 모멸감을 느껴야 했다. 내가 비록 이 민눈썹의 괴짜보다 기백이 딸리는 건 사실이었지만, 아무리 내가 자인하고 이해한다고 해도 그게 기분을 좋게 바꿔주지는 못했다. 아니, 그래서 더 기분 나쁜 건지도 몰랐다.

난 어느샌가 그의 시선을 똑바로 바라보며 응수하기 시작했다. 단순히 화가 나서 그런 건지는 알 수 없었지만 내 가슴속 깊은 곳 어디선가 오기가 치밀어 오른 것이다.

그러자 발드레드는 이번엔 눈썹 한쪽을 꿈틀거렸다. 그리고 동시에 왠지 공허하게만 느껴지던 그의 시선에 힘이 가해지는 듯한 착각이 들었다. 아니, 그건 착각이 아니었다. 마치 무형의 어떤 거세한 파도가 몰려오는 듯한 그런 느낌. 그랬다. 그건 보이지 않는 파도와 같은 거대한 힘의 물결이었다.

나는 다시금 움찔할 수밖에 없었다. 그러나 한편으로는 나 역시 또 다른 오기가 다시금 샘솟는 걸 느꼈다.

이대로 질 순 없다!

이를 악물었다. 그리고 모든 기운을 다 뽑아내는 듯한 심정으로 마음을 가다듬고 다시금 그의 시선에 항거하기 시작했다.

아니, 정확히는 하려고 했다.

"흭!"

무언가 내 어깨를 잡고 마구 흔드는 바람에 기겁하고 뒤를 돌아본 것이다.

"쉿! 뭐 하는 거야?"

숨죽인 그 목소리의 주인공은 다름 아닌 메프였다. 발드레드와의 기세 싸움에 빠져서 그녀가 내 어깨를 잡고 있었다는 사실마저 잠시 잊은 것이다.

의아하다는 표정으로 그녀는 나를 바라보고 있었다. 아니, 그녀뿐만이 아니었다. 다른 모든 사람들 역시 모두 나를 향해 시선을 던지고 있었다. 물론 그녀와는 달리 어이없다는 표정이었지만.

"이쪽으로, 어서!"

그렇게 어쩔 줄 모르고 있는데 문득 발드레드의 부하로 보였던 아까 그 대머리괴한이 작은 목소리로 다급하게 말했다. 덕분에 화들짝 정신을 차린 건 다행이었지만 어느샌가 주위에서 느껴지는 기척은 더 더욱 강해지고 있었다.

압박감. 그건 압박감이었다. 갑자기 거세어져 내 몸을 짓누르는 듯한 심각한 압박감이었다.

머리 한구석에서 나의 본능이 처절하게 절규하기 시작했다.

그리고 그걸 느끼고 있었을 때는 어느샌가 난 그 대머리괴한의 뒤를 정신없이 따르고 있었다.

귓전을 가르는 바람 소리와 허겁지겁 내딛는 다급한 발자국 소리, 그리고 그 모든 것을 삼키며 온통 내 머리 속을 뒤흔들어 놓는 거친 숨소리.

비탈길을 올라오면서도 땀을 흘리기는커녕 호흡 하나 흐트러지지 않았던 내가, 뒤따라오는 메프나 크라이스가 힘들어하는 모습을 여유 있게 바라보던 내가 얼마 뛰지도 않고 이렇게 지쳐 숨이 가빠올 줄이야.

이건 몸이 지쳐서라기보다는 주위에서 나를 죄어 들어오는 압박감과 그로 인한 긴장감에 오는 정신적인 피로 때문이라고 보는 것이 맞을 것이다. 아니, 이런저런 거 따질 경황조차도 없이 말 그대로 무언가에 쫓기는 심정이 되어 있었다.

미친 듯이 달리고는 있었지만 주위에서 몰려드는 진한 압박감과 등골의 솜털이 온통 곤두서는 듯한 이상한 느낌은 오히려 점점 더 강해져 오고 있었다.

"이렇게 된 이상 곧장 진입할 수밖에 없다."

문득 옆에서 낮게 깔린 남자 목소리가 들려왔다. 경황 중에도 고개를 돌려 바라보니 그건 바로 발드레드였다.

"말도 안 돼! 이대로 돌입이라니, 그건 자살 행위야!"

무슨 의미인지 파악하기도 전에 엘리스가 바로 대꾸해 버린다.

맞는 말이다. 우린 상대가 어떤 자들인지도 모르고 무안의 성이 어떤 구조를 가지고 있는지, 그리고 공주가 어디에 처박혀 있는지조차 알지 못하고 있었다. 이대로 돌입한다는 건 바보 짓이나 다름없었다.

"비밀 통로가 있다."

하지만 발드레드는 바로 그와 같은 대답을 했다. 아무렇지도 않게. 마치 천천히 산보라도 나온 사람마냥 말이다.

지금 같은 상황만 아니라면 가급적 조금 더 자세한 말을 듣고 싶었지만 상황은 그처럼 간단하지 않았다. 주위에서 은밀히 우리를 감싸오던 압박감과 살기는 이제 완연히 우리를 노리고 있었고, 잠시라도 걸음을 멈춘다면 바로 등 뒤에서 검이든 화살이든 쏟아져 내릴 것만 같은 기세가 되어 있었다.

다른 사람들도 이와 같은 상황을 알아챈 건지는 모르지만 모두들 숨이 턱에 차고 있는지를 아는지 모르는지 미친 듯이 뛰고 또 뛰고만 있었다. 어쩌면 지금 당장 우리가 할 수 있는 일이란 게 그것뿐인지도 몰랐다. 일단 우리는 이곳 지리를 알지도 못했거니와 지금 우리를 포위한 인원이 도대체 얼마나 되는지, 어떤 실력의 소유자들인지도 알 수가 없었기 때문이다. 다만 추측할 수 있는 것은 지금 우리가 느끼는 이 위압감과 살기라는 것이 보통 사람들은 표현하기도 힘들거니와 느끼더라도 조금 오싹한 그런 정도의 것이라는 점이었다. 그만큼 우리 일행들의 실력이 대단하다는 뜻도 되겠지만 반대로 말하자면 상대의 능력이 우리 일행과 같거나 그 이상은 된다는 얘기이기도 했다. 익숙하지 않은 지형에서 동등 또는 그 이상의, 게다가 수가 얼마나 되는지도 모르는 자들로부터 포위를 당한다면 그건 이미 진 것이나 다름없었다.

미친 듯이 달리고 또 달렸다. 그리고 마침내 몸을 감싸오는 피로가 한계에 다다랐다고 느껴질 때쯤이었다.

갑자기 시야가 뻥 뚫리더니 야트막한 언덕이 나타났다. 그리고 그 언덕에 다가가자 들리는 건 흐르는 물소리였다.

갑작스런 상황에 어떻게 해야 하나 고민하려고 할 때, 앞서 가던 대 머리괴한은 조금의 망설임도 없이 그대로 물속으로 뛰어들었다.

하지만 그 뒤를 바로 쫓고 있던 나로서는 잠시 멈칫할 수밖에 없었다. 결정적으로 난 수영도 제대로 못하기 때문이었다.

도대체 내가 할 수 있는 게 뭔지는 나도 잘 모르겠다. 아니, 설령 잘 한다손 치더라도 눈앞의 이 물살에 직접 뛰어들기는 왠지 망설여졌다.

작다고도 크다고도 할 수 없는, 냇가라고 부르기에도 강이라고 부르기에도 애매한 그런 하천이었지만 물살의 속도가 장난이 아니었다. 여기저기 군데군데 튀어나온 회색 바위들 사이로 용틀임 하면서 하얀 거품을 뿜어내는 그 모습은 또 다른 두려움을 자아내기에 전혀 부족함이 없었다.

하지만 그건 일단 내 생각이고 다른 사람들의 생각은 나와 전혀 달랐다.

"뭐 하고 있어!"

다시금 들려오는 엘리스의 날카로운 힐난에 반사적으로 고개를 돌리려는 찰나 무언가 내 허리를 휘감는가 싶더니 어느샌가 내 두 발은 지면에서 떨어져 허공을 날고 있었다.

그리고 다음 순간 난 세차게 물살 속으로 뛰어들고 있었다.

물이 이렇게 아픈 것이었나. 온몸을 세차게 때리는 그 충격에 난 숨이 막히고 가슴이 답답해짐을 느껴야 했다.

게다가 갑작스런 이 모든 상황 때문에 놀라고 당황해서 숨을 들이마
실 여유도 없었다. 거의 본능만 살아 온몸을 정신없이 허우적거리기
시작했다. 무엇이라도 붙잡아보려고 마구 손을 휘젓기 시작했다.

　　그러나 그것도 역시 잠시뿐이었다. 느닷없이 난 무언가에 뒷목을 강
하게 얻어맞고는 정신을 잃어버리고 말았다. 하긴 그게 더 좋은 일인
지도 몰랐다. 최소한 더 이상 고통을 느낄 일은 없을지도 모르니까. 여
기서 이렇게 죽게 되더라도 말이다.

제21장 밀려오는 어둠

밀려오는 어둠

내가 정신이 든 때는 이미 물속을 빠져나오고도 한참이 지나서의 일이었나 보다. 그걸 어떻게 알았는고 하니, 그렇게 물속에 빠지면서 난리를 쳤는데도 옷이 전부 말라 보송보송했으니 말이다. 덕분에 난 이 꿈에서 깨어나 다시금 또 다른 꿈속으로 들어온 줄 알았을 정도였다.

처음 눈에 들어온 것은 희미하게 빛을 반사하고 있는 검은 무언가였다. 그리고 점점 어둠에 눈이 익숙해지고 초점이 잡히자 난 그것이 천연적인 암벽으로 이루어진 천장이란 걸 깨달았다.

"토미가 깨어났어요."

그리고 내가 눈을 끔벅거리며 몸을 조금 움직이는 순간 익숙한 목소리가 곧장 울려 퍼졌다. 어쩐지 성숙하면서도 조금 앳된, 모순된 얘기지만 그렇게밖에 느껴지지 않는, 어찌 됐든 간에 아름다운 여자 목소리였다.

고개를 돌려보니 희미한 어둠 속에서도 검은 머리를 드리운 한 여자가 날 바라보고 있는 것이 느껴졌다. 물론 어둠 때문에 그 얼굴 윤곽이 정확히 보이지는 않았지만 그녀가 나의 얼굴을 유심히 바라보고 있다는 것은 어렵지 않게 알 수 있었다. 또 그 여자가 꽤 예쁜 축에 속한다는 사실도. 기왕이면 어둠 속이 아니라 밝은 곳에서 봤으면 더 좋겠다는 느낌도 들었다.

"흠."

하지만 그 기대감은 갑자기 다시 불쑥 들이대어진 푸른 빛의 무언가에 가려져 깨지고 말았다. 이번에도 분명 여자 목소리였는데, 여성스럽기 그지없는 목소리이면서도 반대로 왠지 남성적인 힘이 실린 그런 목소리였다. 물론 헛기침 하나로 그 모든 걸 판단한다는 건 말도 안 되는 얘기겠지만, 그 소리를 듣는 순간 나도 모르게 그런 이미지를 떠올리고 만 것이다. 내가 이렇게 통찰력이 깊었던가?

"말썽쟁이 마스터~ 우리는 이렇게 고생하는데 혼자 퍼질러 자다니… 양심이나 있는 거야?"

갑작스레 터져 나온 폭풍 같은 그 말에 난 그만 순간적으로 질려 버리고 말았다. 겨우 할 수 있는 대답이란 게 이런 것뿐이었으니 말 다 한 것 아닌가.

"누구세요?"

"……."

그 말 한마디의 효과가 상당히 좋았는지 푸른 머리의 여자는 순식간에 입을 다물고 말았다. 누구냐고 물은 게 그렇게 충격적인 말이었을까?

문득 이번엔 검은 머리 여자가 나에게서 고개를 돌리더니 이렇게 말

한다.

"라이, 불 좀 켜줘."

"안 돼. 저 바보에게 맞춰주다가 전부 발각되는 위험을 자초할 수는 없어."

그녀의 말에 남자 목소리가 회답했다. 꽤 젊은 남자의 목소리였는데, 어쩐지 퉁명스러운 듯하면서도 애써 냉정하려는 기색이 엿보이는 그런 말투라고 할 수 있었다.

이거 어둠 속에서 상대의 목소리만 듣는 것도 꽤 재미있는 일인걸.

"깨어났다면 더 머뭇거릴 필요는 없겠지."

어디선가 이번엔 굵직하면서도 날이 선 듯 날카로운 남자의 목소리가 들려왔다. 목소리가 들려온 곳을 바라보니 무언가 반짝이는 것이 눈에 들어왔다. 뭐지? 착시인가?

"이제 막 깨어났는데 바로 이동하자고?"

"더 쉴 틈이 없다. 저 바보 때문에 누군가 이곳에 잠입했다는 것이 밝혀졌을 테고, 이 동굴이 발견되는 것도 시간문제다. 이미 그렇게 되고 난 다음에는 방법이 없다는 것도 잘 알 테니 더 설명할 필요는 없겠지?"

아아, 아마도 저 목소리는… 그래, 발드레드라는 그 눈빛 매서운 녀석의 말이렷다. 이제야 겨우 돌아가는 상황이 파악되기 시작한다. 파란 머리 여자는 아마도 엘리스겠지. 파란 머리카락이라는 게 보기 쉬운 외모는 아니니까 확실할 테고. 그럼 나머지 한 명의 여자는 아마도 메프라는 아이겠지. 아이라고 하기엔 나보다 훨씬 성숙하긴 하지만 뭐, 상관은 없다. 한두 살 연상 정도는 얼마든지 극복할 수 있으니까. 아차차, 내가 무슨 말을.

대충 상황이 파악되기 시작하자 이번엔 은근히 화가 나기 시작했다. 아까부터 자꾸 바보바보 하는데 내가 좀 머리가 나쁜 건 사실이지만 그렇다고 사람 앞에 앉혀놓고, 아니, 눕혀놓고 그렇게 바보라고 연호할 필요는 없는 일 아닌가. 대놓고 무시한다는 건 여러모로 기분 나쁜 일인 법이다.

뭔가 복수할 방법이 없을까 고민하던 내 머리 속에 불현듯 한 가지 단어가 떠올랐다. 그리고 그것이 떠오르는 순간 어느샌가 내 입은 그 말을 그대로 되뇌이고 있었다.

"저기, 저쪽에 반짝이는 건 뭐죠?"

"······."

순간 사방이 쥐 죽은 듯 조용해졌다. 말한 내가 무안해질 정도로. 하지만 그것 역시 내가 바란 바였다.

잠시 그렇게 정적이 온 동굴 안을 가득 채우는가 싶더니 어디선가 숨죽여 킥킥거리는 소리가 들리기 시작했다. 일단 그렇게 한 사람이 봇물을 트기 시작하자 그 웃음의 파도는 거침없이 온 동굴 안을 메아리치기 시작했다.

"방금 전 소리 지르는 바람에 이 꼴이 된 것도 모르나 보군."

나름대로 발드레드가 그렇게 반격이랍시고 하기는 했지만 그 정도로는 터무니없이 약했다. 정말 정숙을 유지해야 할 필요가 있었다면 말 한마디 한마디를 아끼는 그가 그렇게 장광설을 늘어놓았을 리도 없는 일 아니겠는가.

"비밀 통로가 여기 아닌가? 어차피 이리로 데려오려고 했으면서 무슨 소리야?"

게다가 그의 반격은 엘리스에 의해 여지없이 반격을 당했다. 이번에는 그도 대꾸할 말이 없었는지 별말없이 고개를 돌렸다. 덕분에 그 반짝임은 더욱더 강해져 버렸다.

"킥킥킥."

그 모습이 왠지 더 우스워서 우리는 지금 우리가 처한 상황조차도 잊고 잠시 폭소를 터뜨릴 수 있었다.

물론 단 한 사람만 빼고 말이다.

그게 누군고 하니, 언제나 날 못 잡아먹어서 안달하는 크라이스가 바로 그 주인공이었다.

분명 크라이스 역시도 발드레드를 그다지 달가워하는 눈치는 아니었다. 하긴 그의 눈에 메프 빼고 다른 사람들이 어디 인간으로나 보이겠는가. 우리의 임무를 돕고자 따라온 것도 아니고 단지 메프를 보호하기 위해서 따라온 것이니 굳이 그 외의 다른 사람에 대해서는 신경쓸 필요가 없는지도 몰랐다. 다만 지금처럼 그녀의 안전과 직결된 문제를 제외하고 말이다.

보이지도 않는 무언가에 쫓기어 물에 쫄딱 젖은 채로 이렇게 동굴 안에서 웅크리고 있어야 하는 메프. 그것뿐이라면 그냥 걱정되고 말 뿐인지도 몰랐지만 분위기를 보건대 그녀 자신은 신경도 쓰지 않고 정신을 잃은 날 간호한 모양이니 크라이스로서는 은근히 부아가 치밀어오를 만도 했다. 원래 사랑에 빠진 남자란 게 다 그런 거 아니겠는가. 유치한 질투라고 말한다면 할 말은 없겠지만, 원래 사랑이란 건 다 유치한 법이다.

아무튼 내 짧은 소견에도 그의 심경이 어떠하리란 정도는 쉽게 눈치챌 수 있었으니 다른 사람들이야 오죽했겠는가. 온몸에서 이상한 살기 같은 걸 내뿜은 채 웃고 있는 사람들을 하나하나 노려봐 대니 그만 모두들 머쓱할 수밖에 없었다. 검을 잡은 자로서 이 중에서 가장 강한 것은 아무래도 발드레드겠지만 크라이스의 강함이란 건 그것과는 또 다른 종류의 것이었고, 그런 그가 눈에 잔뜩 힘주고 노려봐 대니 아무리 어두워도 뭔가 낌새가 이상하다는 정도는 바보가 아닌 이상 쉽게 알아챌 수 있는 일이었다.

"라이, 왜 그래?"

우리로서야 머쓱해서 입을 다무는 정도였지만 일단 그와 가장 가까운 메프는 사정이 좀 달랐다. 설령 라이가 다른 사람 보듯이 그녀를 봤다손 치더라도 메프가 자신을 어떻게 생각하고 있는지 모를 리가 없지 않은가.

아니나 다를까. 그녀의 질문이 떨어지자 크라이스는 방금의 기세를 누그러뜨리며 여전히 불만스러운 목소리였지만 그런대로 많이 감정을 억제한 목소리로 그녀에게 투덜거리듯이 대답했다.

"지금 상황에서 웃음이 나오는 태평한 인간들 때문에 좀 기분이 언짢아서."

충분히 이해할 수 있는 일이었다. 적어도 우리 중에 크라이스가 메프를 얼마나 생각하는지 모를 사람은 없었으므로.

"하지만 그렇다고 그렇게 사람들을 노려볼 건 없잖아."

차분한 목소리로 메프는 그렇게 크라이스를 다독거렸지만, 그는 오히려 좀 더 부아가 치민 듯한 목소리로 그녀에게 대답했다. 그저 너무 어두워서 표정을 제대로 볼 수 없다는 것이 한일 뿐이다.

"그냥 웃고 있을 상황이 아니라고. 지금 우리를 쫓던 자들이 과연 어떤 자들인지 알 도리는 없지만 분명히 영살검주의 부하들일 테고, 그런 만큼 당연히 그들의 상관에게 방금 있었던 일들을 보고할 게 아닌가 말이야. 전혀 기척을 느끼지 못하고 방심하고 있다 하더라도 어려운 일인데, 지금 전부 발각되어 버린 상황에서 태평하게 웃음이 나와?"

구구절절이 옳은 말뿐이었다. 그리고 이렇게 된 것이 내가 별안간 지른 고함 때문이란 걸 생각하면 가슴 한구석을 더 쿡쿡 쑤셔대는 듯한 느낌뿐이었다.

하지만 그의 말에 아무 말도 하지 못한 건 다른 사람들 역시 마찬가지였다. 잠시나마 현재의 상황을 잊고 있었던 것이다. 이제 물속으로 통하는 한쪽 출구는 온통 적들로 가득 차 있을 것이고, 나머지 한쪽 출구는 아직까지 완전히 신뢰하기 힘든 두 인물의 인도를 받아야만 하는 상황인 것이다.

설마 이 꿈, 악몽은 아니겠지? 아무리 꿈이라도 슬프거나 괴로운 일을 당하는 건 싫다. 기왕이면 즐겁고 유쾌한 그런 일들을 겪고 싶을 뿐이다. 이런 내가 잘못인 걸까. 아니다. 사람은 누구나 행복하길 바란다. 그건 본능이나 마찬가지의 일이니까.

괜찮을 것이다. 지금 이 상황이 비록 그다지 순탄하다고만은 볼 수 없지만, 그래도 여기까지 오는 길이 순조로웠던 것처럼 모든 게 잘 풀려가겠지. 이렇게 되도 않는 희망을, 아니, 망상을 품는 나도 참 문제지만 일단은 꿈이니까 괜찮을 것이다. 당연히 그래야 하고말고.

하지만 다른 사람들로서는 나처럼 낙관적인 견해는 가질 수 없었던가 보다. 아닌 게 아니라 크라이스의 질타는 매섭기 그지없었으니까. 그리고 누구도 부정할 수 없었으니까.

그의 말은 사실상 모두가 내심 부담스러워하던 문제를 표면으로 끌어올린 것이나 마찬가지였다. 물론 그렇다고 크라이스가 어떤 대안을 가진 것도 아니었다. 그래서 그는 더욱더 화가 난 건지도 모르겠다.

잠시 침묵이 동굴 안을 가득 메운다. 조그맣게 들려오던 찰랑거리는 물소리와 사람들이 가냘프게 내쉬는 숨소리, 이따금 조금씩 몸을 움직이면서 생기는 부스럭거리는 옷자락 소리. 문득 이 모든 정적이 너무나 무겁게 느껴져 온몸이 짓눌리는 듯한 착각이 들었다. 혼자서 낙관적인 생각을 해봤자 주위의 다른 사람들이 모두 침잠해 버리면 나 역시도 그 분위기에 휩쓸릴 수밖에 없는 일이다. 더군다나 나 같은 녀석의 경우엔 더욱더.

의외로 질식할 것만 같은 그 상황을 타개한 것은 다름 아닌 제드밀란이었다.

"아니, 뭐 일단은 여기 발드레드가 하자는 대로 하자구. 상관없잖아, 어차피 거기 마법사 말대로 우리가 지금 여기서 뭘 어쩔 수 있는 방법도 없고. 바깥의 사정을 알아야 거기에 맞게 대처할 수도 있는 노릇 아니겠어? 일단 밖으로 나가고 생각하자고."

제드밀란으로서야 그의 성격상 이 갑갑한 분위기가 나만큼이나 못 견디게 부담스러워서 내뱉은 말이겠지만, 그건 그 나름대로 또 고개가 끄덕여질 만한 말이었다. 이런 구석진 동굴 안에서 아무리 머리를 쥐어짜고 있어본다고 해봐야 이제까지 있지도 않던 좋은 방법이 떠오를 리도 없으니까.

우습게도 갑자기 끼어든 발드레드만이 이전부터 방안을 생각해 오고 있었으니 그걸 일단 따라보는 것도 나쁘지는 않을 것이다. 어찌 보면 무대책한 우리 일행들의 태만함을 탓해야 할 일이겠지만, 그걸 보완이라도 하려는 것처럼 발드레드가 나타났으니 그걸로 된 게 아닐까? 물론 이 눈썹도 없는 민둥머리를 대뜸 믿기에는 뭔가 석연찮은 부분이 없지 않았지만.

"이제야 결정이 난 건가?"

기다리고 있었다는 듯이 발드레드가 입을 연다. 그 말을 듣는 순간 난 지금까지 우리의 모습을 발드레드가 어떻게 바라보고 있었을지 바로 알 수 있었다.

한심한 것들. 어떻게 이런 녀석들에게 임무를 맡길 생각을 했을까?

대충 그런 생각이 아니겠는가.

기분 나쁜 일이지만 그렇다고 뭐라 할 수만도 없는 일이었다. 내가 생각해도 내 자신의 대책없음에는 질려 버릴 정도니까.

확실히 그런 게 있긴 하다. 아무래도 이게 단지 꿈이라고 생각을 하다 보니 임무에 대해서 진지하게 방안을 모색해 본다든가 하는 일이 없었던 모양이다. 문제는 나야 원래 그런 놈이라고 치면 그뿐이지만 다른 사람들, 이를테면 언제나 똑똑한 엘리스나 별로 나대지는 않아도 머리는 좋은 듯한 루스, 언제나 나대지만 머리는 별로 좋지 않은 제드밀란 역시도 일단 전진을 고수하고 있었다는 점이다. 생각을 하면서도 겉으로 드러내지 않은 것인지도 모르고, 느닷없이 상황이 이렇게 되어 버리는 바람에 그 생각을 써먹을 수 없게 되어서 그런 것인지도 모르지만 일단은 한심하다는 사실을 부정할 수 없는 일이었다.

발드레드는 우리 일행이 아무런 대답을 하지 못하자 이내 몸을 돌리며 다시 한마디 던졌다.

"결정이 났다면 더 머뭇거릴 필요는 없다."

그 역시 안 된다고 할 만한 이유가 없는 말이었다. 제드밀란 말대로 여기서 계속 끙끙거린다고 뭔가 더 좋은 방법이 생길 거란 보장이 있는 것도 아니니까.

별수없이 어기적어기적 몸을 일으켜 어둠 한복판에서 반짝이는 그의 뒤통수를 표식 삼아 뒤따른다.

혹시 벨더라는 저 사람들이 머리를 깨끗이 밀고 다니는 건 이런 이유 때문이 아닐까.

윽, 내가 무슨 생각을 하는 거지. 이런 상황에서 이런 잡생각을 떠올리다니.

조용히 그의 뒤를 따르며 그래도 혹시나 뭔가 좋은 아이디어가 떠오르지 않을까 하고 머리를 굴려보는데 왠지 그의 머리가 자꾸만 신경이 쓰인다. 이거야 원, 이건 정말 중증이다. 잡생각을 하는 건 좋지만 한번 시작하면 끝이 안 나는 고질병만큼은 꿈속에서라도 좀 그만둘 수 없는 걸까.

도저히 머리 속에서 떠오르는 이 의문, 그러니까 왜 저들은 하나같이 머리와 눈썹을 밀고 다니는가가 자꾸 신경이 쓰여 견딜 수 없게 되어버리자 난 결국 옆에서 걷고 있는 엘리스를 향해 나지막이 질문을 던졌다. 무엇보다도 지금까지 본 바로는 그녀가 이 중에서 가장 해박한 것 같았으니까. 더군다나 이전에 그녀가 저들 벨더에 대해 간략하게 소개해 준 일도 아직 기억하고 있었다.

"저기요, 엘리스."

"응?"

그녀 역시 무언가 골똘히 생각에 잠겨 있다가 난데없는 나의 질문에 화들짝 놀라며 돌아보았다. 아무래도 평소 또렷또렷한 모습만 보이던 그녀여서인지는 모르겠지만, 그렇게 놀라 하는 모습을 보니 왠지 좀 눈이 즐거운 게 사실이다.

아차차, 지금은 이게 중요한 게 아니지.

"하나만 물어볼게요."

"뭔데?"

"왜 벨더라는 사람들은 죄다 대머리에 민눈썹인 거죠?"

"우리 종족은 태초에 용의 모습을 하고 있었다."

질문은 엘리스에게 던졌건만 정작 대답을 한 것은 나보다 한 발 앞서 가던 발드레드였다. 아차, 그가 얼마나 감각이 좋은지를 깜박하고 있었다. 자신의 등 뒤에서 소곤소곤 자기들 얘기를 하니 아무래도 끼어들 수밖에 없었던 건가?

"용이요?"

어찌 되었든 누구에게든 대답을 듣긴 들었으나 그것만 가지고는 역시 의문이 해결되지 않았기에 그처럼 다시 질문을 던졌다. 솔직히 용이라는 것이 언급된 것도 재미있는 일이었고, 좀처럼 입을 열지 않는 발드레드와 대화할 수 있는 기회를 놓치기는 싫었기 때문이다. 그의 눈이 좀 무섭긴 했지만 지금은 시선도 맞대지 않은 채 대화할 수 있으니 더 좋은 일이었다.

"모든 생물의 제왕, 신조차도 가벼이 볼 수 없던 최강의 생물."

말속에 자긍심이 하나 가득 배어 있다. 너무나 자랑스러워 가슴이 북받쳐 오른다는 그런 느낌. 좀처럼 감정의 변화를 읽기 어려운 그이기에 이것도 꽤 신선한 볼거리였다. 물론 엘리스의 방금 전 귀여운 모습보다는 못했지만.

하지만 그 모습은 그리 오래가지 못했다.

"용이라, 뱀이 아니고?"

엘리스가 문득 그렇게 한마디 팅기듯이 던지자 발드레드는 그대로 발을 멈추고 제자리에 서버렸다. 덕분에 그의 뒤를 따르며 계속 이동 중이던 우리 발걸음도 딱 멈추어 서고 말았다. 그의 등 너머로 보니 그

앞을 가며 길 안내를 하던 발드레드의 부하도 걸음이 멈춘 상태였다.

용과 뱀이라. 엘리스를 슬쩍 훔쳐보았으나 그녀는 발드레드의 반응 같은 건 신경도 쓰지 않는다는 투로 어깨를 으쓱하며 계속 말을 잇고 있었다.

"원래, 용이란 건 고대의 뱀을 신성화하거나 악마화하면서 만들어진 개념이지. 이건 내가 아니라 고대를 연구하는 학자들이라면 누구나 인정하는 일이야. 뭐, 내가 학자가 아닌 이상에야 자세한 건 더 모르겠지만 말이지. 그리고 하나 더 덧붙이자면 너희 벨더는 사실상 수인종 5대 부족 중 영사족의 전투 집단이지 않은가?"

"뭐?"

이번에 탄성을 터뜨린 건 뒤처져 따라오던 메프였다. 돌아보니 그녀 말고 크라이스도 놀란 눈으로 엘리스와 발드레드를 번갈아 보고 있었다.

왜 그러지? 뱀이든 용이든 그게 그렇게 중요한 일이었나?

"아니, 저기 난 그냥 왜 머리랑 눈썹을 민 거냐고 물어본 건데……."

난 그냥 내 머리 속을 휘젓는 잡생각을 좀 해소해 볼 요량으로 질문을 던진 것뿐인데 이런 식으로 또다시 분위기가 이상하게 변해 버리자 당황할 수밖에 없었다. 갑자기 용이니 뱀이니 하는 말이 나오고, 엘리스랑 발드레드 둘이 서로 으르렁대는 듯한 상황이 되었는데 내가 안절부절못하게 생겼지 않는가. 그렇지 않아도 발드레드는 다른 사람들과 그다지 친하지 못한 상황인데.

그는 여전히 등을 돌린 채 잠시 아무 말도 없었다. 다시 던진 내 질문 같은 건 안중에도 없는가 보다. 어쩔 줄 모르며 주위를 둘러보니 크라이스와 메프는 무언가 크게 놀란 모습이었고, 영문을 모르는 루스와 제드밀란은 그런 다른 사람들을 향해 의문 어린 시선을 던지고 있었다.

메프랑 크라이스는 또 왜 저렇게 놀란 거지? 그러고 보니 그들도 수 인족 어쩌고 했던 것 같은데 저 발드레드가 그들과 동족이라는 것에 그렇게 놀란 것일까?

그때 문득 중얼거리는 듯한 발드레드의 목소리가 들려왔다.

"역시 많은 걸 알고 있군. 백 년도 넘게 도적 길드를 지켜온 그림자 라는 말이 무색하지 않게."

에? 이건 또 무슨?

지금 이 말은 엘리스보고 한 말인가?

이번엔 모두의 시선이 발드레드의 등판에서 엘리스에게로 넘어갔 다. 어둠 속이었지만 그녀는 발드레드의 말에 꿈쩍도 하지 않는 것 같 았다. 아니, 가장 옆에 있는 나는 그녀의 입술 한쪽이 슬쩍 올라가며 보일 듯 말 듯 미소가 지어지는 걸 알 수 있었다.

"숙녀의 나이를 그렇게 까발리면 좀 섭섭하지. 안 그래?"

도대체 이 사람들의 문제는 한번 자기들끼리 대화를 시작하면 나로 서는 통 그 의미를 알 수가 없다는 것이다. 엘리스가 백 년 넘게 도적 길드를 지켜온 그림자? 저 외모로? 말도 안 되잖아. 그게 사실이면 세 상의 다른 노파들은 다 어떻게 살라고.

"정말 그렇게 나이가 많은 거예요?"

"왜 그래? 난 아직 이팔청춘이라고."

엘리스는 천연덕스럽게 그렇게 대꾸했지만, 그걸 도저히 보고 있기 뭐했는지 크라이스가 문득 입을 연다.

"여기 엘리스만이 아니라 세상에는 백 년 넘게 살고도 어린아이 모 습을 하고 있는 괴물은 얼마든지 있다. 너도 나와 한번 본 적이 있지 않은가."

응? 나랑 크라이스가 같이 본 적이 있었다고?

아! 누군지 알았다. 그때 설거지하러 갔다가 봤던 그… 키, 키 뭐라던 여자애 말하는 건가?

그때 그녀는 마법을 이용해 그렇게 외모를 속이고 있다고 들었는데.

"엘리스도 마법사였어요?"

"내가? 글쎄, 마법사나 마녀도 꽤 멋진 직업이긴 하지만 난 그보다는 도적 쪽이 더 좋은데."

여전히 천연덕스러운 대답. 도대체 이게 진담인지 거짓말인지 알 수조차 없었다.

"마법사는 아니야. 마법은 본질을 바꾸지 못하니까."

다시금 이어지는 크라이스의 대답.

으아, 뭐가 뭔지 하나도 모르겠다. 도대체 이해할 수 있는 말을 좀 하라고!

그래! 내가 원래 궁금했던 건 왜 발드레드의 머리가 대머리고 눈썹이 민눈썹인지 하는 거였어! 그것만 알면 돼! 엘리스가 백 년 넘게 살든 말든 그 딴 건 전혀 궁금… 하긴 하지만, 아무튼! 하나씩이라도 일단은 궁금증을 풀어야겠어!

"아무튼, 왜 발드레드와 저기 앞서 가는 아저씨는 머리를 밀고 있는 거죠?"

음, 내가 생각해도 좀 끈질기기는 하다. 하지만 이런 식으로 자꾸 얘기가 터져 나오고 풀리는 건 하나도 없으면 난 머리 속이 온통 뒤죽박죽이 되다 못해 호박죽마냥 되어버릴지도 모른다. 그런 처참한 꼴은 가급적 피하고 싶은 게 내 바람이었다. 호박죽으로 가득 찬 머리 속이라니 너무 끔찍하지 않은가. 음, 안 돼, 더 이상 상상하면!

엘리스는 이제까지 태연자약하던 모습에 황당한 표정이 슬며시 섞였다가 피식 웃더니 설명을 시작했다. 마치 어린아이 어르는 듯한 모습으로. 좀 기분 나쁘긴 하지만 머리 속이 호박죽처럼 되어버리는 것보단 나을 테니 참아야지. 아차차, 또 상상해 버렸다. 우욱.

"뱀이나 용이라는 짐승에게 털이 있어? 좀 황당한 얘기지만 자신들의 옛 모습에 조금이라도 더 근접하고 싶어서 그런 거라고 하더군. 문신도 그와 비슷한 의미지. 일종의 교감을 위한 뭐 그런 거라고 하던데 더 자세한 건 나도 몰라. 더 자세한 건 역시 당사자들한테 물어보는 게 낫겠지."

그런 건가? 그래서 머리와 눈썹을 민 거라고?

"그럼 온몸의 털을 다 밀고 다닌다는 말인가요?"

"어머? 처녀 앞에서 못하는 말이 없어."

왠지 과장된 행동을 보이며 그렇게 대꾸하는 엘리스. 이걸 웃어야 하나 말아야 하나.

"별로 안 웃긴데요."

아무래도 안 되겠어서 정색을 하고 그렇게 말했지만, 엘리스는 더더욱 빙글거리면서 이렇게 대꾸했다.

"웃기라고 한 얘기 아닌데? 사실을 말한 것뿐이야. 어머, 부끄러워라."

세상에.

이제껏 절대 그런 모습 보이지 않다가 몸을 비비 꼬면서 부끄러운 체하는 모습을 보자니 왠지 위화감이 들어서 견딜 수가 없었다. 아니, 물론 아무것도 모르는 사람이 본다면 정말 그녀의 성격이 그런 것이어서 그렇다고 착각할 수도 있는 일이겠지만, 얼마 되지는 않았어도 며칠 동안 그녀 옆에서 함께 살다시피 생활한 나로서는 도무지 적응이 되지 않는 행동이었다.

솔직히 어슴프레하게 보이는 그녀의 푸른 머릿결이나 그에 못지않게 빛나는 하얀 살결을 본다면 그런 행동이 썩 잘 어울린다고 할 수도 있긴 했지만 말이다. 실제로 저기 제드밀란 녀석은 완전히 넋이 나가서 혀를 빼 물고 침을 질질 흘리고 있지 않은가. 억지로 과장된 행동이 분명함에도 불구하고 이렇게 어울리다니, 원래 그녀의 본모습 자체가 저런 것 아니었을까 하는 착각마저 들 지경이었다.

"헛소리는 거기서 그만."

아파오는 골치를 두 손가락으로 꾹꾹 눌러대면서 내 머리 속에서 서로 쌈박질을 시작한 두 가지 잡념들을 어떻게든 진정시키기 위해서 무지하게 애를 쓰는데 문득 크라이스의 말이 조용히 울려 퍼졌다. 돌아보니 한심하다는 듯한 눈으로 날 흘깃 보다가 여전히 걸음을 멈춘 채 일행의 선두에 서 있는 발드레드와 빙글거리는 엘리스를 향해 시선을 돌린다.

왠지 억울했다. 이번엔 내가 바보 짓 한 게 아닌데.

따지고 싶었지만 그보다 크라이스의 입이 먼저 움직였다.

"영사족과 벨더의 관계에 대해 더 말해 봐."

발드레드에게 한 말인지 엘리스에게 한 말인지 감은 잡히지 않았지만 어찌 되었든 그는 그렇게 질문을 던졌다. 용이나 뱀보다 그게 크라이스에게는 더 문제였다 보다. 아니, 그만이 아니라 메프 역시 열렬한 표정으로 엘리스와 발드레드를 번갈아 바라보고 있었다.

그런데 영사족은 또 뭐람. 도무지 모르는 게 너무 많다 보니 무슨 대화가 오가는 건지 도무지 알 수가 없다.

물어보기는 해야겠는데.

그때 문득 엘리스가 다시 한 번 씨익 웃는 게 느껴졌다.

"뭐, 일단은 차근차근 설명해 볼까? 궁금해하는 사람이 많은 것 같은데. 그래도 돼, 발드레드?"

쓰윽 곁눈질로 그의 등 뒤를 바라보며 그렇게 엘리스가 동의를 구했다. 발드레드는 여전히 꼼짝도 하지 않고 가만히 서서 움직이지 않았고, 엘리스는 그 의미를 긍정으로 받아들였다.

"영사족이란 게 무엇인지부터 말하는 게 맞겠지? 크라이스와 메프를 제외하고는 그게 뭔지도 모를 테니까."

당연한 말이다. 그렇게 느낀 순간 난 어느새 고개를 끄덕이고 있었다.

엘리스는 내 대답을 보고는 다시 고개를 돌려 내 등 뒤의 루스와 제드밀란에게 시선을 돌린다.

"지금 꼭 들어둬야 하는 건가?"

루스의 대답이었다. 그러고 보니 우리는 지금 중대한 임무를 행하던 중인데 이렇게 가다 말고 서서 노닥거리면 안 되는 거 아닌가?

"뭐 상관없어. 어차피 이곳에서 벗어난다고 해도 바로 행동에 돌입할 수 있는 것도 아니고. 조금쯤은 얘기해도 상관없을걸. 그렇게 시간이 걸리는 문제도 아니고 말이야."

그렇게 대답한 엘리스는 고개를 돌려 발드레드와 그의 부하를 번갈아 쓱 훑어보았다.

"게다가 앞서서 안내하는 사람들이 저렇게 움직일 생각을 안 하잖아."

그것도 그렇긴 하다. 우선은 그들의 계획대로 움직이는 것이니까, 그들이 움직이지 않는다면 굳이 그들을 앞서서 나아갈 필요가 없는 일이었다. 솔직히 발드레드와 다시 눈을 마주치고 싶은 생각도 없고.

아까 전엔 어떻게 눈싸움할 생각을 했는지 모르겠네. 내가 생각해도 용해.

"그렇다면 해봐."

"별건 아니야. 너희들도 수인족에 대해서는 한 번쯤 들어봤지? 영사족은 수인족 5대부족 중 하나야. 투웅족이 수인족에 있어서 무를 상징하는 부족이었다면, 영사족은 지혜를 중시하던 부족이지. 사실상 고대에 있었던 라스타니아의 대륙 정벌은 영사족의 지혜가 없었다면 불가능했으리란 말도 있을 정도니까. 게다가 사실상 주법을 처음으로 고안해 낸 부족이기도 하지."

또 모르는 말 나왔다. 일단 투웅족. 우선 그건 그냥 부족 명이니 그런가 보다 하고 넘어가고. 라스타니아? 이건 또 뭐지? 그리고 주법이라… 아, 그러고 보니 메프가 주법사였지?

"영사족이 처음에 주법을 고안해 냈다고요?"

역시 아나나 다를까 메프가 결국 입을 열었다. 엘리스는 그런 그녀를 바라보며 가볍게 고개를 끄덕였다.

"응, 적어도 내가 알기론."

"증거가 있나요?"

"글쎄? 말하라면 못할 것도 없지만 그게 중요한 문제야? 대답하면서 생각해 보니까 주법의 문제는 별로 큰 문제가 아닌 것 같은데. 개인적인 질문은 나중에 시간이 나면 하도록 해. 게다가 또 생각해 보니 이거 밑지는 장사잖아? 내가 누군가에게 이렇게 공짜로 정보를 주다니, 이건 말도 안 되는 일이지. 아암!"

　아예 대답을 안 하겠다는 것이 아니라 일단 다음 기회에 하겠다는데 메프도 더 이상 캐물을 수 없는 일이었는지 아쉬운 표정이지만 그냥 고개를 끄덕이고는 물러났다. 엘리스는 그런 메프의 모습을 보고는 다시 설명하기 시작했다.

　"어찌 되었든 5대부족 연맹체였던 고대 라스타니아가 멸망하고 난 뒤 그 중추를 이루던 각 부족들은 서로 다른 길을 가게 되지. 명목상으로는 일단 한뿌리였겠지만 대륙을 제압하고 부와 권력이란 걸 맛보게 되자 이전까지는 하나로 생각했던 다섯 부족들이 각자 독립적인 성격을 가지게 되었던 모양이야. 뭐 인간사라는 게 다 그렇긴 하지만. 어찌 되었든 그 뒤로 고산 지대에 있던 그들 본래의 고향에서 아무 일 없다는 듯이 살아가는 투웅족 같은 부족이 있는가 하면, 독자의 국가를 건설하려다 패망해서 이젠 그 뿌리조차 남지 않은 은랑족 같은 부족도 있고, 영사족처럼 그들의 실체를 숨기고 역사의 그늘에서 암약해 온 부족도 있어."

　뭐, 뭔가 대단히 규모가 커지고 있었다. 그리고 내 좁디좁은 머리 용량으로는 그 모든 걸 받아들이는 데 상당히 무리가 있었다.

　결론. 머리 아프다!

　하지만 엘리스는 나의 고통스러운 표정은 본체만체하면서 자기 할 말만 하고 있었다.

　"벨더는 그 영사족이 자신들의 무력을 보존코자 만든 집단이야. 겉으로는 전란의 시대 틈바구니에서 살아가는 용병 부족이지만 사실은 그런 내력이 있었던 거지. 발드레드, 내 설명에 뭔가 모자란 거 있어?"

　슬며시 지금 이 얘기에 직접적으로 관련이 있는 그에게 질문을 던져 보지만 그래도 발드레드는 전혀 움직일 생각을 하지 않았다.

화라도 난 걸까?

나로서야 아무래도 아까부터 발드레드가 꿈쩍도 하지 않고 가만히 있는 게 뭔가 불안했지만, 괜히 건드려서 화살이 날아오는 건 절대 사양이었기에 내색하지 않고 가만히 있었다. 솔직히 내가 무슨 말만하면 바보 취급하기 일쑤지 않은가. 내가 정말 바보였다면 또 여기서 한마디 툭 던졌겠지만 뭐, 사실 내가 어디가 어때서 맨날 바보 취급당해야 하는 건가. 솔직히 나도 감정이 있고 뱃도 있는 녀석이다. 세상에 바보 취급당하고 헤헤거릴 수 있는 사람이 있을까? 정말 있다면 그 사람은 정말 바보이거나, 아니면 자신들을 바보 취급하는 사람들의 머리 꼭대기 위에 올라가 있는 사람이리라.

어라, 생각해 보니까 그거 정말 그렇군. 자신을 바보라고 여기게 만든 다음에 그들이 방심한 사이에 일을 꾸며놓고 나중에 뒤통수칠 줄 아는 그런 사람이 없으란 법도 없겠지.

하지만 역시 난 거기에 해당없는 것 같군.

어쨌든 간에 신기한 건 이제 엘리스였다. 정작 수인족인 메프나 그녀를 옆에서 늘 지켜보았을 크라이스는 그런 사실을 까맣게 모르고 있는 판국에 전혀 관련없어 보이는 그녀가 이처럼 자세하게 내막을 알고 있다는 건 대단한 일이라고 할 만하다.

"엘리스는 그런 걸 어떻게 그렇게 자세하게 전부 다 알고 있죠?"

"명색이 도적 길드의 이인자인데 당연한 일 아니겠어?"

천연덕스러운 대답. 더 이상 뭐라 할 만한 건덕지가 없는 깔끔한 대답이라고 칭찬해야 하나.

하지만 나 혼자만 있는 건 아니었다.

"아무리 도적 길드라고 해도 고대로부터의 일을 그처럼 세세하게 알고 있다는 건 역시 이해하기 힘들군."

크라이스가 그렇게 끼어든 것이다. 음음, 확실히 별로 마음에 드는 녀석은 아니지만 할 말은 바로 하는 저 성격은 왠지 부럽다.

"글쎄? 인간의 역사에 도둑이 없던 때가 있었나?"

하지만 엘리스는 이번에도 역시 천연덕스럽게 대답하고서는 빙긋 웃더니 거기에 덧붙여 다시 설명을 해 나가기 시작했다.

"가장 오래된 법전에도 도둑에 대한 처벌 규정은 명시되어 있어. 그건 그 당시에도 분명 도둑이 있었다는 얘기가 되지. 그리고 얼마나 박해받았는가도 알 수 있고 말이야. 그래서 도둑들은 서로 더 잘 뭉치는 건지도 모르지. 아니, 도둑뿐만 아니라 세상의 모든 뒷골목 사람들은 다 마찬가지일 거야. 어찌 보면 세상에서 도태되어 버린 도망자들이 끼리끼리 뭉치는 일일 수도 있겠지만."

거기까지 단숨에 말해 버린 그녀는 잠시 숨을 몰아쉬었다. 처음에는 그저 헤헤거리는 투였던 것이 말이 이어지면서 점점 감정이 격해지는지 나중에는 거의 고함치는 듯한 어조로 바뀌어 있었다.

사실 사람이 살면서 힘든 거야 그것이 거지이든 왕자이든 간에 전부 마찬가지일 것이다. 아무리 편하고 높은 위치에 있는 사람이라도 저마다 힘든 점이 있을 터이고 그것이 작은 것이든 큰 것이든 간에 그 사람을 정말 힘들고 괴롭게 한다면 그건 다른 어떤 사람의 고통과도 비교될 수 없는 일이니까.

게다가 백 년도 넘게 살았다면 그런 일들이 어디 한두 가지겠는가. 오래 살았다면 그만큼 괴로운 일도 많았을 것이고 은근슬쩍 잊거나 희미해진 일도 많았을 것이다. 그중에 하나를 자신도 모르게 건드려 버린 것은 아닐까.

그렇다고는 해도 내가 달리 어떻게 할 방도는 없다. 뭐, 사실 내가 그녀에게 뭐라 할 수 있는 위치도 아니고, 그런 사정이 있다고 그녀를 진심으로 걱정해 줄 만큼 깊은 정이 든 것도 아니다. 언제나 그렇듯이 난 다른 사람의 변두리를 떠돌며 그저 바라만 볼 뿐이다. 그것이 꿈이든 현실이든 간에.

쳇, 왠지 나도 기분이 좀 우울해지는군.

"음음, 미안. 중요한 건 이게 아닌데. 하핫. 아무튼 그만큼 역사가 오래되었다 이 말이야, 내 말은."

어색한 웃음소리까지 곁들여서 얼버무리려고 하지만 이미 한번 나온 말을 어쩌겠는가.

아무튼 당사자가 그렇게 나오니 거기에 더 뭐라 할 수도 없는 일이다. 엉뚱하게 발드레드의 대머리 얘기하다가 별 얘기가 다 나온 셈이군.

일단 엉겁결에 상당히 많은 얘기가 나온 것 같긴 한데, 이건 뭐 갓난 아기한테 고대 왕국의 법전 얘기 들려준 거나 마찬가지인 것 같다. 뭐 나랑 상관없는 얘기들이어서 그런지는 몰라도 말이다.

그나저나 이만큼 떠들었으면 이제 가야 하는 거 아닌가.

다시 발드레드를 돌아보았지만 그는 여전히 미동도 하지 않았다.

자기 외모를 가지고 뭐라 그랬다고 화라도 난 건가?

뭐, 알고 보니 속이 엄청 좁은 녀석이었다든지 그런 건 아니겠지? 그래도 이중에선 그나마 분위기 좀 잡을 줄 아는 녀석인데 그런다면 정말 실망일 거다. 아니, 사실은 그렇게 이 녀석도 망가지는 걸 바라는지도 모르겠군. 나만 망가지면 억울하니까.

"저기, 이만 가야 되는 거 아닌가요?"

발드레드에게 직접 뭐라고 하지는 못하고 엘리스에게 그렇게 슬쩍 물어보았다. 솔직히 말 붙였다가 돌아서서 노려보기라도 하면 큰일이니까.

엘리스에게 말하긴 했어도 사실 발드레드에게 한 거나 다름없는 말이었다. 엘리스도 그렇게 생각했는지 발드레드의 등을 물끄러미 바라보기만 할 뿐 대답이 없었다.

하지만 역시 무반응이다. 뭐냐, 정말 삐친 건가.

슬며시 그의 뒤로 다가가면서 말을 붙여보았다.

"저기요… 발드레드?"

갑자기 획 돌아서서 주먹이나 검을 내지를지도 모르기에 언제든 몸을 피할 수 있는 자세로 다가가다 보니 이건 무슨 꼭 난생처음 보는 이상한 물체라도 만져 보려고 폼 잡는 어린아이 같은 모습이다. 하지만 일단은 내 목숨이 먼저이니 꼴이 우스워 보여도 할 수 없는 일이긴 했다.

그러나 이번에도 반응이 없다.

슬슬 불안해진다. 괜히 화나게 한 건 아닌가 싶어서 말이다.

뒤돌아보니 엘리스를 비롯한 다른 사람들도 같은 생각인 듯했다. 그리고 모두 같은 의미를 지닌 눈빛으로 나를 바라보고 있었다.

'네가 사과해!'

솔직히 내가 먼저 말을 꺼냈으니 내 잘못이 있는 건 나도 인정할 수 있다. 하지만 이래서야 전부 내가 다 뒤집어쓰란 것과 마찬가지가 아닌가.

억울한 마음에 도리질쳐 보았지만 그들의 표정은 너무나 완강했다.

그나마 내 편을 들어주던 메프 역시도 이번만큼은 한통속이 되어 날 밀어붙이고 있었다.

어쩔 수 없는 건가. 후우.

결국 난 두려운 마음을 한쪽으로 밀어둔 채 다시금 조심스레 그에게 한 걸음 더 다가갔다. 분명히 내 기척을 눈치 챘을 터인데도 그는 여전히 아무런 움직임이 없었다.

"저기⋯⋯."

하지만 내 말은 더 이상 이어지지 못했다.

갑자기 발드레드가 뒤돌아서서 노려보거나 한 건 아니었다. 그냥 그에게 한 걸음 더 다가서는 순간 온몸이 뻣뻣하게 굳어져 버리고 말았다. 내 몸의 모든 감각이 없어져 버린 것이다!

놀라고 당황했지만 그걸 표현할 방법조차 없었다. 아무런 느낌도 없는 텅 빈 공간에 처박힌 것만 같았다. 내가 살아 있다는 느낌조차 들지 않았다. 아니, 시각과 청각만은 남아 있었지만 그것뿐이었다. 마치 내가 몸이 없는 유령이라도 된 것마냥 붕 뜬 느낌이랄까. 발드레드에게 뻗었던 손이 보이는 것 말고 내가 육체를 가지고 있다는 그 어떤 확신도 가질 수 없는 그런 무감각의 감옥 속에 처박혀 버린 것이다.

어쩔 줄 모르는 그 상황에서 소리라도 질러 보려고 안간힘을 썼지만 아무런 효과도 없었다.

"마스터?"

어정쩡한 모습으로 내 동작이 딱 멈추자 뒤따르던 일행들도 그제야 뭔가 이상한 것을 깨달은 모양이었다.

그리고 그 순간 발드레드의 등 뒤로 무언가 희끄무레한 것이 천천히 떠올랐다.

유령?

으윽. 이젠 별게 다 나오는구나. 이런 건 싫다구!

그것은 여인의 모습이었다. 칠흑 같은 검은 머리와 검은 옷으로 온 몸을 감싼 여인의 모습. 엘리스나 메프와는 또 다른 성숙하면서도 도도한 느낌의 여인이었다.

그리고 그 모습이 뚜렷해지는 순간 뒤에서 신음과도 같은 크라이스의 말이 이어졌다.

"어머니⋯⋯."

에? 어머니라고?

그 말에 난 다시 한 번 그 여인의 모습을 유심히 바라보았다. 하지만 아무리 봐도 크라이스만한 아들이 있는 아줌마라고는 볼 수 없는 그런 외모였다. 뭐랄까. 아줌마라기보다는 엘리스의 언니뻘 정도로밖에 보이지 않는 그런 외모였기 때문이다.

가만. 크라이스의 어머니라면 이 여인도 마법사인 걸까? 그렇다면 전에 그 키 뭐라던 여자애처럼 이 여인도 마법으로 나이를 속이고 있는 걸까?

흠, 왠지 마법의 새로운 용도에 대해서 알게 된 것 같은데. 원래 나이보다 젊게 보일 수 있는 특권이라니. 세상 여자들이 알면 저마다 마법 배우려고 난리칠 것 같군.

하지만 또다시 문득 크라이스의 말이 생각났다. 마법은 본질을 바꾸지 못한다든가. 결국 겉모습을 속인다는 말이 정확한 얘기가 되는 셈이군.

아차차, 지금 중요한 건 이런 얘기가 아니지.

"라이?"

여인은 눈썹을 조금 찡그리더니 그렇게 입을 열었다. 이런 걸 색기 어린 목소리라고 하는 건가? 한창 커가는 나 같은 소년에겐 왠지 등골이 오싹한 그런 느낌이었다. 하여간 별의별 체험을 다 하는군. 내가 평소에 욕구 불만이라도 있었던 건가.

아무튼 아줌마라고 보기엔 영 이상해. 내가 고정관념에 사로잡힌 건지는 몰라도.

"결계에 이상이 있는 것 같아서 나와봤더니 네가 여긴 웬일……."

여인은 그렇게 말하다 말고 문득 말을 멈췄다. 기묘한 눈빛. 무언가 여러 가지 감정이 교차하는 그런 눈빛이었다. 그것이 무엇인지 어린 나로서는 도저히 감이 잡히지 않는.

"너도 함께로군."

누구를 향해 한 말일까?

하지만 그 의문은 그 뒤에 조금 시간을 두고 이어진 대답으로 금방 풀렸다.

"오랜만이군요."

그 목소리의 주인공은 메프였다.

뭔가 이상한 분위기였다. 눈동자 하나 꼼짝 못하는 상황이긴 했지만 그런 것 때문이 아니었다. 크라이스와 그 어머니, 그리고 메프의 말투에서 전해지는 미묘한 감정의 엇갈림이 그러한 분위기를 자아내고 있었다.

복잡하다. 난 이런 복잡한 것은 질색이다. 게다가 명색이 용사 역할이어야 하는 내 지금 꼴도 마음에 들지 않는다. 이래서야 현실과 다를 게 뭐가 있느냔 말이다.

"오랜만… 오랜만이지. 그래, 둘이서 이런 곳에 웬일이지? 그것도 좋은 목적으로 찾아온 사람들이라고는 절대 보이지 않는 사람들과."

아, 그나저나 한 가지를 잊고 있었군. 크라이스의 어머니는 또 왜 이런 곳에 있는 거지?

하지만 그건 그녀가 마법사라는 점을 떠올리자 곧 생각이 났다. 북의 탑. 현존하는 최고의 마법 성지. 그녀 역시 거기에 소속되어 있는 것인가.

그럼 이대로 이 모험은 끝나는 것인가. 이렇게 옴짝달싹 못하게 되어버렸으니 뭘 더 어떻게 한단 말인가. 적어도 내 근처로 다가오는 순간 다른 사람들도 똑같이 꼼짝 못하게 되어버릴 게 뻔하고, 그나마 떨어진 거리에서 상대할 수 있는 능력을 가진 건 크라이스이지만 그가 자신의 어머니에게 무슨 해코지를 할 리도 없지 않은가. 원래부터 크라이스는 이 임무에 동참한 게 아니라 메프를 보호한다는 명목뿐이기도 했고 말이다.

암담할 뿐이었다. 젠장.

기왕에 꿈이라면 좀 더 잘 풀리면 어디가 덧나나? 이렇게 허무한 결말이라니. 깨고 나서도 전혀 기분이 개운하지 못할 것 같다.

"이들이 뭘 하든 전 상관없습니다. 전 메프 때문에 온 거니까요."

역시나 그런 대답이 나올 줄 알았다. 그나마 한 가닥 희망을 걸어보았건만 철저하게 배신하는구나. 아니, 배신이라는 말은 좀 그런가. 아무튼 절망, 또 절망.

"그래? 그럼 이들이 어떻게 되어도 상관없다는 얘기니?"

상관이 없기는! 난 상관 많다고!

으아, 미치겠다. 말이라도 할 수 있다면 좋으련만. 말은커녕 손가락 하나도 까딱할 수 없는 상황이라니.

어? 잠깐.

방금 내 손가락이 조금 움직인 거 같은데?

그 와중에도 크라이스와 그 어머니의 대화는 계속 이어지고 있었다.

"메프만 무사하다면 전 아무 상관 없습니다."

"그래?"

순간 나와 여인의 눈이 딱 마주쳤다. 손가락에 감각이 온 건지 긴가민가한 상황에서 어떻게든 움직여 보려고 기를 쓰는 상황이었기에 나는 더 소스라치게 놀랄 수밖에 없었다. 물론 꼼짝도 못하는 상황이기에 그 감정이 표출되지는 않았지만.

"흐음, 귀여운 소년 하나와… 응? 당신은 발드레드?"

의미 모를 미소를 지은 채 날 빙글거리며 바라보던 그녀는 내 앞에 서 있는 남자를 그제야 보았는지 다시금 눈을 찌푸리며 그렇게 말했다.

맞다. 발드레드는 원래 영살검주의 진영에 있었던 사람이지. 몰래 우릴 돕겠다고 나왔으니 그가 여기에 우리와 함께 있는 게 이상하게 느껴지긴 하겠군.

다행이긴 한 건가. 그 덕분에 그녀의 시선이 나에게서 벗어났으니.

"잠시 자리를 비웠는가 싶더니 수색대에선 침입자가 있다는 보고가 올라오고, 외곽을 총괄하는 당신은 그 침입자로 보이는 인물들과 함께 있고… 이 상황을 제가 어떻게 받아들여야 하는 걸까요?"

어떻게 받아들이긴, 뻔한 거지. 아마도 비꼬는 것이겠지만, 발드레드 역시도 나처럼 눈썹 하나 깜짝할 수 없는 상황이니 무슨 변명을 할 수 있겠는가.

아무튼 이놈의 손가락은 잠깐 움직였나 싶더니 다시 응답이 없네. 제발 움직여다오, 손가락아.

생각해 보니 지금 내 꼴이 꼭 잠자다 가위눌리는 그런 상황인 것 같다. 웃, 나 정말 가위눌린 건가?

그렇다면 방법은 더 간단하다 어떻게든 손가락 하나라도 움직이기만 하면 곧바로 가위눌린 게 풀릴 테니까. 제발, 제발 움직여다오, 손가락아.

"안 그래도 너무 도도한 당신이 별로 맘에 안 들었었는데 이렇게 제 맘을 헤아려서 이런 일을 벌이시다니요. 후훗."

완전히 자기 손에 들어온 것이나 다름없는 발드레드를 그녀가 마음 껏 희롱하는 사이에도 난 열심히 비지땀을 흘리며 어떻게든 손가락을 다시 움직여 보려고 기를 쓰고 있었다. 도대체 다른 사람들은 뭐 하는 거지? 우리가 이 꼴로 꼼짝없이 당하게 생겼는데 전혀 어떻게 해볼 생각도 하지 않다니.

젠장, 손가락 하나 움직이는 게 이렇게 힘든 일이었나. 정말 미치겠군.

발드레드를 놀리고 나서 나한테 또 저러는 건 아니겠지. 불쌍한 발드레드. 자존심도 강한 사람인데 저런 식으로 옴짝달싹 못하게 되어 여자에게 희롱당하는 처지가 되었으니 지금 얼마나 열받아 있을까.

하지만 남 걱정할 때가 아니다. 어떻게든 마비가 풀리기만 한다면 그녀가 제아무리 뛰어난 마법사라고 해도 내 손으로 제압할 수 있을 테니까. 오, 제발 움직여다오, 손가락아. 젠장, 감각이 없으니 내가 손가락에 제대로 정신을 집중한 건지도 긴가민가하다.

"그만 좀 해두시지요, 아줌마."

그때였다. 엘리스가 마침내 참지 못하고 나선 것이다.

하지만 그녀라고 뾰족한 수가 있을까? 그녀가 제아무리 뛰어나다고 해도 그건 어디까지나 일반인들에 비교해서였다. 일단 그 상대가 마법사라면, 게다가 그 마법사가 저 엄청난 크라이스의 어머니라면 얘기가 달라도 한참 다른 얘기가 되는 것이다.

도대체 뭘 믿고 나선 것일까.

누가 들어도 도발의 의미를 내포한 단어, 아줌마. 어느 정도 외모 같은 것에도 자신감이 있는 사람일수록 그런 말에 더 분노하게 마련이다. 게다가 그것이 마법으로 본질을 숨기고 있는 것이라면 더욱더.

이 여인도 예외는 아니었다. 자기 맘대로 발드레드를 가지고 놀다가 그 말을 듣는 순간 눈살을 찌푸리며 고개를 돌려 내 등 뒤를 바라보기 시작한 것이다. 아마도 엘리스가 내 뒤쪽에 있는가 보다.

"지금 저보고 한 말인가요, 아가씨?"

하지만 말을 하면서 그제야 엘리스의 외모를 본 것일까. 일순 여인의 눈동자에 놀라움이 스쳐 갔다. 아니, 그렇게 느낀 순간에는 이미 질시의 눈빛이 되어 있었다. 정말 이런 걸 알아볼 수 있는 내 자신이 놀라울 뿐이다.

젠장, 이놈의 손가락은 오늘따라 왜 이리 안 움직여?

"네, 아줌마."

엘리스의 성격만 헤아려도 충분히 예상 가능한 말이었지만, 정말 이 상황에서 저렇게 당당하게 말할 줄은 전혀 생각해 보지도 못했다. 정말 도대체 무슨 생각으로 저러는 거지?

괜히 건드려 봐야 도움 될 일도 없는데… 아!

혹시 주의를 끌어보려고 그러는 건가?

하지만 그런다고 달라질 게 뭐가 있다고 그러는 거지?

혹시 내가 지금 마비를 풀려고 용쓰는 걸 알아차린 걸까? 만에 하나 그렇다면 이대로 있을 수는 없는 일이었다.

어찌 보면 크라이스의 어머니인데 이러는 게 좀 이상하기도 했지만 분위기에 휩쓸린다고 해야 하나? 아무튼 나 역시 그녀가 우리에게 호의적일 것이라고는 도무지 생각할 수 없었기에 있는 힘껏 내 몸의 마비를 풀기 위해 애쓰기 시작했다. 방금까지보다 더욱더 말이다.

이 일행 중에서 메프와 그녀만이 나를 챙겨준 사람이라고 할 수 있으니 그냥 둘 수야 없지 않은가. 그리고 메프 역시도 이 여인과 그다지 좋은 관계가 아닌 것 같고 말이다. 내 추측이 틀리다면 할 말은 없지만 이 상황에서 행운을 바랄 수도 없는 일이 아닌가.

그렇다. 지금 이 상황을 빠져나가기 위해서는 일단 내가 어떻게든 지금 상태에서 빨리 벗어나야 한다. 움직여라. 움직여라, 손가락아!

"흐음."

아무래도 사적인 시비에는 따로 어떻게 대응해야 할지 난감할 수밖에 없었을 것이다. 크라이스의 어머니라는 이 여인은 시선을 한번 아래위로 움직이는 것을 첫 번째 반응으로 삼았다. 아마도 엘리스를 아래위로 훑어본 것이리라.

그렇지만 엘리스가 또 좀 예쁜가. 게다가 절대로 일반적인 미인과도 거리가 멀다. 푸른색의 머릿결이란 게 흔히 나타나는 외모는 아니니까.

크라이스의 어머니 역시 그 점이 제일 먼저 흥미를 끌었는지 그걸 걸고넘어졌다.

"푸른 머릿결이라. 확실히 보기 드문 외모로군요. 하지만 어차피 세월이란 건 다 마찬가지겠죠. 당신에게든, 누구에게든."

쉽게 말하자면 너도 금방 아줌마 된다. 지금 싱싱하다고 잘난 척해 봐야 나중 되면 다 물거품이다. 뭐, 그런 얘기였다.

하지만 그건 누구라도 생각할 수 있는 반격이었다. 하물며 저 영악한 엘리스가 그런 것도 예상 못했다면 말이 안 된다. 더군다나 엘리스의 나이는 또 얼마인가. 백 년도 넘게 살아왔다고 하지 않았는가. 적어도 이 여인이 말한 대로라면 그녀에게도 세월의 흔적이 보여야겠지만 글쎄, 누가 엘리스를 보고 백 년 이상 살아왔다고 말할 수 있을까.

생각해 보니 이상하긴 하다. 마법도 아니고 도대체 무슨 비법으로 그토록 오랫동안 항상 같은 모습을 유지할 수 있었던 걸까.

하지만 이건 역시 크라이스의 어머니가 알게 해선 안 될 것 같다. 마법을 이용해 자신의 모습을 젊었을 때 그대로 유지하고 있는 사람에게 세월에 영향을 받지 않는 사람이 눈앞에 있게 되면 어쩌려고 하겠는가. 아마 해부를 해서라도 그 비밀을 밝히려고 들 것이다. 음, 갑자기 섬뜩해지는군.

"그런가요?"

역시나 엘리스는 약간의 비웃음마저 서린 말투로 그렇게 대답했다. 사실 그녀로서는 가소로운 일일 것이다. 솔직히 나이를 먹었어도 엘리스가 더 먹었을 테고, 인생 경험을 했어도 엘리스가 훨씬 더 많이 했을 테니까. 무왕 칼스 앞에서 자신이 영웅이라고 큰소리치는 것과 다를 것이 무엇이겠는가.

에구구, 그나저나 정말 이게 뭐 하는 짓인지. 피 튀기는 칼부림 같은 건 솔직히 싫지만 이렇게 옴짝달싹 못하는 상황에서 손가락 하나 움직이려고 기를 쓰면서 여자들 말싸움이나 들어야 하는 처지라. 정말이지, 이거 무슨 꿈이 이런지 모르겠다. 아무리 내가 상식에서 좀 벗어난 망상을 많이 하긴 했어도 이런 식의 모험이라니. 정말 적응 안 되는군.

"그런 거지요. 물론 이젠 당신이 그 세월이란 걸 경험해 볼 기회가 많이 없어진 듯해서 좀 슬프긴 하지만요."

이건 또 무슨 소리지. 내 생각이 틀린 게 아니라면 이건 분명한 협박이었다.

"우릴 어쩔 작정이지요?"

엘리스 역시 그걸 파악했는지 목소리에 긴장감이 감돌고 있었다. 실질적으로 우리 중에서 가장 강하다고 생각되었던 발드레드를 저렇게 꼼짝 못하게 만들었으니 우선 맥이 빠질 뿐더러, 일행 중 유일한 마법사인 크라이스의 어머니이니 그는 움직이지 못할 것이라는 게 두 번째 문제였다.

가장 간단한 방법은 그녀가 마법을 사용하기 전에 먼저 제압해 버리는 것이겠지만, 그것 역시 크라이스를 생각하면 할 수 없는 일이었다. 아무리 임무가 중요하다고 해도 어찌 자식이 보는 앞에서 그 어머니에게 해코지를 한단 말인가. 더군다나 제압하려고 접근하는 순간 나나 발드레드, 그리고 그의 부하처럼 굳어버리면 아무 소용이 없는 일이기도 했고 말이다. 실제로 이 여인은 나와 발드레드의 중간에 서서 전혀 움직이지 않고 있었다.

"글쎄요. 다른 사람의 영역에 함부로 들어와 소란을 피운 죄는 결코 가볍지 않겠지요. 게다가 아무 이유 없이 왔을 리도 없을 테니 더욱 문제고요. 아마도 공주를 빼돌리려고 왔나 본데 정말 안됐어요. 이렇게 성에 들어가 보지도 못하고 죄다 잡히는 신세가 되어버렸으니."

뭐라고 반박할 수도 없는 말이었다. 우리의 목적까지 완전히 다 꿰뚫어 보고 있는데 거기다 대고 뭐라고 한단 말인가.

"그나저나 크라이스, 그동안 잘 지냈니? 어머니는 네가 무척이나 보고 싶었는데, 어쩌면 그렇게 기별 한번 안 줄 수가 있는 거니?"

그녀 역시 전설이나 이야기 속에 나오는 모든 악당들의 과오를 다시 한 번 되풀이하고 있는 것일까? 바로 제압할 수 있음에도 불구하고 괜히 이래저래 시간을 끌다가 비참한 최후를 맞는 악당들처럼 말이다.

불행히도 그건 아니었다. 그처럼 말을 하면서도 그녀는 가슴팍에 손을 대고 무언가 꼼지락거리고 있었다. 그냥 손이 심심해서라고 보기에는 뭔가 어색한 그런 움직임이었다.

그때였다.

또다시 귓가에서 앵앵거리는 소리가 미친 듯이 들려오기 시작했다. 큰 소리는 아니었지만 어쩐지 계속 신경이 쓰이는, 그래서 머리마저 지끈거리는 그런 소음이.

"으윽!"

그리고 그 소음이 더 이상 견딜 수 없게 된 순간 난 인상을 찡그리며 손을 귀에 가져갔다. 그리고 전에 들었던 대로 마른침을 한번 꿀꺽 삼켰다. 그러자 또다시 거짓말처럼 그 앵앵거림이 사라져 버린다.

이거 무슨 고질병인 건가. 아니, 그게 아니라면 누가 날 깨우려고 자는데 귀에다 큰 소리로 떠들기라도 하는 건가. 정말 이거 짜증나서 미치겠네.

아무튼 그쳤으니 일단은 다행인… 어라?

마비가 풀렸네?

"토미!"

뒤에서 엘리스가 커다랗게 외치는 소리를 듣자 난 마치 채찍질이라도 당한 말처럼 다짜고짜 여인을 향해 달려들었다. 엉겁결이기도 했고, 엘리스의 목소리를 듣는 순간 왠지 필사적이 된 것도 이유가 되었다.

하지만 지나치면 오히려 모자란 것만 못한 법.

너무 의욕과 힘이 지나쳤는지 내 힘을 조종하지 못한 나는 그대로 그 여인을 들이받고 말았다. 그리고 그 충격으로 나와 여인은 그대로 그 자리에서 나동그라지고 말았다.

"헛!"

"아앗!"

그리고 곧바로 일방적인 몸싸움이 벌어졌다. 마음은 급한데 어떻게 해야 하는지 갈피를 못 잡는 내가 버벅대는 사이에 그 여인은 나를 세차게 뿌리치고 일어나려 발버둥을 쳤다. 게다가 나는 한창 자라나는 사춘기 소년. 여자와 이런 식으로 바닥에 나뒹구는 일이란 게 절대로 익숙할 리가 없었다. 도대체 어디다 손을 대란 말인가!

"토미! 그냥 이쪽으로 끌어내! 어서!"

온통 볼이 시뻘게지도록 따귀를 얻어맞고, 발길질에 채이고 손톱에 할퀴고… 엉망으로 그렇게 엎치락뒤치락하는데 뒤에서 엘리스의 말이 들려왔다. 그리고 난 그 말을 듣는 순간 더 생각할 것도 없이 여인의 양 발목을 붙잡아 무작정 일행들이 있는 쪽으로 끌어당겼다.

난리도 아니다. 이걸 어떻게 세상을 떨쳐 울릴 용사의 첫 번째 전투라고 감히 말할 수 있겠는가. 있는 대로 쥐어뜯긴 머리, 안 봐도 어떻게 변했을지 뻔한 화끈거리는 얼굴. 이것이 전투의 흔적이라고 한다면 과연 사람들이 날 어떻게 볼 건지 정말 걱정스럽다.

하지만 그건 크라이스의 어머니라는 이 여인도 마찬가지였다. 아등바등 날 뿌리치려고 기를 쓰다가 내가 느닷없이 발목을 잡아끌자 어쩔 줄 모르며 당황하기 시작한 것이다. 다리가 들린 상태로 뒤로 잡아끌자 치마는 뒤집히지, 그 와중에도 풀려나려고 온갖 발버둥은 치지. 어디가서 마법사라고 말하기도 창피한 그런 모습이었다. 게다가 막무가

내로 잡아끌고 있는 나 역시도 눈앞에 드러난 허여멀건한 다리 때문에 시선을 어디다 둬야 할지 막막한 건 매한가지였다. 나중에는 아예 그냥 눈을 질끈 감고 막무가내로 뒷걸음질만 쳤다.

그렇게 얼마나 아귀다툼을 벌였을까.

"토미! 그만! 그만 해!"

메프가 발악하듯이 지르는 소리를 듣고서야 난 겨우 뒷걸음질치던 발걸음을 멈췄다. 하지만 역시 보기 민망한 모습이 눈앞에 있을까 봐 눈은 여전히 뜨지 못한 어정쩡한 자세였다.

"됐어. 그만 놔도 돼."

루스의 허탈한 듯한 말을 듣고 나서야 난 잡고 있던 발목을 놓아주었다. 그리고 그제야 정신이 겨우 돌아오는 느낌이었다.

"후, 하여튼. 네가 같은 편인 게 얼마나 다행인지 모르겠다."

슬며시 눈을 뜨는데 이번엔 제드밀란이 그렇게 혀를 끌끌 하는 게 들렸다. 내가 생각해도 이건 좀 아니다 싶긴 하지만 누구 덕분에 위기를 모면한 건데 그러는지 몰라. 쳇.

"수고했어. 덕분에 북의 탑 주인을 이렇게 쉽게 제압했으니 그걸로 된 거지 뭐. 저런저런, 꼴이 말이 아니군."

쳇, 그래도 날 챙겨주는 건 엘리스뿐인 건가. 하긴 뭐, 내가 아니라면 누가 마법을 깨고 이렇게 마법사를 제압할 수 있겠어. 쉽지 않은 일이었지만, 그리고 별로 멋지지도 않았지만 이 정도면 대단한 거지.

에? 잠깐. 북의 탑 주인이라고? 이 여자가?

평범한 마법사는 아닐 거라고 생각했지만 그런 대단한 인물이었단 말인가. 그럼 난 현존하는 최고의 마법사를 맨손으로 무력화시킨 건가.

그래, 난 역시 용사였던 거야. 용사가 아니라면 누가 이런 일을 해치울 수 있겠어? 이거 정말 기분 째지는데.

하지만 그것도 잠시, 바로 엘리스가 내 좋던 기분에 찬물을 끼얹었다.

"그런데 의외네. 난 발드레드가 마법을 깨길 기다리고 시간을 끈 건데 마스터가 해치웠으니. 기억을 잃었다고는 해도 완전히 바보가 된 건 아니라 이건가?"

뭐냐……

그러면 그렇지. 에휴, 난 어딜 가나 애물단지였던 거야. 꿈이라고 달라지는 것이 있겠어?

"하지만 그만큼 대단한 거잖아요. 정말 수고했어, 토미."

때리고 어른다는 말이 있긴 하지만, 그래도 메프밖에 없다. 어깨 너머에서 무섭게 노려보는 크라이스만 아니라면 정말이지 한번 끌어안아 주고 싶을 정도다.

흐음, 그나저나 크라이스는 지금 심정이 어떨까. 아무래도 자기 어머니를 이런 꼴로 만들었으니 별로 기분이 좋지는 않을 텐데.

이 여인이 북의 탑 주인이라면 크라이스는 북의 탑 후계자쯤 되는 건가. 어쩐지 나이에 비해 터무니없는 실력을 가지고 있더라 했더니 그런 내력이 있었던 거군. 어쩐지 그가 좀 부럽기도 했지만, 이런 상황을 겪어야 하니 좀 그렇긴 하다.

속으로 무척이나 갈등하고 있겠지.

"그나저나 이제 어떻게 하지?"

여인을 결박한 루스가 몸을 일으켜 그렇게 한마디 던지자 잠시 흥분되었던 분위기는 또다시 바로 가라앉아 버리고 말았다. 물속을 통해 있는 바깥 출구는 아마도 비상이 걸려서 북적댈 병사들이 있었고, 앞쪽에는 들어가는 즉시 몸이 굳어버리는 이상한 함정이 기다리고 있으니 난감할 수밖에 없는 일이었다.

"일단은 여길 빠져나가는 일이 우선일 것 같은데. 함정을 살펴보러 간 사람이 소식이 없으면 아무래도 이쪽을 의심할 게 뻔한 일이니까."

"하지만 어떻게?"

그게 문제였다. 빠져나갈 방도가 없지 않은가.

그러나 엘리스는 나를 한번 보고 씨익 웃더니 자신만만하게 말했다.

"그거야 간단하지. 방금 전에 마스터가 스스로 함정을 깨버렸잖아."

"토미야 그렇다고 쳐도 저희는 어떻게 하죠?"

메프가 걱정스러운 듯 반문했지만 엘리스는 전혀 문제 될 게 없다는 듯한 표정이었다.

"마스터 힘이 좀 좋아? 그냥 전부 들어다가 안전한 지역까지 옮기라고 하면 되는 거지 뭐."

아, 그러면 되는구나……. 아니, 이게 아니지.

완전히 나만 죽어나는 거잖아.

하지만 그 말이 끝난 뒤에 돌아온 다른 사람들의 시선에 왠지 울컥해서 난 반발적으로 냉큼 그러자고 대답해 버렸다. 물론 그 순간 엘리스의 얼굴에 또다시 희희낙락하는 표정이 스쳐 가는 걸 보고 아차 싶긴 했지만 말이다.

하지만 이미 엎질러진 물이었으므로 난 군소리 없이 일단 저만치 굳어 있는 발드레드와 그의 부하부터 들어 옮겨야 했다.

사람 몸이 이렇게 무거운 것이었던가.

아니, 물론 그 덩치를 보아하건대 가벼울 리는 없는 일이었지만 이건 해도 너무하다. 그리고 그런 중량감있는 사내들을 들어 옮길 수 있는 이 몸은 또 어떤가.

확실히 꿈이니까 가능한 일이겠지. 나 같은 꼬맹이가 천하장사가 된다는 건.

"됐다. 그만 놔라."

먼저 발드레드의 굳어버린 몸을 들고 낑낑거리면서 이동하다가 어느 순간이 되자 그의 몸이 다시 원래대로 돌아왔다. 처음 발드레드가 굳어버린 위치에서 족히 열 걸음은 되는 거리였다.

고맙다든가 하는 말은 전혀 하지 않는군, 역시. 뭐, 기대도 하지 않았지만.

일단 함정의 유효 거리가 파악, 하나씩 들어 옮기는 일만 남은 셈이었다.

"이상한 데 더듬으면 죽을 줄 알아."

"메프에게 조금이라도 이상한 짓을 하면 죽여 버릴 테다."

"남자 품에 안기는 날이 올 줄은……."

"누가 아니랍니까."

"토미, 수고해 줘."

반응도 가지각색이다. 물론 방금 전 나와 난투극을 벌였던 크라이스의 어머니라는 여자를 옮길 때 가장 무섭기는 했지만. 금방이라도 잡아먹을 듯한 표정이란 게 이런 걸까?

어찌 되었든 나 하나의 수고로 간신히 그 함정을 빠져나오는 데 성공했다. 하지만 쉴 틈이라고는 없었다. 이렇게 되면 이번엔 완전히 퇴로가 막힌 셈이니까. 앞쪽에서 새로운 누군가가 다시 달려들면 꼼짝없이 모두 독 안에 든 쥐 꼴이 되어버리는 것이다. 물론 그런 상황은 절대 사양이었기에 난 중노동을 한 직후이기는 했어도 군말없이 다시 일행들과 앞쪽으로 이동했다.

"그나저나 이 부인은 어떻게 하지?"

크라이스의 어머니를 두고 하는 말이다. 안 그래도 복잡한 마당에 포로까지 생겨 버린 셈이니까 더 골치 아팠다. 더군다나 그 포로라는 게 크라이스의 어머니이고, 상대의 세력에 중요한 부분을 차지하는 북의 탑 주인이니 그냥 어디 버려두고 갈 수도 없는 노릇이었다.

"어쩔 수 없잖아, 데리고 다니는 수밖에. 일단 임무를 마친 후 풀어주든가 어쩌든가 하더라도 말이야."

"하지만 이 부인은 왕실에 반역한 자입니다. 모르고 못 봤다면 모르지만 기왕에 이렇게 포로가 된 마당에 그냥 풀어줄 수는 없는 노릇 아닙니까?"

루스는 엘리스를 보고 한 말이었으나 여기에는 크라이스도 있었다. 반역자는 그 가족들도 죄를 묻는 것이 고대로부터의 관례이고 보면, 이 말은 크라이스도 그냥 흘려들을 수 없는 얘기였다.

역시 공주가 연관되니까 문제가 상당히 복잡해져 버리는군.

"빈 물통에는 물을 부어놓으면 되는 거지. 그 어머니에게 죄가 있다고 해도 그 아들이 이렇게 갚아내고 있잖아. 그러니 이번은 눈감아주는 게 어때?"

"그걸 판단하는 건 저희가 아닙니다. 이건 폐하께서 결정할 일입니다."

누가 기사 아니랄까 봐. 제드밀란이 루스를 편들고 나선 것이다. 기사들이 고지식하다더니 그 말이 정말이었군.

"으음."

잠시 루스는 고민하는 표정이 되었다. 솔직히 다른 일행들로서야 크라이스의 어머니가 어떻게 되는 별 상관은 없었다. 아니, 나 같은 경우에야 솔직히 크라이스가 무서워서 뭐라 언급 못한 이유도 있을 것이다. 창피하긴 하지만 사실은 사실이다.

"제드밀란."

"네."

"내 생각에도 이번은 그냥 못 본 척해두는 게 나을 것 같은데."

"네?"

뜻밖에도 루스가 엘리스의 말을 편들고 나서자 제드밀란은 조금 당황하는 표정이었다. 평소의 행동으로 보아하건대 엘리스에게 정신 못차리는 제드밀란이 오히려 엘리스의 말을 따라야 정상적이라고 생각되건만 오히려 그 반대이니 이건 또 어떻게 된 일일까.

하지만 그건 조금만 돌려 생각해 보면 간간한 문제였다. 일단 루스는 뭐랄까, 기사라고 하기엔 약간 유연성이 있는 사람이었다. 물론 나도 자세한 건 모르지만 이제껏 지내오면서 보아온 바로는 제드밀란이 비록 팔푼이 짓을 자주 하기는 해도 기사라는 것에 대한 신념만큼은 대단한 바가 있었고, 루스는 그나마 좀 정상적인 사람이긴 하지만 기사라는 기준으로 볼 때는 조금 상도를 벗어난 그런 인물이었던 것이다.

뭐랄까. 나로서는 기사라는 틀에 박혀 있는 듯하면서도 조금씩 어긋나 있는 두 인물이 그다지 나쁜 건 아니었지만 말이다.

"자자, 일단은 여길 빠져나간 뒤에 생각하자구. 시간이 없어."

아무래도 또 말싸움이 시작될 거라고 생각되었던지 엘리스가 급히 자리를 수습했다. 제드밀란은 뭔가 더 할 말이 있는가 싶었지만 그냥 입을 다물고 엘리스의 말대로 묵묵히 뒤따르기 시작했다.

"그나저나 이 길은 도대체 어디로 연결된 거지?"

어느 정도 일이 수습되어 다시 천천히 앞으로 이동해 나가고 있던 와중에 문득 루스가 그렇게 질문을 던진다. 그러고 보니 나, 아니, 우리 모두는 지금 아무것도 모르는 상태이다. 앞으로의 계획이라든가 그런 것 말이다. 그저 발드레드가 이끄는 대로 따라가기만 하는 상황인데, 일단 적의 심장부로 들어가는 와중에서도 이렇게 백지 상태로 임무에 임한다는 건 상당히 문제가 있는 일이었다.

워낙에 정신이 없던 터라 그런 걸 까맣게 잊고 있던 다른 일행들도 그제야 정신이 퍼뜩 들었는지 저마다 걸음을 멈추고 발드레드를 주시하기 시작했다. 말이야 바른말이지 아직도 우리들 마음속에는 그에 대한 믿음이 모자란 게 사실이었고, 그런 와중에서 이런 중대한 문제가 다시 제기되니 더 이상은 궁금증을 참고 있을 수 없었던 것이다.

발드레드 역시 뒤에서 따라오던 기척이 뚝 끊기자 걸음을 멈추고 우리를 돌아보았다. 눈썹이 없어서 그런가 더욱 감정을 헤아리기 어려운 얼굴이다.

잠시 서로를 노려보기만 하다가 마침내 발드레드가 천천히 입을 열기 시작한다.

"이 통로는 내성의 탈출로이다."

탈출로?

확실히 그런 얘기를 들은 적이 있는 것 같긴 하다. 어떤 성이든 만일의 사태를 대비해 비상용 탈출로 정도는 만드는 게 기본이라 하던가. 사실상 이제까지 성이 오락가락하는 대규모 전쟁 같은 건 겪어본 적이 없는 나로서는 그냥 책이나 이야기 속에서만 들었던 얘기라 잘 실감은 가지 않았지만, 오래전에는 이 대륙이 커다란 전쟁에 휘말린 적이 몇

번이나 있었다고 한다. 밖에서 보았던 이 성의 모습을 보건대 근래에
지어진 게 아닌 것만은 확실했고, 그렇다면 이전의 전란 시대에 지어졌
을 가능성도 매우 컸다. 그럼 이런 탈출로가 없는 게 더 이상한 일일지
도 모른다.

"이 통로의 존재 유무는 영살검주와 그 측근 몇만이 알고 있을 뿐이
다. 하지만 저런 함정이 장치되어 있는 줄은 나도 몰랐다."

확실히 외부의 적보다는 내부의 적이 더 무서운 법이라는 말이 실감
난다. 정말 최후의 최후를 생각해 준비해 둔 비밀 통로가 이렇게 어이
없게 상대의 작전에 이용되다니 말이다. 만약 이후에 전쟁이 일어나
이 성이 무너지는 날이 온다면 어떻게 될까. 지금 루스와 제드밀란이
함께 있는 상황이니 이 통로는 더 이상 비밀 통로가 될 수 없는 노릇이
고 그걸 모른 영살검주와 그 측근들은 독 안에 든 쥐마냥 꼼짝없이 사
로잡히게 될 것이다. 하긴 내가 거기까지 신경 쓸 필요는 없겠지만.

"그럼 여기서 나가서 어떻게 해야 하는 거지?"

이번엔 제드밀란이 질문을 던졌다. 발드레드는 무심한 눈길로 그를
돌아보고는 천천히 입을 열었다.

"그건 너희 하기 나름이다."

"에?"

우리 모두는 순간 아연해질 수밖에 없었다. 이제까지 다 생각이 있
는 것처럼 해놓고 너희가 알아서 하라니 당황하는 게 당연한 일 아니
겠는가.

"말이 다르잖아!"

"나는 너희들을 성안으로 들여다 보내주고 성의 구조를 알려주면 그
걸로 끝이다. 내 명예를 훼손한 데 대한 앙갚음이라면 이 정도로 충분

하지."

이제야 알 것 같다. 그는 완전히 영살검주를 배신하기보다는 조금 약을 올려줄 생각인 거다. 역시나 우리는 이용당하는 셈이다.

하지만 한 가지만 확실하다면 이것도 큰 행운이었다. 그가 아니었다면 어떻게 이렇게 쉽게 성안으로 들어갈 수 있었겠는가. 그것만 생각해도 고마워해야 할 일이긴 했지만 여전히 껄끄러운 부분은 남아 있었다.

"만약 우리가 잡혀서 당신이 이런 일을 했다는 걸 말하면 어쩌려고 그러나요?"

"그걸 과연 믿어줄 사람이 있을까? 적어도 내가 너희와 함께한 걸 본 사람이 남아 있지 않다면 의심은 품더라도 증거가 없는 셈이니까. 그리고 너희 어차피 살아남지 못한다."

순간 등골이 서늘해짐을 느껴야 했다. 아무도 살아남지 못하다니 이건 또 무슨 말인가.

"간단히 생각해 보더라도 너희는 나 하나도 감당 못하는 녀석들이다. 하지만 이 성안에는 적어도 나만큼 되는 실력자가 몇이나 더 있다. 저기 저 마녀도 그중 하나이긴 하지만 이렇게 어이없게 잡힐 줄은 또 몰랐군. 하지만 아직 나를 제외하고도 4명은 더 있으니 걱정할 것 없다."

그렇게 말한 발드레드는 품에서 종잇조각 하나를 던져 주었다. 가장 가까이 있던 내가 엉겁결에 받아 들고 보니 그것은 성의 내부 구조가 상세하게 표시된 한 장의 지도였다.

"원래는 여길 빠져나간 후에 주려고 했다만 이왕에 일이 이렇게 되었으니 미리 주도록 하겠다. 그리고 내 역할은 끝났으니 난 이만 가보도록 하지."

그리고는 느닷없이 몸을 날려 우리에게 달려들었다. 이성보다는 본능이 먼저 발동해서 움찔하는 순간, 어느 틈엔가 그는 제드밀란에게 달려들어 한 방에 때려눕히고는 크라이스의 어머니를 가로채 버렸다.

"이 사람이 여기 있으면 여러모로 불편한 점이 많겠지. 내가 데려가도록 하겠다."

"어딜!"

순간 루스가 검을 빼 들고 그에게 달려들었다. 하지만 역시 발드레드는 보통 사람이 아니었다. 시야가 제한된 데다 좁아 터진 이 동굴 안에서 유유히 루스의 검을 피해낸 것이다.

하지만 루스가 덤벼드는 순간 다른 사람들도 각기 정신을 차리고 모두 한꺼번에 그에게 달려들었다.

루스의 검을 피하는 동시에 그의 뒷덜미를 손으로 내려치려던 발드레드의 품 안에 순간 엘리스가 뛰어들었다. 언뜻 보면 무모한 행동이었으나 발드레드는 다시 몸을 빼치며 동굴 벽에 등을 기댔다. 어느 틈엔가 엘리스의 손에는 시퍼렇게 날이 선 단검이 들려 있었던 것이다.

그녀가 칼을 빼 든 건 처음 보는 일이었다. 도적이라고는 했지만 실제로 단검을 쓰는 장면은 처음이었던 것이다. 놀란 내가 입을 쩍 벌린 채 그저 구경만 하고 있는 순간에도 그녀의 손에 들린 단검은 미친 듯이 춤추며 발드레드를 위협하고 있었다.

하지만 발드레드는 그런 모든 공격을 그저 이리저리 몸을 젖히는 동작만으로 피해내고 있었다. 잘 보이지도 않을 텐데 어떻게 저럴 수 있는 것인지 그저 신기할 뿐이었다.

얼굴에 주먹 한 방을 얻어맞고 나동그라진 제드밀란 역시 검을 뽑아 들고 거기에 가세했다. 순식간에 동굴 안은 난무하는 검광으로 가득 들어차기 시작했다.

그러나 그것도 잠시.

"모두 그만!"

느닷없는 한마디 고함이 동굴 안을 맴돌았다. 그리고 동시에 소름 끼치도록 섬뜩한 무언가가 내 목덜미에 들이대어졌다.

"토미!"

일행의 끄트머리에서 쫓아오느라 싸움에 끼어들지 못한 채 역시 바라만 보고 있던 메프가 비명 같은 외침을 내질렀다. 그리고 그제야 다른 사람들 모두 나를 향해 시선을 돌렸다.

어느 틈엔가 난 포로가 되어 있었던 것이다. 발드레드의 행동에 주의가 쏠린 나머지 그의 부하도 있었다는 사실을 깜빡 잊은 것이 실수였다. 일행의 맨 앞에서 길을 인도하고 있었던 데다 워낙에 말도 없고 존재감도 미약했던 탓이었다.

발드레드는 그런 한심한 내 모습을 보고는 씨익 웃으며 유유히 크라이스의 어머니를 허리춤에 낀 채로 나에게 다가왔다. 아마도 그가 웃는 모습은 처음 보는 것 같다.

"너무나 계획대로 척척 들어맞아서 오히려 김이 빠지는군. 만약 너희 중에 누구라도 내가 길을 인도했다는 사실을 발설하게 된다면 이 소년의 목숨은 더 이상 남아 있지 못할 것이다. 하긴 그건 이 성에서 살아 나간 다음의 일이겠지만. 그리고 잠시 그대로 거기에서 우리가 나갈 때까지 기다리도록. 너희 기사들에게서 제외하더라도 다른 두 여자에게는 상당히 귀염받고 있는 모양이니 이게 불필요한 행동은 아닐 거라 생각한다."

이게 도대체 무슨 꼴이란 말인가.

막싸움에 아귀다툼이기는 해도 용사로서 첫 번째 공을 세웠다고 좋아한 게 좀 전인데 곧바로 이렇게 꼴사나운 모습을 보이게 되다니.

제드밀란이 순간 발끈해서 달려들려 하였지만 그런 그를 엘리스가 팔을 뻗어 제지시킨다. 하지만 엘리스도 분한 기분을 주체하지 못하는 그런 모습이었다.

"좋은 생각이야. 아무튼 우린 이만 가보도록 하지. 부디 그대들이 원하는 바를 이루기 바라네."

여전히 비웃음이 가득한 말투로 발드레드는 천천히 등을 돌려 원래 나가고자 했던 방향으로 유유히 걸어가 버린다. 뭐라고 말이라도 해보고 싶었지만 나 역시 목에 디밀어진 소름 끼치는 감각에 우물쭈물 그런 그의 뒤를 따라가야만 했다.

"젠장."

그런 내 귓가에 들려온 것은 엘리스의 분노로 가득한 작은 목소리뿐이었다.

그렇게 얼마나 걸었을까. 마침내 나는 동굴의 출구에 도착했다. 그곳은 작은 창고 같은 곳이었는데 매캐한 냄새가 진동할 뿐만 아니라 빛도 들어오지 않았다. 아마도 전혀 사용하지 않거나, 이곳이 있다는 것조차도 모르는 것이리라.

바닥에 깔아놓은 판자를 들어 올리고 마침내 동굴 밖으로 모두 완전히 나오게 되자 발드레드는 우선 크라이스의 어머니를 묶고 있던 결박과 입을 막고 있던 천을 벗겨주었다.

그녀는 결박이 풀리자마자 대뜸 나를 노려보았다. 그리고 그 사나운 눈길에 움찔하는 사이에 어느샌가 나에게 다가와 있는 힘껏 따귀를 올려붙였다.

으윽.

눈앞에 불똥이 튀는 것처럼 번쩍하는 무언가가 보인다. 세상에, 이렇게 힘껏 따귀를 맞아본 것도 난생처음인가 보다. 그냥 뺨만 아픈 게아니라 머리가 다 울릴 지경이라니.

"빌어먹을 자식, 항상 네놈이 말썽이었어."

"힐라시엔, 그만 해두고 빨리 자리를 옮기도록 하지."

정신없는 와중에도 그녀가 또 때리려는 걸 느끼고 목을 움츠리는데 문득 발드레드의 목소리가 들렸다. 실눈을 뜨고 가만히 바라보자 그가 힐라시엔이라 불리운 여인의 손목을 잡고 있는 것이 눈에 들어왔다.

여인은 그를 사나운 눈길로 한번 째려보고서는 팔을 획 뿌리치며 창고 밖으로 걸어나갔다.

일단 그만 맞게 되었으니 다행이기는 한데, 뭔가 좀 이상하네?

뭐라고 해도 지금의 이 상황이 좀 이상하다고 느껴진 것이다.

분명 그녀는 동굴에서만 해도 발드레드를 무척이나 조롱했으며 발드레드 역시 자신이 저지른 일을 그녀가 알기에 께름칙한 사이일 것임에도 불구하고 그들은 동굴을 빠져나오자마자 그런 것은 완전히 잊은 것처럼 행동하고 있었다.

"뭘 꾸물거리나. 어서 따라가!"

울리는 머리를 부여잡고 곰곰이 지금 이 상황을 분석해 보려던 찰나어느샌가 다시 내 곁으로 다가온 발드레드의 부하가 칼을 들이대며 윽박지르기 시작했다.

내가 무슨 힘이 있겠는가. 순순히 따를 수밖에.

이제 난 어떻게 되는 걸까.

나는 곧장 어떤 작은 탑 안에 있는 방으로 끌려갔다. 힐라시엔이라 불리운 크라이스의 어머니는 가는 도중에도 계속 무엇이 그리도 화가 나는지 씨근덕거리느라 정신이 없었고, 발드레드와 그의 부하는 묵묵히 그녀의 뒤를 따르기만 했다. 분명 그들이 우리 일행을 안내한 것은 커다란 잘못이었지만, 지금 저 모습은 단순히 그런 잘못 때문만은 아닌 듯했다. 마치 상전을 대하는 하인마냥 그들 둘의 태도는 공손하기 그지없었다. 말 한마디 하지는 않았지만 적어도 내 느낌에는 그랬다.

방 안에 도착하자마자 난 그 방바닥에 그대로 내팽개쳐졌다. 울컥 화가 치밀기는 했으나 상대가 너무 강하기에 난 그 울분을 씹어 삼킬 수밖에 없었다. 눈동자조차 마주치기 힘든 발드레드와 어느 틈엔가 뒤로 다가와 날 포로로 잡은 그의 부하, 그리고 북의 탑 주인이라 불리운 크라이스의 어머니… 어느 한 명 나에게 만만한 상대라고는 전혀 없었던 것이다.

힐라시엔은 방에 들어오자 이젠 아예 대놓고 잡동사니를 부수며 화풀이를 시작했다. 손에 잡히는 대로 부수고 던져 대는데 그 기세가 어찌나 사나운지 난 그저 몸을 웅크려 그녀가 던지는 물건들을 피하기에도 정신이 없을 지경이었다.

"그쯤 해두지."

분명 말투는 평대였으나 발드레드의 말에는 공손함이 배어 있었다. 이것 역시 나의 착각인 건가.

"그만두긴 뭘 그만둬!"

거의 악을 쓰는 듯한 그녀의 대답에 발드레드는 여전히 무표정한 표정으로 가만히 대답했다.

"중간에 불미스러운 일이 있기는 했지만, 어찌 되었든 계획대로 된 셈이 아닌가."

"젠장."

계획대로?

그렇다면 방금 전까지 있었던 일들이 전부 연극이었단 소리인가? 발드레드가 우릴 안내한 것까지는 그렇다 치더라도 저 여자가 나타났던 일까지 전부?

"그들이 과연 제대로 일을 해낼 수 있을까요?"

다시 그 부하가 입을 연다. 그러자 발드레드는 돌아보지도 않은 채 조용히 거기에 대답했다.

"뭐라 해도 왕실에서 공주를 구하라고 보낸 자들이다. 네가 보기엔 실망스러울 수도 있겠지만, 그들도 나름대로는 뭔가 능력이 있으니 뽑혔겠지. 적어도 영살검주로 하여금 자리를 비우게 만들 수는 있다. 아무래도 그가 사랑하는 공주가 걸린 일이니까."

"하지만 지금 저 소년만 봐도 멍청한 데다 특별한 뭔가가 보이지도 않습니다. 그냥 생색을 내기 위한 것은 아니었을까요? 그렇게 된다면 예상보다 일이 싱거워질 수도 있습니다만."

부하의 말이 끝나자 그때까지 씩씩거리며 이것저것 부수기에 정신 없던 힐라시엔이 고개를 획 돌려 바라보며 이렇게 말했다.

"저 꼬마 녀석이 별 볼일 없는 녀석이라고? 웃기지 마. 별 볼일 없는 녀석이 깰 수 있을 정도로 내 마법은 약하지 않아."

그러자 발드레드 역시 고개를 끄덕인다.

"확실히. 이전에 나 역시 일 대 일 대결에서 진 적이 있었으니 그건 맞는 말이군. 게다가 전에는 영살검주에게 작지 않은 상처를 입힌 적도 있다고 들었다. 하지만 무슨 이유에서인지는 몰라도 지금은 그때와는 좀 다른 것 같은데."

"어떻게 처리해야 할까요?"

부하가 그렇게 물어보며 나를 바라본다. 그러자 일시에 세 명의 시선이 전부 나에게 쏠린다. 난 그저 움찔해서 더 몸을 웅크리는 일밖에 할 수 없었다.

"포로 같은 건 필요없으니 여기서 처리하는 게 좋겠지."

마치 판결을 내리는 판사의 말투처럼 딱딱하게 굳어버린 힐라시엔의 말.

처리해 버린다고? 죽인다는 얘기인가?

"후환은 역시 빨리 제거해 두는 편이 낫겠지. 가둬둔다고 돌아오는 이익도 없을 테고."

그리고 마침내 결말을 짓는 발드레드의 말이 끝나자 그 부하가 고개를 끄덕이며 검을 내밀고 나에게 다가왔다.

"자, 잠깐만요!"

기겁을 한 내가 손을 내저으며 뒷걸음질쳤을 때는 이미 그의 칼끝이 코앞까지 다가와 있는 상태였다. 그리고 내가 반사적으로 그 칼끝을 두 손으로 맞잡았을 때는 이미 그 칼끝이 내 목으로 비집고 들어오고 난 후였다.

고통이 올 새도 없었다.

"끄륵……."

비명조차 제대로 질러보지 못한 나는 그대로 거기서 의식을 놓아버리고 말았다.

제22장 돌아오다

돌아오다

이제는 알 수 없는
그 길의 저편에
서 있겠어요.

끝없는 어둠 저편에서 무언가 가느다란 목소리가 내 귓가에 울려 퍼
지고 있었다. 그 목소리는 너무나 가냘파서 무심결에 듣는다면 그저
스쳐 지나가는 바람 소리라고 착각될 정도였다.

이제는 볼 수 없는
추억의 그 끝에
그대가 보이네요.

내가 잘못 들은 것이 아니라면 그것은 여자 목소리였다. 너무나 가냘픈 것이 마치 이야기 속에 나오는 귀신들의 흐느낌같이 생각될 수도 있었지만, 그와는 달리 들으면 들을수록 누군가에 대한 그리움이 가득 담겨 있다는 걸 바로 느낄 수 있었다. 그리고 또 한 가지, 왠지 그 노래를 듣는 순간 가슴속 어딘가에서 뜨거운 무언가가 치밀어 오르는 것만 같았다.

그토록 시린
미련만 묻어둔 채
서 있을게요.

그리웠다. 이 목소리가 너무나 그리웠다. 내가 잊고 있던 무엇인가가 다시금 용솟음치는 듯한 느낌이었다. 다른 것 모두 잊고 그저 이 노래만 듣고 싶었다.

이제 다시는
다가갈 수도
느낄 수도 없겠지요.

왜일까, 점점 더 노랫소리가 또렷해지고 있었다. 마치 내가 그걸 간절히 원하는 것을 알고 있다는 듯이. 그러면 그럴수록 가슴 한구석에서 미어지는 무언가가 자꾸 터져 나오려고 안간힘을 쓰고 있었다.

하지만 슬퍼 마세요.

이제 우리 헤어진다 하여도
추억만은 남을 거예요.

우리가 함께 거닐던
그 모든 시간 속에서
추억만은 남을 거예요…….

추억만… 추억만 남는다는 건 너무 슬픈 일이었다. 하지만 그 추억
조차도 남기지 못한다는 건 더욱더 슬픈 일이겠지.
노래를 부르는 목소리가 가늘게 떨리고 있었다. 이 아무것도 느껴지
지 않는 심연 속에 오직 하나 그 노래만이 내 머리 속에서 나의 존재를
일깨워 주고 있었다. 그리고 그렇게 내 자신 안에 있는 감정들을 자각
함과 동시에 점점 더 노랫소리는 뚜렷하게 내 마음속을 휘젓기 시작했
다.

슬퍼 마세요.
울지 마세요.
사랑하는 그대여.

이것이 이별이 아님을,
이것이 이 길의 끝이 아님을
우리는 알고 있잖아요.

하지만 어째서일까. 다시는 이 노래를 부르고 있는 저 목소리의 주

인공과 만나지 못할 것만 같은 이 예감은. 단순히 나의 머리 속에서 이루어진 쓰잘데기없는 걱정이라면 좋겠지만, 그 느낌이 점점 강해져 이윽고 그것이 사실인 것마냥 느껴지는 이 현실은…

현실?

우리 다시
함께할 수 없다 하여도
추억만은 남을 테니까요.

언제까지나…
언제까지나.

사랑하는 그대여,
기억해 주세요.

언제까지나…
언제까지나.

노랫소리가 가늘게 메아리치며 점점 사라져 가고 있었다. 그리고 동시에 이제껏 가슴속에 차 올랐던 뜨거운 무엇인가가 더욱 급하게 맥박 치는 것을 느낄 수 있었다.

터질 듯한 맥박 소리는 이내 타오르는 화산에서 터져 나오는 시뻘건 용암처럼 마구 용솟음쳐 내 마음을, 내 가슴을, 내 머리를 활활 태우며 내 자신의 존재를 다시금 일깨워 주기 시작했다. 뜨거운 파도가 내 모든 존재를 일깨우는 순간 어둠이 걷히기 시작했다.

어둠이 물러가고 난 자리에서 처음 내 시야에 들어온 것은 검은 머리카락을 길게 늘어뜨린 어떤 여자였다.

누구일까. 누구이길래 날 이처럼 사랑스럽게 바라보는 것일까. 누구이길래 나를 바라보며 이처럼 행복해하는 것일까.

그리 예쁜 건 아니었지만 그렇다고 아주 밉상도 아니었다. 어딜 가나 흔히 볼 수 있는 그런 여인이었지만, 그 눈길의 따스함만은 어딜 가도 볼 수 없는 그런 것이었다. 보는 사람으로 하여금 난 이 사람에게 특별한 사람이구나라는 감정을 자연스럽게 느끼게 해주는 그런 눈빛.

분명 어딘가에서 본 기억이 나건만 누구인지 알 수가 없다. 내 기억 속에 있음에도 불구하고 떠올리지 못하는 얼굴. 분명히 나에게 소중했고 날 소중히 여기던 그런 사람이었을 텐데 왜 난 기억하지 못하는 걸까.

망각이란 너무나 무서워서 잊고 싶지 않은 일이라 해도 시간이 지나면 야금야금 기억을 잠식해 들어오기 일쑤였다. 지금 이 여인의 모습도 망각이라는 야수에게 잡아먹힌 나의 옛 기억일까.

"그래요, 토미."

그때였다. 아무것도 들리지 않는 완벽한 정적 속에서 누군가 나의 이름을 부른 것이다. 분명히 눈앞의 여인이 말하지 않은 것만은 분명한, 하지만 이 역시 내 귀에 익은 목소리였다.

누구일까. 누구이길래 또 날 부르는 것일까.

시선을 돌려보았다. 하지만 그게 마음처럼 쉽지만은 않았다. 내 몸이 무언가에 완전히 감싸여 있는 듯 좀처럼 마음대로 움직여 주지 않은 것이다.

하지만 굳이 애써 찾을 필요는 없었다.

그 목소리의 주인공은 내가 애타게 찾는 것을 알았는지 눈앞에서 날 바라보고 있던 여인의 등 뒤에 거짓말처럼 쓰윽 모습을 드러낸 것이다.

"이런 곳에 있었군요."

이런 곳? 여기가 어디이길래?

그리고 당신은 누구이길래 나를 애써 찾았다는 듯이 말하는 거지?

분명 이번에도 낯이 설지는 않은 인물이었건만 난 도무지 그 사람의 이름을 알 수가 없었다.

이번에도 역시 여자. 내 기억 속에 묻혀진 사람 중에 여자가 이렇게 나 많았던가.

"언제까지 이렇게 있을 건가요?"

타이르는 듯한 그녀의 목소리가 생생하게 전해져 오는데도 불구하고 나는 전혀 그 말에 대답을 할 수 없었다. 아니, 내 귀가 아무것도 들으려 하지 않아서 내가 말하면서 못 듣는 것인지도 몰랐다.

더욱이 이상한 것은 눈앞에서 나를 따스한 눈길로 바라보는 이 여인은 등 뒤에 나타난 다른 여인의 존재를 전혀 알아차리지 못한 것 같다는 점이었다.

"그렇게 요람에 파묻혀 언제까지 숨어 지낼 건가요?"

요람? 내가 지금 있는 곳이 요람인 건가?

그제야 눈앞에 있는 두 여인 이외의 다른 것에 시선을 돌려볼 수 있었다.

아늑한 작은 통나무집. 벽난로에서 피어오르는 훈훈한 온기가 그제야 나타난 것처럼 비로소 나에게 그 따스함을 전해주기 시작했고, 들창이 바깥바람에 덜걱거리는 소리까지 전해져 왔다. 그리고 내 몸을 감싸고 있는 포근한 담요의 감촉도.

눈앞에서 날 따스한 눈빛으로 바라보고 있던 여인이 나의 뺨을 쓰다듬었다. 마치 어미 새가 아기 새를 보듬어 품는 것처럼 따뜻한 그 손길에 난 다시금 눈이 감길 것만 같은 편안함을 느낄 수 있었다.

"안 돼요, 지금 다시 눈 감으면."

하지만 때마침 들려온 그 이름 모를 여인의 목소리가 나를 다시금 일깨웠다. 왠지 서둘러 깨우는 듯한 그 목소리에 난 조금 화가 나 뚫어지게 쳐다보았다.

역시나 검은 머리를 길게 늘어뜨린 여인이었다. 다만 지금 내 뺨을 쓰다듬는 여인이 좀 더 자애로운 표정이라면, 그 등 뒤에서 날 바라보는 여인의 시선은 왠지 안쓰러운 그런 표정을 짓고 있었다.

"지금 이대로 다시 눈 감으면 이후로는 절대로 깨지 못할지도 몰라요."

하지만 상관없었다. 차라리 이렇게 따스하고 포근한 손길에 잠들 수 있다면 괴로운 세상사 같은 건 그냥 다 잊어버리고 싶었다.

"그러면 안 돼요. 도망치지 말아요."

도망이라… 그래, 도망일지도 모른다. 하지만 그게 뭐 어쨌단 말인가. 내가 도망치거나 말거나 누구 하나 신경이라도 쓸 것 같은가.

"로즈가 있잖아요. 에롤도 있어요. 메프도 슬퍼할 테죠. 당신 아버지는 또 어떤가요? 당신을 어릴 적부터 돌봐주신 잭슨 아저씨는? 그리고 이제 이 세상에 계시지 않은 당신 어머니는 어떻겠어요? 왜 당신이 사라지더라도 아무도 신경 쓰지 않을 거라고 생각하는 거죠?"

로즈? 로즈는 날 언제나 창피해했지. 팔푼이 오빠라고 부르며 무시하기 일쑤였어. 에롤? 에롤이 나 같은 걸 신경이나 쓰겠어? 사랑하는 크라이스 생각에 정신이 없을 텐데 뭘. 메프? 처음부터 그녀는 날 장난감 취급했어. 지금에 와서 조금 동정 어린 시선을 보내는 것도 그저 말 그대로 동정심일 뿐 다른 의미가 있는 게 아니야. 아버지? 집 한번 나가면 언제 돌아올지 기약조차 없는, 아들한테 무슨 일이 생기든 신경도 쓰지 않는 그런 아버지? 하, 그리고 어머니라고? 난 얼굴도 기억 못하는 그런 어머니 말인가?

그녀는 잠시 말이 없다가 타이르듯 조용하게 말을 이었다.

"당신은 어머니의 얼굴을 기억해요. 지금 눈앞에서 당신을 바라보고 있잖아요. 잊었다고 생각하고 있었겠지만 언제나 어머니는 당신 마음속에 이렇게 살아 계신걸요."

이 사람이 어머니라고?

지금 나를 따뜻한 눈길과 부드러운 손길로 어루만지는 이 여인이 나의 어머니라고?

어째서, 어째서 어머니가 이렇게 내 눈앞에 생생하게 살아 있을 수 있는 거지?

"이곳은 현실이 아니니까요. 당신이 보고 싶은 것만 보고 느끼는 당신 마음속에 마련된 작은 공간이니까요."

여기가 나의 마음속?

"토미는 루크 아저씨가 죽은 이후 심적 충격으로 인해서 가출 이후의 모든 일을 의도적으로 마음속에 파묻었어요. 자신이 저지른 죄를 그렇게라도 숨기고 싶었던 의지의 소산이었던 거죠. 그리고 그와 함께 토미 자신의 진실된 자아도 함께 이곳에 숨어버린 거예요."

나의 진실된 자아? 나의 의지?

"그래요. 하지만 그러면서도 당신은 제 모습을 보고 느낄 수 있어요.

당신의 의지 한 가닥이 아직 절 인식할 수 있도록 해주고 있는 거지요. 아까 말한 대로 이곳에서의 모든 일은 당신의 뜻대로니까요. 당신이 나를 부정하고 있었다면 난 결코 당신 앞에 모습을 드러내지 못했을 거예요."

하지만 난 이곳이 좋아. 여기 있으면 더 이상 슬퍼할 일도 없고 더 이상 괴로워할 필요도 없어. 내가 기억하는 행복한 시절을 되새기며 행복했던 순간만 간직한 채 살 수 있어. 내가 왜 괴로워져야 하지? 내가 왜 슬퍼질 것을 알면서 현실로 돌아가야 하는 거지?

"토미는 세상을 혼자 살아가는 거라고 생각하나요? 그렇지 않아요. 지금 토미의 모습을 봐요. 단지 혼자서 있는 것이 즐겁고 행복하다면 왜 이전의 다른 사람과 행복했던 기억만을 되새기는 거지요? 혼자서 그냥 즐거웠던 일은 없는 건가요? 그리고 과거에는 불행한 일이 없었던가요?"

그렇지만 그런 걸 기억하지 않고도 여기선 살 수 있어. 다른 사람들과 살아온 것도 맞고 그 사람들이 있었기에 행복했던 것도 맞지만 다시 현실로 돌아가게 되면 난 더 이상 이 행복을 맛볼 수 없게 돼. 다시 어머니의 기억을 이렇게 손끝에 생생하게 느낄 수 없게 되는 거야. 대신 나에게 찾아오는 건 나로 인해 고통받고 괴로워하는 사람들의 모습이겠지. 그런 건 싫어. 그 사람들이건 나건 더 이상 괴롭고 슬픈 건 싫단 말이야.

"토미 역시 스스로 이것이 현실이 아님을 이미 알고 있는 거군요. 현실을 완전히 부정한다면 이곳 외의 현실은 존재하지 않아야 정상 아닌가요? 스스로도 마음속으로 납득하지 못하는 일을 억지로 고집 피우지 말란 말이에요."

고집? 그래, 고집일 수도 있겠지. 그리고 당신이 나에게 나타나지 않았다면 난 이 감미로운 행복 속에서 계속 끝없이 살아갈 수 있었을 거야. 왜 날 굳이 현실 속으로 끌어들이려고 하는 거지?

"아까도 말했지요? 당신이 스스로 완전히 나를 부정한다면 나는 더이상 당신의 시야에 있을 수 없는 일이라고. 스스로 불러내 놓고 무슨 말을 하는 거죠?"

내 스스로가 바라고 있다고?

"그래요. 이제 나를 보세요, 진실된 눈으로. 모든 허상을 버리고."

허상을 버리라고?

"당신이 보고자 하는 걸 모두 생각 속에서 지우세요. 그리고 다시 나를 보세요. 그러면 왜 당신이 스스로 현실로 돌아가기를 바란다는 건지 알 수 있을 거예요."

생각을 모두 비우라고? 내가 왜, 왜 그래야만 하는 거지?

"당신의 진실된 모습을 보기 위해서예요."

나의 진실된 모습?

그 모든 대화들이 순식간에 번갈아가며 나누어지고 난 어느샌가 그녀의 말대로 생각을 하나둘씩 머리 속에서 지우기 시작했다. 아늑한 벽난로, 따스한 요람, 지저귀는 새소리, 바람에 흔들리는 들창. 모든 걸 하나씩 지워 버렸다. 그리고 마지막 남은 하나, 내 눈앞에서 밝게 미소 짓고 계신 어머니의 모습마저 두 눈을 질끈 감은 채 지워 버렸다.

그리고 다시 눈을 뜨는 순간 나는 그만 어리둥절해져 버리고 말았다.

내 눈앞에 있는 것은 머리가 긴 여인의 모습이 아니었다.

그건 바로 나였다.

어쩐지 차분한 표정의 또 다른 내가 나를 향해 밝게 미소 짓고 있었다.

"이제 알겠나요, 당신의 마음속에 살던 다섯 주시자들의 실체를?"

그게, 그게 모두 나였단 말인가? 그 다섯 모두가?

"그래요. 당신은 당신이 예전에 보고 들었던 잊혀진 기억들 속에서 우리를 창조해 내었어요. 아니, 그건 쉽게 말하면 당신이 억지로 억누르고 있던 당신의 모든 숨겨진 욕구의 발로였던 셈이죠. 남들보다 강해지고 싶다는 생각이 리필린느 경을 만들었고, 귀여움받고 싶은 마음이 에미를 탄생시켰으며, 때로는 멋대로 하고 싶었던 마음이 루디를 만들어내었던 거예요. 항상 차분하고 침착한 마음을 가지길 원했던 마음이 저를 만들었고, 명예와 신의를 아는 기사가 되고 싶었던 소망이 섀넌을 만들었지요."

하지만 그건 말이 안 돼. 그들은 내가 하지 못하는 많은 일들을 해내었잖아.

"당신은 책을 많이 읽었지요. 그리고 어린 시절 아버지의 대상 행렬을 따라다니면서 많은 이야기를 들었고요. 모두 당신 머리 속에서 나온 거예요. 당신은 기억하지 못하겠지만 어린 시절 대상 행렬 중간에 현 리필린느 백작의 검술을 실제로 두 눈으로 본 일이 있었어요. 어린 마음에 그게 너무나 멋있어서 밤새도록 흉내를 내고 그에 대한 책을 구해다 읽은 적도 있었고요. 토미는 특히 기사도에 관한 소설을 많이 읽었지요. 검술이건 뭐건 간에 다 거기서 당신 스스로 만들어낸 것이에요. 리필린느 검술에 대해서 헤븐즈 볼트를 제외하고 아는 게 또 있나요? 그게 단지 그 기술 하나만 할 줄 알면 끝나는 검술일까요?"

그랬던 건가. 그들 역시 모두 내가 만들어낸 허상이란 말인가.

짧은 기간이었지만 혼자이다 싶으면 나를 달래주고, 어려움에 처하면 나를 도와주던 그 다섯이 결국 모두 내가 만들어낸 것일 뿐이란 말인가.

"우리도 처음엔 몰랐어요. 그 빛 속에서 당신에게 전해져 들어온 것으로 생각하고 있었지요. 하지만 전에 그 엘리스라는 사람과 대화하면서 그가 비로소 우리의 진짜 정체를 깨닫게 해주었죠."

엘리스가?

"자세한 것은 모르지만 그녀는 우리와 대화하는 즉시 우리의 정체를 알아챘어요. 모두 토미 자신에게서 분리된 영혼이라는 사실을 말이에요."

그런 건가. 하지만 지금에 와서 그걸 나에게 말해 주는 이유는 뭐지?

"말해 줄 필요도 없는 일이었어요, 사실은. 당신은 나이고 나는 당신이니까 어차피 모두 알고 있었던 일이지요. 애써 영역을 나누었더라손 치더라도 그 본질이란 건 마찬가지니까요. 어떠한 힘도 본질을 변화시킬 수는 없어요. 그건 신이라고 해도 불가능한 일이죠."

어떤 힘이라도 본질을 변화시키는 건 불가능하다? 하지만 난 이뮤시엘에게 모종의 시술을 받고 주시자가 되었어. 이전과는 판이하게 다른 힘과 능력을 가지게 되었지. 정말로 본질이 변하지 않는 것이라면 그건 어떻게 설명할 거지?

"그 시술을 받고 토미 자신의 성격이나 자아에 변화가 있었던가요? 아니요, 여전히 당신은 현실을 두려워하고 언제나 자신감이 부족한 그 상태 그대로죠. 때로 그런 자신의 모습이 싫어서 오기를 부려보기도 하지만 그건 스스로도 깨닫고 있듯이 토미 스스로의 자아가 변한 것이 아닌 그저 가식일 뿐이죠. 악독한 범죄자가 옷을 갈아입고 변장을 한다고 그 죄가 사해지지 않듯이 그저 겉치레만 바뀐 것뿐이에요."

그래? 그럼 난 그냥 이대로 현실 속에서 열심히 도망치다가 죽으라 이건가? 그럴 거라면 왜 날 다시 현실로 끌어들이려고 하지? 이런 겁 많고 바보 같은 나 자신을 무엇에 쓸 데가 있다고 다시 끌어내려고 하느냔 말이야!

"자신을 비하하지 말아요. 말했다시피 당신 내면에는 아직 당신이 모르는 많은 것들이 숨겨져 있어요. 간단히 생각해서 우리의 존재만 해도 그렇죠. 우리 다섯 영혼들은 당신에게서 갈라져 나온 또 다른 자아예요. 모두 당신이죠. 바보 같은 짓을 하고 나면 언제나 핀잔을 주던 루디도, 그런 루디를 오히려 질타하던 에미도, 언제나 당신에게 아낌없는 충고를 해주던 리필린느 경도, 당신과 닮았으면서도 또 다른 새년 경도, 그리고 지금 이렇게 당신의 본질을 이끌어내려는 나 자신도 마찬가지예요. 모두 당신인 거라구요."

하지만 이미 모두 나와는 동떨어진 존재가 되어버렸지. 같은 몸 안에 있지만 나와는 완전히 다른 그런 존재.

"다른 존재가 아니에요. 모두 당신 자신이에요. 당신이 마음을 열고 우리를 받아들인다면 언제든 다시 하나가 될 수 있는 그런 존재요. 자, 다시 주위를 둘러봐요. 모두 당신 곁에 이렇게 있잖아요."

그녀의 말에 따라 주위를 둘러보았다. 어느 틈엔가 내 주위에는 다섯 개의 그림자가 둘러서 있었다. 나 자신인 것 같기도 하고 그들이 원래 보여주었던 그 모습 그대로인 것 같기도 하고. 갈피를 잡을 수가 없었지만 어느 틈엔가 그들이 내 주위에 둘러서 있다는 것만은 확실했다. 나는 잊고 있었지만 그들은 계속 내 주위에 있었던 것이다.

"지금 그들의 모습이 혼동되죠? 자신인 것 같기도 하고 아닌 것 같기도 하고. 그건 점점 그들이 당신 자신이라는 걸 깨달아가고 있다는 증거예요. 조금 더 마음을 열어보세요. 그러면 우리를 완전히 받아들여 당신의 진실된 자아를 되찾게 될 거예요."

하지만, 하지만 그렇다면 너희를 처음 만났을 때의 그 일은 어떻게 설명하지? 그 시야를 분간할 수 없을 정도로 강한 빛 속에서 주시자를 이끄는 자라고 말하던 그는 과연 누구란 말이지?

"그 역시 당신 자신이에요. 당신의 자아가 이처럼 분리되는 것을 막기 위해 본능적으로 분리된 또 다른 자아. 아니, 그건 그때 당시 좀 더 당신 자신에 가까운 실체였는지도 몰라요. 주시자의 신전에서 읽었던 몇 가지 책들에서 얻은 지식으로 만들어진 또 다른 자아였지요. 지금은 사라졌지만요."

그런가. 그럼 내가 마음속에서 봐왔던 모든 것은 결국 환상에 지나지 않았단 말인가? 모두 실체가 없는?

"아니요, 그건 아니에요. 확실히 당신이 특별한 건 그래서인지도 몰라요. 이처럼 당신 스스로의 상상을 실체화시키고, 나아가서 또 다른 자아를 분리해 내었으며, 그처럼 분리된 상태에서도 어두운 욕망을 드러내지 않고 스스로의 발전을 위한 모습만을 만들어내었다는 건 그만큼 당신의 본질이 순수하다는 뜻이겠지요."

순수하다고? 내가? 이 못난 내가?

"그래요. 그리고 이제 당신은 우리를 받아들임으로써 스스로가 추구하던 본질을 완성할 수 있게 되는 거예요. 그만큼 괴롭고 어려운 경험을 했지만 그 모두가 이것을 위한 것이었죠. 언제나 당신이 바라 마지 않던 좀 더 당당한 자신을 이루기 위함이었던 거예요."

그런가. 그랬던 건가.

"이제 눈을 뜨세요. 그리고 다시 한 번 생각을 가다듬고 당신의 모든 것을 포용하세요. 그러면 우리는 모두 하나가 될 수 있어요. 그토록 바라 마지않던 당당한 자신이 될 수 있는 거예요."

특히 그녀의 말에 이끌린 것은 아니었다. 그녀 또한 나였으며 지금 이토록 저항하는 나 역시 내 모습이었다. 어느 틈엔가 난 눈을 뜨고 있었다.

그리고 그 즉시 지독한 통증이 내 온몸을 감싸 안았다.

하지만 그 통증은 오랫동안 잊고 있던 현실에 대한 감각을 다시 일깨워 주는 그런 작용도 함께 해주었다. 정말 기절할 것만 같았지만, 그 모든 건 역시 내가 아직 살아 있다는 증거이기도 했다.

나도 모르게 목을 만져 본다. 무언가에 베인 듯 극심하게 갈라져 있었다.

"트흐……."

말도 나오지 않는다. 그저 바람이 새는 듯한 이상한 소리만 나올 뿐. 어떻게 된 걸까. 목이 갈라져 바람 소리가 새어 나오는 이 상황에서도 정신을 잃지 않고 이렇게 살아 있을 수 있다니. 그리고 또 누가 이런 짓을 한 것인가.

그와 같은 질문을 떠올리는 동시에 마치 검은 바다 위를 솟아오르는 한줄기 빛처럼 모든 기억이 일시에 돌아온다. 작은 파도가 걷잡을 수 없는 해일이 되어 육지를 덮치는 듯한 그런 충격이었다.

발드레드, 엘리스, 메프, 크라이스, 힐라시엔… 한순간에 그 모든 이름들이 머리 속을 휘젓고 사라진다. 그러다면 여긴 무안의 성 어딘가이겠지. 난 죽임을 당한 후에, 아니, 죽었는 줄 알고 버려진 것일 테고.

현실로 돌아왔지만 갈피를 못 잡고 있던 내게 그 무지막지한 기억의 물살은 더없이 좋은 자극제가 되었다.

우선 이 끔찍한 통증부터 어떻게 해야 할 듯싶다. 그리고 지금 이 성 어딘가에서 영살검주의 부하들에게 쫓기고 있을 다른 사람들을 찾아봐야겠지.

'칼리엘의 이름으로, 권능제언 치유.'

목소리가 나오지 않아 되지 않을 줄 알았건만 의외로 주문은 쉽게 발현되었다. 그리고 그제야 이 주문의 실체 역시 알게 되었다. 주문이란 결국 의지를 이끌어내기 위한 수단. 의지가 강하다면 굳이 주문은 필요하지 않은 것이다.

치유와 더불어 회복까지 순식간에 마친 후 몰려오는 현기증에 머리를 감싸 쥐고 앉았다가 곧장 일어나 주위를 둘러보았다. 한시라도 시간을 지체할 수 없었던 것이다.

무슨 거대한 탑과도 같은 곳이었다. 저 천장 위 꼭대기에서만 약하디약한 빛이 조금씩 비춰지고 있었다. 그리고 온통 주위에는 갖가지 잡동사니가 널려 있었다. 음식 찌꺼기부터 시작해서 다 망가진 방패라든가 수레바퀴 조각, 그리고 형체조차 알 수 없는 갖가지 쓰레기들. 이곳은 쓰레기장인 건가.

그때였다. 갑자기 무언가 후두둑 소리를 내며 천장에서 쏟아져 내리기 시작했다. 그리고 그걸 느낀 순간 정신없이 몸을 놀려 그것을 피했다.

떨어진 그 무언가는 또 다른 음식물 쓰레기였다. 짐작대로 이곳은 무안의 성에서 나오는 쓰레기를 처리하는 그런 곳인가 보다.

쓰레기의 양이란 건 부대의 규모를 파악하기에 더없이 훌륭한 증거자료이다. 더구나 음식물을 만들고 난 찌꺼기의 경우엔 더욱더 확실한 증거가 된다. 영살검주가 바보가 아닌 이상 그런 증거를 아무 데나 팽개쳐 둘 리가 없는 일이고 이런 장소에 그 증거를 은닉시켜 둔 것이리라.

아무튼 일단 여기서 빠져나가야겠군.

생각을 떠올리자마자 조금도 주저하지 않고 곧장 몸을 날려 한쪽 벽을 향해 뛰어올랐다. 그리고 벽에 발이 닿는 즉시 그 벽을 밟고 다시 한 번 반대 벽으로 도약했다. 한 번에 올라갈 수 없는 높이이기 때문에 이런 식으로 올라가는 도리밖에 없었다. 얼추 잡아도 40리드는 충분히 됨 직한 높이였으니까.

도움닫기를 서너 번 하고 나자 어느샌가 꼭대기에 난 구멍에 도달할 수 있었다. 하지만 바로 올라가지는 않고 일단 벽에 매달려 주위의 기척을 살폈다.

방금 쓰레기를 버리고 간 자의 발걸음 소리일까. 사람 하나의 발자국 소리가 점점 멀어져 가고 있다.

조용히 벽에 매달려 그 기척이 완전히 사라질 때까지 기다리다가 슬그머니 고개를 구멍 밖으로 내밀었다.

거무튀튀한 벽이 맨 처음 눈에 띄었다. 그리고 그 뒤에 솟아오른 웅장한 절벽 역시 보인다. 아마도 성의 뒷마당 어딘가인 모양이다. 이전에 왔을 때는 들러본 적이 없는 곳이었지만, 솟아오른 절벽으로 보아 쉽게 그 사실을 추측할 수 있었다.

아직 엘리스나 메프 일행은 적에게 들키지 않은 걸까. 별다른 소란 없이 조용하기만 하다.

일단 높은 곳에 올라가 보는 것이 좋겠다. 그들을 빨리 찾는 것이 우선이니까.

공주를 구출하는 건 일단 실패라고 보아야 한다. 발드레드와 힐라시엔이 무얼 꾸미는지는 알 수 없지만 일단 그들의 함정으로부터 일행을 구해내는 것이 급선무였다.

생각이 정리되자 난 일단 그 구멍 위로 완전히 올라갔다.

올라오고 보니 그 구멍이 원래 무엇이었는지 알 수 있었다. 그것은 버려진 우물이었다. 원래 이 성의 식수를 공급하던 우물이었겠지만 오랜 세월이 지나면서 말라 버리고 이제는 쓰레기장으로 쓰이는 모양이다.

하지만 그런 건 지금 중요한 게 아니겠지. 우물을 한번 돌아본 나는 곧장 몸을 솟구쳐 눈앞에 보이는 거대한 건물의 외벽으로 뛰어올랐다. 바깥 쪽의 성은 보수가 이루어져 있었지만, 아무래도 전략적으로 중요성이 덜한 이곳은 보수의 손길이 미치지 못하고 있는 모양인지 여기저기 부서지고 갈라진 틈이 많아 생각보다 매달리기가 쉬웠다.

나는 마치 절벽에서 서식하는 원숭이마냥 그 벽을 열심히 기어오르기 시작했다. 이 뒷편은 인적이 별로 없었던 것이 다행이라면 다행이었다. 아무래도 누군가 지나가는 사람이 고개를 쳐들고 한번 보기만 했더라도, 아니, 그냥 지나가다가 내가 디디는 벽에서 떨어지는 돌 부스러기가 떨어지는 소리만으로도 지금 내 위치가 들키기엔 충분했으니까.

하지만 행운이 계속되리라는 보장은 없는 법. 가능한 한 빨리 저 위로 올라가 몸을 숨기고 이 성 어딘가에서 헤매고 있을 다른 일행들을 찾는 것이 급선무였다.

주시자의 몸이란 건 확실히 대단한 바가 있었다. 목이 갈라지는 상처를 입었었음에도 이처럼 살아 있는 것 하며, 인간의 몸으로 이런 높다란 벽을 거침없이 올라갈 수 있는 것 하며.

이전에 자낙, 아니, 휴리엘이 말했을 때는 반신반의했었지만 이렇게 실제로 겪고 보니 그 감회가 새로운 건 당연한 일일까.

하지만 그건 결국 겉치레일 뿐이었다. 아무리 강한 힘과 능력이 있어도 그걸 제대로 사용할 수 있는 의지가 없다면 아무 소용이 없다. 아니, 도리어 다른 사람들에게 피해를 입힐 수도 있는 노릇이었다. 그런 의미에서 난 주시자의 능력을 얻었을 때보다 더욱더 강해졌다는 걸 느낄 수 있었다.

이제 두려움 따위는 없다. 아니, 두려움이 없다는 건 역시 말이 안된다. 하지만 이제는 닥쳐올 고통과 두려움이 무서워서 숨거나 하지는 않을 것이다. 설령 아프고 괴롭더라도 나는 헤쳐 나갈 것이다. 그러기 위해 이제까지 그토록 고통을 겪었던 것이니까.

사실 세상의 수많은 사람들이 겪는 고통과 비교해서 내 자신이 겪은 일들이 그리 더 심한 것이라고는 생각지 않았다. 누구에게나 괴로움은 있는 것이고, 당사자에게는 무엇보다도 큰 시련이고 고통일 테니까. 거지에겐 배고프고 추운 것이 가장 큰 고통이겠지만, 그것이 배부르고 따뜻한 생활을 하는 사람들이 겪는 고통보다 절대로 크다고 할 수는 없는 것이다. 모두에게 있어 고통의 크기는 동등한 것이다. 다만 그 고통을 얼마나 잘 이겨내고 소화해 내느냐는 것이 진정으로 중요한 것이었다.

그래서 내 자신이 더욱더 자랑스러웠다. 고통 속에서 이처럼 다시 태어나 용기를 가지고 그것을 헤쳐 나갈 수 있게 된 내 자신이 더욱 자랑스러웠다. 그리고 그 자신감은 이제껏 내가 하지 못한 많은 일들을 해낼 수 있도록 도와줄 것이다.

어느 틈엔가 난 이미 그 벽을 다 기어올라 가고 있었다. 하지만 이번에도 역시 바로 올라가지 않고 일단 주위를 한번 살폈다. 역시나 멀찍이서 보초를 서고 있는 병사가 보인다. 보초란 건 절대 혼자 서지 않는 법. 어딘가 또 다른 보초가 있을 것이다.

예상대로였다. 몸을 조금 옆으로 움직여 다시 살펴보니 먼저 발견한 병사를 바로 확인할 수 있는 위치에 또 다른 병사 하나가 활을 들고 보초를 서고 있었다.

확실히 영살검주는 그저 검만 조금 쓸 줄 아는 애송이는 아니었던가. 아무 데나 보초를 세워두지 않고 서로 연계되도록 효율적인 배치를 한다는 건 생각처럼 쉽지 않은 일인데 말이다.

어쨌든 건물 위 보초들의 위치를 파악했으니 이제 완전히 올라가야겠다.

가장 좋은 건 역시 첨탑이겠지만, 거기서는 내 위치가 너무 쉽게 드러나는 데다 들켰을 때 도피하기도 쉽지 않다.

그렇다면? 첨탑 꼭대기의 방 중에 안 쓰는 방 하나에 몰래 숨어 들어가는 방법도 있다. 역시 그리로 옮겨가는 도중에 들킬 수는 있겠지만, 일단 안으로만 들어가면 들키지 않고 보다 쉽게 주위를 관찰할 수 있을 것이다.

결정이 내려지자 나는 보초들의 눈에 띄지 않도록 그림자 사이로 숨어 들어갔다. 그리고 발소리를 죽인 채 목표로 하는 첨탑을 향해 천천히 다가갔다.

이 성에는 내성 성벽 주위에 4개의 첨탑이 있고 본성 건물 안에도 다시 3개의 첨탑이 세워져 있었다. 그중 내가 목표로 삼은 것은 내성에 있는 첨탑 중 꼭대기가 부서져 있는 낡은 첨탑이었다. 일단 부서진 곳이니 현재 사용하지는 않을 것이 분명했기 때문이다.

천천히 어두운 벽들 사이로 이동해 가고 있을 때였다. 문득 성의 정문이 활짝 열려 있는 것이 눈에 들어왔다. 그리고 거대한 할버드를 한 손에 쥔 채 정문 한가운데를 턱 막고 있는 한 명의 거대한 그림자도.

이전에 메프를 구출하기 위해 이곳에 왔던 일이 떠오른다. 확실히 내가 생각해 보아도 무모한 행동이었으나 난 그때 일을 후회하지 않는다. 물론 그 때문에 이번 공주 납치 사건이 생긴 것일지라도 말이다.

솔직히 그때 메프와 영살검주의 결혼이 성사되었다면 다시금 이런 식의 일이 벌어지지는 않았을 것이다. 하지만 그로 인해 메프는 평생을 고통 속에서 지내야 했을 것이고, 남몰래 그녀를 바라보던 크라이스 역시 괴로워했을 것임에 틀림없다. 또한 그 크라이스를 바라는 에롤의 고통도 무시할 수는 없을 테고.

완전히 문제가 해결된 것은 아니지만 적어도 그때 내 행동으로 내가 아는 세 사람의 불행을 막을 수 있었다. 물론 그로 인해서 영살검주 측의 병사들이 다치거나 죽는 일이 발생하기는 했지만 그건 나와는 상관 없는 일이다.

그렇다. 난 인간이다. 인간이란 생물이고, 생물이란 살아가기 위해 이기적일 수밖에 없다. 내가 아는 누군가와 내가 모르는 누군가를 저울질해야 한다면 난 서슴없이 내가 아는 누군가를 선택할 수밖에 없는 것이다. 설령 그것이 죄가 되더라도, 그건 내가 인간이라는 증거이기에 난 결정을 내리는 데 주저하지 않을 것이다.

한순간 안면이 있는 자를 보게 되자 만감이 교차하는 기분을 느꼈지만, 그것보다 중요한 일이 있었으므로 나는 다시 몸을 일으켜 이동하려 했다. 하지만 그 찰나 이제껏 정문에 석상마냥 버티고 서 있던 그 그림자가 힐끔 뒤를 돌아보았다.

내 시선을 느낀 것일까?

정말 그렇다면 내가 너무 경솔했다. 적어도 그가 여느 인간 이상의 뛰어난 능력을 지닌 자라는 걸 잠시 망각한 것이니까.

그의 능력은 이전에 벌어진 싸움에서 어느 정도 파악하고 있었다. 적어도 일 대 일로 싸우는 일이라면 그에게 지지 않을 자신이 있었지만, 이곳에는 그 말고도 수두룩한 실력자들이 몸을 웅크리고 있었다. 내가 아무리 자신감을 지니게 되었다 한들 그들 모두와 겨루는 건 무모한 일이다. 그건 용기라기보다는 만용에 가까운 일이었다.

숨을 죽이며 시선을 거두고 가만히 웅크린 채 기다렸다. 아니, 기다리기만 해서는 안 될 일이었다. 무언가 미심쩍다면 그가 지키고 있는 자리는 비우지 않더라도 부하를 불러서 살펴보게 할 수도 있는 일이니까.

천천히 기척을 내지 않도록 노력하며 바닥을 기어 이동하기 시작했다. 더 빨리 움직이고 싶은 마음이 굴뚝같았지만 그러다가 기척이라도 낸다면 이건 의심스러운 게 아니라 확신이 되어버릴 테고, 난 일행들의 위치를 파악하기 전에 먼저 저 무지막지한 인간과 일전을 벌여야 할 것이다. 그리고 곧 달려온 다른 강자들의 연합 공격에 뺑소니를 칠 수밖에 없는 상황이 될 것이다.

긴장으로 온몸이 땀에 젖기 시작한다. 등줄기에 무언가 스멀스멀 기어가는 듯한 그 소름 끼치는 느낌. 따끔따끔하고 간지러워 참을 수 없을 것만 같았지만 참아야 했다. 만약 발드레드가 나의 생존을 알아차린다면 다음번엔 그냥 목에 칼집만 내서 던져지는 행운 같은 건 기대할 수 없는 일이니까.

얼마나 그렇게 바닥을 조심스레 기었을까. 그 동작이 힘든 건 아니었다. 모든 주위의 기척에 신경 쓰면서, 내 기척은 최대한 줄이려고 드니 힘든 것이다.

아무리 좋게 생각하더라도 현재의 일행으로 이 성에서 공주를 빼낸다는 건 역시 불가능에 가까웠다. 지난번에 메프를 구할 때만 해도 어떠했던가. 성 밖으로 나가는 데까지는 아주 순조로웠지만, 몇 걸음 나가보지도 못하고 덜미를 잡혀 큰일 날 뻔하지 않았던가.

그때 만약 크라이스가 없었고, 주시자의 무구가 반응하지 않았더라면 어떻게 되었을까. 운이 좋았다고는 해도 다시 한 번 운에 도박을 걸기엔 대가가 너무나 컸다.

방법이 아예 없는 것은 아니었다. 분명 일행들의 행동이 들통나게 된다면 성안에는 크게 소란이 날 것임에 틀림없다. 그리고 이미 나는 죽어 쓰레기장에 버려진 것으로 되어 있으니 나의 행동을 염려할 사람도 없다. 그사이에 내가 공주를 빼돌린다면? 그리고 공주를 인질로 다른 일행들과 교환을 벌인다면 어떨까.

적이 대비하지 못하는 곳을 노린다는 점에 있어서는 꽤 훌륭한 방법이지만 여기에도 맹점은 있었다. 우선 교환이 이루어지기 위해서는 서로 힘의 균형이 맞아야 한다. 기껏 교환하고 나서 다시 죄다 사로잡히게 된다면 그건 아무 소용도 없는 일 아니겠는가. 나나 크라이스라면 혼자 힘으로도 어느 정도 탈출하는 데 지장이 없겠지만, 다른 사람들은 어떠한가. 엘리스가 그중에 낫지만 그녀 역시도 장담할 수 없다. 결국 모든 게 제자리가 되고 마는 셈이다.

어찌 되었든 문을 지키고 있던 거한은 별 의심을 가지지 않았나 보다. 하긴 날짐승이나 다른 작은 짐승이 수도 없이 그의 주의를 흐트러

놓을 테니 그런 일 중에 하나로 치부했을는지도 모르지. 나에겐 다행스러운 일이지만 그에겐 불행이 될지도 모르겠군.

결국 긴장으로 온몸이 쫄딱 젖은 상태가 되고 나서야 나는 겨우 목표로 하는 첨탑의 언저리에 도착할 수 있었다. 보초병의 시야와 성안에 있을 다른 강자들에게 들키지 않으려니 그만큼 시간이 오래 걸릴 수밖에 없었다.

천천히 몸을 일으켜 첨탑의 벽에 기댄 채 다시 한 번 주의 깊게 주변을 살펴본다. 다행히 아직까지는 별 소란이 없는 걸로 미루어 일행들의 움직임이 포착된 것은 아닌가 보다. 하지만 그렇다고 안심할 수는 없는 일이었다. 무슨 수를 써서라도 적들보다 내가 먼저 발견하여 탈 없이 빠져나가게끔 해야만 한다. 함정인 것이 확실한 마당에 앉아서 당할 수야 없는 노릇 아니겠는가.

주변에 이상이 없음을 확인한 나는 그대로 첨탑의 벽에 매달렸다. 낡아 부스러지기 쉬운 돌쩌귀들이 조금씩 떨어지는 게 자꾸 마음에 걸린다. 하지만 날개가 있지 않은 바에야 내가 원하는 만큼 순식간에 무너진 첨탑의 꼭대기에 다다를 수는 없을 것이다. 긴장되고 힘들기는 해도 일단은 이게 가장 안전한 방법이었다.

정말 운이 없다면 이렇게 매달려 있는 모습을 들킬 수도 있는 노릇이지만 인간이란 어지간해서는 시선을 위로 올리지 않는 법이기에 조금은 마음을 편하게 가지려고 노력했다. 다만 그 어지간해서는 벌어지지 않는 일이 지금 이 순간 벌어지지 않기만을 마음속으로 간절히 빌 뿐이었다.

결국 난 아무런 사고 없이 보초병들의 눈길을 피해 무너진 첨탑 중간에 있는 방 위에 도달할 수 있었다. 잘못해서 돌 부스러기가 아래로 떨어지지 않도록 조심스레 방 안으로 들어갔다.

역시 무너져 버려서 그 기능을 상실한 때문인지 첨탑 내부는 오랫동안 사용하지 않은 듯 퀴퀴한 먼지 냄새를 풍기고 있었다. 하지만 그런 소소한 일에 신경을 쓸 만큼 한가하지 않았으므로 나는 창문 턱에 고개만 내놓고 천천히 성안을 살피기 시작했다.

슬쩍이라도 발드레드가 건네주었던 성 내부의 지도를 보았다면 좋았을 것. 일행들이 올라오는 위치를 안다면 일이 좀 더 수월했을 텐데 하는 작은 후회를 해보았지만 역시 그건 쓸데없는 일이기에 난 조용히 다시금 마음을 다잡았다.

그때였다. 갑자기 성문 주위에서 작은 소란이 이는 듯하더니 한 사람이 말을 달려 성으로 들어섰다. 갑작스런 그의 등장으로 조용하던 성안이 약간 부산하게 움직이기 시작했다. 성안에서 달려나온 병사들이 말고삐를 잡는 동안 기수는 마치 굴러 떨어지는 듯한 몸놀림으로 말에서 내려 허겁지겁 내성 건물 안으로 달음질쳐 들어갔다.

무슨 일일까. 저 기수는 내가 아는 자는 아닌 듯했다. 머리가 비록 좋은 편은 아니지만 한 번 본 사람이라면 기억하지 못할 리가 없었다.

그렇다면 전령일까? 무엇을 알리는 전령일까.

하지만 그건 시작에 불과했다. 그 안에 사람이 있는지조차 의심스럽던 성이 갑자기 복작대기 시작했다. 추측컨데 그 전령이 전한 소식은 단순한 게 아니었던 모양이다.

단지 지휘자들에게 그치지 않고 모든 병사가 저처럼 동요한다는 것은 무얼 의미하는 것일까.

결론은 쉽게 나왔다.

맞는가는 일단 확인해 봐야 아는 일이겠지만, 아마도 왕실에서 군사를 일으킨 것이 아닐까? 가능성이 전혀 없다고 볼 수만은 없었다. 왕실에서 지금껏 이들을 가만히 놔둔 것은 힘이 없어서가 아니었다. 그러던 것이 이번 공주 납치, 정확하게는 공주 가출이겠지만 아무튼 이 일이 빌미가 되어 결국 사건이 터진 것은 아닐까.

소란은 이내 술렁거림으로 바뀌었다. 그들이 아무리 훌륭하게 훈련된 병사라 할지라도 열세임이 분명한 상황에서 전쟁에 임한다면 누구든 긴장하지 않는 것이 오히려 이상한 일임이 분명하니까.

이런 상황은 지금 이 성 어딘가에서 움직이고 있을 나의 일행들에게는 전혀 도움이 되지 않는 일이었다. 언뜻 생각하기에는 이렇듯 부산스러우면 그 혼란을 틈타 더 쉽게 움직일 수 있으리라 생각하기 쉽지만 그건 그렇게 간단한 문제가 아니었다. 일단 지금 병사들의 상태는 혼란이라기보다는 흥분에 가까운 것이었고, 이렇게 사람들이 마구 움직이다 보면 비어 있는 공간이 그만큼 적어지므로 운신에도 어려움이 많았다. 그리고 그건 들킬 확률이 더 많아진다는 의미이기도 했다.

정면으로 맞붙을 수는 없는 노릇인 게 당연한 일, 최대한 은밀하게 움직여야 하는데 이런 상황이 벌어진다는 건 결코 행운이 아니었다.

제발 별 탈이 없어야 할 텐데.

하지만 그런 내 소망을 비웃듯 결국 일이 터져 버리고야 말았다.

그건 갑자기 울려 퍼진 한차례의 뿔피리 소리와 함께 시작되었다.

그리고 곧 이어 외쳐진 한마디 고함이 갑작스레 벌어진 상황의 전말을 알려주었다.

"침입자다!"

결국 내 소망과는 정반대로 일이 터져 버리고 만 것이다.

그리고 성안에서 들려오는 듯한 짧막짧막한 금속성이 그 사실에 더욱더 확신을 가져다 주었다.

"빌어먹을."

이렇게 된 이상 여기서 웅크리고 있는 건 아무 도움이 되지 않았다. 그리고 그걸 깨달은 순간 나는 바로 몸을 일으켜 첨탑에서 뛰어내렸다.

언뜻 무모한 일이었지만, 여기서 다시 어기적어기적 기어 내려갈 여유 같은 게 없는 상황에서 저지른 일이었다.

순간 풍압에 의해 볼 살이 이리저리 밀리는 것을 느꼈지만 그건 한 순간이었다. 쿵 하는 소리와 함께 발바닥부터 무릎, 허리에 이르기까지 짜릿한 통증이 뒤를 이은 것이다.

"크윽!"

하지만 이 정도 가지고 엄살을 피울 수는 없었다. 분명히 보통 사람이었다면 다리가 부러지거나 허리가 부러져도 백 번은 부러졌을 충격이었지만 그걸 음미하고 있을 시간 따위는 애초에 없었으므로.

우선 나의 첫번째 목표는 내성 건물 위쪽에 배치되어 있는 두 명의 보초병이었다. 성 벽에도 보초병이 있을 테지만 거기까지 신경 쓸 겨를이 없었으므로 나는 최대한 몸에 탄력을 실어 바람처럼 보초병을 향해 쏘아져 들어갔다.

보초병은 이리저리 사람들이 우왕좌왕하는 모습을 지켜보고 있다가 내가 첨탑에서 뛰어내려 발을 구르는 소리에 고개를 돌렸다. 하지만 그는 순간 내가 속력을 내는 바람에 언뜻 나의 모습을 놓쳤고, 애초부터 그의 위치를 염두에 두고 있던 나의 기습적인 주먹질 한 번에 그대로 기절해 버리고 말았다.

적어도 이것만큼은 감사해야 하는 건가. 나를 죽이면서 나의 장비는 하나도 벗기지 않았으니. 하긴 다 낡아 빠진 듯한 이런 건틀릿이나 건

틀릿에 가려져 있던 반지 같은 걸 신경 쓸 겨를도 없었겠지.

잡념 같은 걸 떠올릴 틈이 없다. 일단 하나를 해치웠으니 다른 하나를!

다른 한 명의 보초병 역시 내가 떨어져 내릴 때의 소음을 듣고 주의를 온통 그곳에 집중하고 있었다. 항상 서로의 위치를 파악하고 있어야 함에도 불구하고 부족한 실전 경험이 그의 주의를 흐트러뜨려 버린 것이다. 그리고 나는 더 이상 그런 헛점을 가만히 두고 놓칠 만큼 우유부단하지 않았다.

문득 보초병의 시선이 옆으로 돌아오다가 나를 발견하고 고함을 지르려고 입을 벌리는 순간 내 주먹은 어김없이 그의 벌려진 입 아래를 크게 올려쳤다.

힘 조절을 하기는 했지만 그 보초병의 몸은 순간 허공에 떠올랐다가 털썩 쓰러지고 말았다. 쓰러진 그의 모습을 보아하건대 일격에 턱이 나가 버린 것 같았지만 그걸 걱정해 줄 틈은 없었다.

일단 두 명의 보초병을 해치우고 난 나는 이번에는 건물 안으로 통하는 출입구를 향해 달려갔다. 그리고 단번에 몸을 날려 어깨로 그 문을 힘껏 들이받았다.

나무로 된 그 문은 너무나 허무하리만치 쉽게 산산조각이 나 부서져 버렸다. 동시에 커다란 소음이 났지만 그건 내가 의도하는 바였다. 이렇게 된 이상 최대한 적들의 주의를 흐트려 놓을 필요가 있었던 것이다.

문이 너무 쉽게 부서지는 바람에 중심이 잠시 흔들렸지만 곧 다시 자세를 가다듬고 쏜살같이 계단을 타고 내려가기 시작했다. 계단을 밟고 내려갈 여유가 없어 그냥 쿵쿵거리며 펄쩍펄쩍 뛰어 다음 칸으로 떨어져 내려갔다. 너무 급하게 행동하면 실수가 벌어질 수도 있는 일이었지만, 지금은 발을 디디는 그 한순간마저도 급한 순간이었다.

내가 왜 이토록 조급해하는지 달리는 나 역시 알지 못했다. 다만 지금 내가 늦게 된다면 이 일로 또 평생 동안 후회할지도 모른다는 생각이 들었을 뿐이다. 한순간 제레미를 제대로 챙기지 못해서 루크 아저씨의 비극을 만들었던 나로서는 두 번 다시 똑같은 실수를 저지를 수 없었다. 적어도 지금은 나의 의지를 실어줄 능력이 내게 있으니까.

옥상에서의 소란을 들었는지 주위로 다급한 발자국 소리가 이리저리 울려 퍼지기 시작했다. 그리고 내가 계단에서 껑충껑충 뛰어내리는 소음 역시 들었는지 그 소란은 점점 계단 주위로 집중되었다.

일부러 한 층을 건너뛰고 그 아래층으로 내려갔다. 그리고 그 층에 발을 디디자마자 그대로 발을 들어 계단과 복도를 막고 있는 나무 문을 힘껏 차버렸다.

이번엔 아까처럼 풍지박산나거나 하지는 않았지만 걸쇠와 경첩이 떨어져 나가며 그대로 밀려 나가떨어지고 말았다. 그리고 문 주위에서 서성이던 운 나쁜 병사가 그 문에 정통으로 얻어맞고 말았다.

"으악!"

갑자기 날벼락이 쳐도 유분수지. 참으로 불행한 병사라고 할 수 있겠지만, 모르는 사람에게 인정을 베풀 여유 또한 없는 게 사실이었으므로 문에 깔려 소리소리 지르는 그를 문째로 살며시 즈려밟고 또다시 달리기 시작했다.

이번에는 위치가 확실히 포착된 것일까. 굽어진 복도를 돌아서자마자 그래도 몇 명의 병사와 마주치고 말았다.

"여기다!"

앞선 병사가 뒤돌아보며 다른 병사들을 불렀다. 하지만 그 말 한마디가 그가 할 수 있는 전부였다. 다시금 고개를 돌리는 순간 여지없이 나의 주먹질이 그의 안면을 가격한 것이다.

"어억!"

그가 비명을 지르며 쓰러지자 그제야 그 뒤의 병사들도 저마다 무기를 뽑아 들고 덤비려 들었다. 하지만 그들보다는 내가 먼저 움직였고, 동작 또한 내가 더 빨랐다.

채 검집에서 검을 뽑아 들 여유도 주지 않고 곧바로 또다시 한 방을 선사했다. 덕분에 그의 뒤에 있던 다른 동료들은 무기를 챙길 여유가 생긴 셈이었지만, 그래 봐야 그들이 이로울 것은 하나도 없었다.

이곳이 만약 넓게 트여진 전장이라면 그들이 들고 있는 검이며 창이 제 위력을 발휘하겠지만 좁디좁은 통로에서 그들보다 월등히 민첩한 상대와 싸우는 데 그런 무기들은 오히려 걸림돌이 될 뿐이었다.

몇몇 노련한 병사들이 단검을 빼 드는 모습이 보이기는 했지만, 그들끼리 몰려 있는 상황인지라 어차피 나에게는 일 대 일이나 다름없었다. 좁은 복도라는 건 이런 이점도 있었던 것이다.

가장 앞선 병사가 느닷없이 창을 들이대었다. 아마도 내가 소년인 것을 보고 그저 위협해 볼 생각으로 그런 것이겠지만, 난 이미 여느 소년이 아니었다. 가볍게 고개를 한번 젖히는 것만으로 그 창끝을 피하고 오히려 창대를 붙잡은 채 몸을 날려 두 발로 그의 가슴팍을 걷어찼다. 순간 창끝이 얼굴을 스치며 시큰한 통증이 전해졌지만 무시하고 그대로 몸을 날린 것이다.

"억!"

그 역시 외마디 고함을 질러대며 뒤로 날려졌다. 이번의 일격은 충분히 계산된 행동이었는데 그것은 그를 뒤로 날림으로써 뒤에 서 있는 병사들의 시야를 가리기 위함이었다. 예상대로 뒤에 서 있던 병사들이 그의 몸을 받쳐 들고 우왕좌왕하고 있는 틈을 타 발길질에 차여 정신 못 차리는 병사의 몸을 들이받았다.

그 충격으로 일단의 병사들은 주르르 뒤로 밀려가 버렸다. 뒷걸음질 치려다 그대로 나자빠지는 병사들이 있는가 하면, 갑자기 앞선 병사들이 자신을 향해 달려들자 기겁을 하며 무기를 내리다가 자기들 편에 밀려 주르르 넘어지는 병사도 있었다. 마치 벽돌을 일렬로 세워놓고 맨 앞의 벽돌을 슬쩍 밀면 끝까지 주르르 넘어지는 것과 같은 이치였다.

네댓 명의 병사들이 허우적거리며 정신 못 차리고 있는 틈을 타 나는 또다시 그들을 훌쩍 뛰어넘어 앞으로 달려나가기 시작했다.

"이쪽이다!"

"아니, 이쪽에서 비명이 들렸어!"

보지 않아도 우왕좌왕하는 병사들의 모습이 한눈에 들어오는 듯했다. 일단은 주의를 분산시키고자 하는 내 생각이 적절히 맞아떨어진 것이다.

나 자신의 능력과 용기에 언뜻 기분이 좋아지려 할 즈음이었다.

갑자기 무언가 바람을 스치는 듯한 소음과 함께 내 등가에 서늘한 느낌이 전해져 왔다.

위험하다!

그 본능적인 경고에 나는 다른 건 생각해 볼 엄두도 내지 못하고 그대로 몸을 낮추며 바닥을 굴렀다. 그리고 구르면서 몸을 틀어 뒤쪽을 바라보았다.

그곳에는 양손에 단검을 하나씩 든 사람이 나를 가만히 주시하고 있었다.

이전보다 길어진 듯한 앞머리 사이로 언뜻 무언가 반짝였다. 또한 그 머리카락 사이로 검은 안경테가 눈에 들어왔다.

싸움과는 도저히 어울리지 않을 것 같은 도서관 사서 같은 인상의 남자, 내 기억이 정확하다면 그의 이름은 나슈가 틀림없었다.

그는 아마도 영살검주의 참모라 생각되는, 이 성안에 존재하는 강자 중 한 명이었다.

그와의 만남은 아주 잠시였지만 그만큼 강렬한 인상을 남기고 있었다. 얼핏 보기에도 참모로밖에 안 보이던 그가 지금 성문을 지키는 할버드를 든 남자를 구하기 위해 나에게 기습을 가했을 때 얼마나 놀랐던가를 생각하면 지금도 등골이 서늘하다. 게다가 방금 전 기습의 날카로움이란.

그를 영살검주나 발드레드, 데런과 같은 등급으로 올려두는 데는 그런 이유가 있었다.

그저 팔을 늘어뜨린 듯한 모습이었건만 난 그에게 쉽사리 달려들 수 없었다. 무언가 알 수 없는 위압감이 나의 전신을 강하게 짓누르고 있었던 것이다. 그것은 발드레드의 그것과 비슷하지만 마치 세찬 파도처럼 상대를 짓이기는 그런 것이 아니라, 날카롭게 잘 갈라진 한 자루의 비수와도 같은 것이었다.

"오랜만이군요."

"저야말로."

길게 대화를 나눌 필요는 없었다. 더군다나 여기서 시간을 끌 여유조차 없었다. 가능하다면 될수록 빨리 저자를 제압해야겠지만, 과연 그것이 가능할는지 의문스러울 뿐이다.

하지만 그렇다고 망설이고만 있을 수는 없는 일이었다. 언제 그 할버드를 든 자나 발드레드 같은 자가 들이닥칠지 모르는 일이었으므로.

쉽사리 덤벼들 수 없는 상황이었으나 덤벼들지 않을 수도 없는 상황이었다.

이윽고 결심이 서자 나는 있는 힘껏 그를 향해 전속력으로 달려들었다.

하지만 그는 마치 예상했다는 것처럼 검 하나를 거꾸로 쥐고 다른 하나는 늘어뜨린 자세로 비스듬히 서며 나의 돌격에 대비했다. 아마도 내가 덤벼드는 그 순간을 노려 치명적인 일격을 날리려는 것이겠지.

그의 생각을 깨닫는 순간 내가 취해야 할 동작이 그림처럼 머리 속에 떠올랐다. 그리고 더 생각해 볼 여유도 없이 곧장 그대로 따랐다.

몸을 숙이며 거의 배를 땅에 붙이는 듯한 모습으로 그의 다리를 노리고 달려들었다. 그 역시 더 더욱 자세를 낮추었다. 하나 이렇게 낮은 자세로 달려드는 걸 막아내기에는 턱없이 부족했기에 일순 나는 승리를 예감했다.

그러나 그건 나의 오판이었다.

그는 갑자기 손을 땅에 대지 않고 공중제비를 도는 듯한 동작을 취하며 몸을 앞으로 내던졌다. 하지만 높이 도약한 것이 아니라 뒤집혀진 몸이 밑으로 낮게 깔려 달려드는 나의 등을 간신히 스칠 정도의 높이밖에 되지 않았다.

무언가 잘못되었다는 생각이 머리를 스쳤다. 그리고 그걸 깨닫는 동시에 나는 있는 힘껏 허리를 뒤틀며 옆으로 몸을 굴렸다.

아나나 다를까, 그는 공중을 회전하는 원심력에 몸이 떨어지는 가속력까지 덧붙여 두 개의 단검을 바닥에 있는 힘껏 내리박았다. 어찌나 강하게 내리박았는지 단검 손잡이까지 나무 바닥에 푹 박혀 들어갔다. 더욱이 그가 내리찍은 그 위치는 내가 그대로 돌격해 들어갔다면 나의 등판이 있을 자리였던 것이다.

한순간에 바닥에 박제마냥 꽂혀 있을 뻔한 나로서는 등줄기에 식은 땀이 저절로 주룩 흐를 수밖에 없었다. 하지만 그 강한 일격에 그의 무기가 무력화되었다는 것을 깨닫고 다시금 재빨리 몸을 일으키며 뒤돌아 앉아 있는 그의 등을 손을 모아 내려쳤다.

하나 바닥에 주저앉은 듯한 그 동작 역시도 미리 사전에 계산된 행동이었다.

그는 그대로 몸을 앞으로 굴리며 그 원심력을 바탕으로 똑바로 누운 자세 그대로 그 검을 위로 뽑아 올렸다. 누운 자세에서 앞으로 몸을 일으키면서 크게 반원을 그리며 두 개의 단검을 휘두른 것이다.

멋모르고 위에서 아래로 내려치는 공격을 감행하던 나는 흠칫 놀라 공격을 그만두고 뒤로 물러나려 했지만 이미 가속도가 붙어 있는 상황인지라 있는 힘껏 뒤로 몸을 젖히는 것밖에 할 수 없었다. 그리고 그 순간 그의 단검 중 하나가 나의 상체를 스치고 지나갔다.

"크흑!"

역시 너무 성급하게 달려든 게 잘못이었을까. 그의 기상천외한 몸놀림에 난 완전히 농락당하고 있는 것이다.

하지만 그의 공격은 그걸로 끝난 게 아니었다. 다시금 주저앉은 자세가 되는가 싶더니 몸을 뒤로 뒤틀며 곧장 나를 향해 뛰어든 것이다.

　단순히 앞쪽으로 뛰어드는 짧은 도약이었지만 거리가 가까운 만큼 더욱더 위협적이었다. 어느 틈엔가 돌려 쥔 단검 두 개를 허리춤에 대고 있다가 사정권에 들어왔다고 생각되는 순간, 나의 목을 노리고 맹렬히 베어 들어온다.

　섬칫할 만큼 날카로운 공격에 나는 일순 헛숨을 들이켰지만 순간 내 머리 속에 한 가지 생각이 떠올랐다.

　지금 이 공격은 내가 처음에 그에게 했던 공격과 똑같은 종류의 것이 아닌가!

　그걸 깨달은 순간 나는 어느 틈엔가 그가 나에게 펼쳤던 것과 같은 공격을 펼쳐 내고 있었다. 아니, 그러려고 했다.

　하나 한번 보고 그대로 따라할 수 있을 만큼 난 천재가 아니었기에 그냥 뒤로 벌러덩 누우며 한 발을 올려차는 듯한 어정쩡한 동작이 되어버리고 말았다.

　그러나 그것만으로도 충분히 위력적이었다. 게다가 얼결이긴 했지만 타이밍도 제대로 맞추었다. 얼결에 한 나의 발길질이 그대로 그의 복부에 명중한 것이다.

　“헉!”

　그는 날아들던 속력 그대로 공중에 붕 뜨더니 천장에 등을 세차게 부딪치고는 바닥으로 떨어져 내렸다. 얼떨결에 한 일이기는 하지만 그래도 기회다 싶어 허겁지겁 몸을 일으켰으나 그때는 이미 그 역시 몸을 일으킨 채였다. 물론 얻어맞은 복부를 한 손으로 감싸 안고 있기는 했지만 여전히 그의 눈빛은 죽지 않은 채 타오르고 있었다.

　그러나 복부에 공격이 들어박힌 이상 다시 또 방금처럼 날렵한 움직임을 보이긴 어려울 것이었으므로, 나는 더 이상 사정 두지 않고 다시금 그에게 달려들려고 하였다. 하지만 그 순간.

"우리얍!"

한마디 우렁찬 기합 소리와 함께 갑자기 그가 몸을 납작 엎드렸고, 그가 원래 서 있던 그곳으로 거대한 무언가가 강력한 풍압을 일으키며 똑바로 나를 향해 달려들었다.

또다시 나의 뇌리에 위험하다는 경고가 가득 들어찼다.

순간 그것이 무엇인지 알아차릴 여유도 없이 나는 있는 힘껏 몸을 옆으로 빼며 그 알 수 없는 무언가를 피할 수밖에 없었다. 그리고 그렇게 하지 않았다면,

쿠과광!

지금 굉음을 울리며 박살난 저 석벽과 마찬가지 꼴이 되었을 것이다.

저럴 수가.

너무도 엄청난 위력에 한순간 정신이 멍해져 있는데 갑자기 무언가가 세차게 나의 복부를 강타했다.

"커헉!"

순간 눈앞이 새하얗게 변해 버리는 듯한 강렬한 충격이 나의 온몸을 휘감으며 호흡이 곤란해졌다. 하지만 공격은 그걸로 끝난 것이 아니었다. 다시금 날아온 주먹질 한 방에 나는 비명조차 지르지 못하고 구겨진 휴지마냥 바닥에 처박힐 수밖에 없었다.

곤란한 호흡을 애써 달래며 고개를 치켜들자 다시금 강렬한 일격이 나의 턱을 가격했다. 머리가 울리며 그대로 정신을 잃을 것만 같은 충격을 받으며 나의 몸은 다시금 떠올라 부서져 있는 석벽 앞에 철퍼덕

떨어지고 말았다.

한순간 주의를 흐트러뜨린 것에 대한 대가치고는 너무나 큰 고통이었다.

"끄으으……."

순식간에 엉망이 되도록 얻어맞고 정신을 차리지 못하고 있는데, 이번에는 무언가 단단한 갈고리 같은 것이 나의 멱살을 비집고 들어와 움켜잡더니 그대로 허공에 들어 올린다.

그리고 그제야 나는 방금 나를 그토록 무자비하게 쥐어팬 것이 누구인지 알 수 있었다.

그는 언제나 거대한 할버드를 한 손으로 짚은 채 성문을 막아서고 있던 그 거한이었다.

역시나 짧은 순간이었지만 저 안경잡이로 인해 시간이 지체된 것이 큰 실수였던 것이다. 병사들을 때려눕히며 의기양양해 있었던 데다 운 좋게 공격이 성공하는 바람에 긴장이 흐트러진 것이었다.

"네놈이었군."

이자와도 역시 구면이었기에, 그리고 한 번 그에게 이긴 적이 있었기에 그는 단번에 나를 알아보았다.

"그토록 이곳이 만만해 보였던가."

언제나 성문을 지키는 그로서는 나 같은 애송이가 두 번이나 성안에 들어와 소란을 피우는 게 무척이나 기분이 상하는 일임에 틀림없었다.

정신이 없는 상황이긴 했지만 그의 분노를 피부로 느끼는 순간 그대로 가만히 있을 수 없었다. 냉큼 내 목을 움켜쥔 그의 손가락을 양손으로 붙잡고 있는 힘껏 그 손가락을 벌렸다.

처음에는 나의 행동이 가소롭게 보였는지 가만히 있던 그는 예상외로 내 팔 힘이 장난이 아니라는 것을 깨닫자 가만히 있지 않고 곧장 주먹을 뻗어 다시 한 번 내 얼굴을 후려쳤다.

하나 목이 졸리고 늘씬하게 얻어맞았다고는 해도 그걸 막지 못할 내가 아니었다. 적어도 이런 자세는 완력의 차이가 월등할 때나 가능한 법인데, 나의 작은 덩치 때문에 순간 그 역시 방심한 것이리라.

그가 나를 후려치기 위해 손을 드는 순간 나는 그의 손가락을 벌리려던 손으로 그의 손목을 움켜잡고 있는 힘껏 몸을 뒤틀며 그의 팔 위에 다리를 걸쳤다. 순간 금방이라도 내 목이 끊어져 나갈 듯한 통증이 뒤따랐지만, 이를 악문 채 그의 팔에 올라탄 것이다. 그리고 두 다리로 상대의 팔 위에 몸을 고정시킨 후 여전히 그의 손목을 잡은 채 있는 힘껏 몸을 뒤로 젖혔다.

우둑!

순간 소름 끼치는 소음과 함께 그의 팔꿈치가 탈골되어 버렸고, 그는 신음을 흘리며 내 목을 쥐고 있던 손에서 힘을 풀었다.

"컥, 컥!"

내 멱살을 쥐고 있던 그의 손아귀에서 힘이 빠지는 동시에 나는 더이상 버티지 못하고 바닥으로 떨어져 버렸다. 하지만 바닥에 떨어진 충격 같은 건 이미 안중에도 없었다. 일순간에 입은 충격과 목이 졸림으로써 순간 멈추었던 피가 일시에 봇물 터지듯이 머리로 몰려들기 시작했기 때문이다.

하지만 언제까지고 그렇게 널브러져 있을 수만은 없었기에 나는 흐릿해지려는 의식을 억지로 붙잡고 고개를 들어 상황을 살폈다. 또다시 얼굴에 발길질을 당하는 한이 있더라도 우선은 꼭 해야만 한다고 느꼈기 때문이다.

무식하게 할버드를 휘두르고 나를 인정사정없이 쥐어팬 거한은 탈 골되어 버린 팔꿈치를 부여잡고 신음을 흘리며 뒷걸음질치고 있었고, 두 개의 단검을 휘둘러 나를 궁지에 몰았던 안경잡이는 여전히 가슴을 부여잡은 채 파리해진 안색으로 숨을 몰아쉬고 있었다.

이대로 다시 일어나 그들을 완전히 제압해야 하는 걸까.

아니었다. 지금은 그러고 있을 틈이 없었다. 그들 역시 괴로워하고 는 있지만, 내가 악을 쓰고 달려든다면 그들 역시 악을 쓰고 달려들 게 뻔한 일이었다. 만약 그러고 있는 와중에 영살검주나 발드레드, 그리 고 힐라시엔이나 키치 같은 또 다른 강자들이 지금 이 자리에 나타난 다면 나는 꼼짝없이 잡혀 버려야 할 건 굳이 깊게 생각하지 않더라도 쉽게 알 수 있는 일이었다.

너무나 고통이 심해서 어디가 어떻게 아픈지도 모를 상황이었지만 그걸 내색할 겨를도 없이 난 어기적어기적 몸을 일으켜 그들에게서 뒷 걸음질쳤다. 그들로서는 어떻게든 다시 나를 저지해야만 하는 상황이 었지만, 여력이 없는 건 그들 역시 매한가지였다.

하지만 그렇다고 해서 그 자리에 그들과 나만 있는 것은 아니었다. 어느 틈엔가 주위에는 소음을 듣고 달려나온 병사들이 새카맣게 앞뒤 로 가로막고 있는 상태였다.

빌어먹을.

약간 시간을 끌었을 뿐인데 이렇게 진퇴양난의 지경에 빠지다니.

하지만 이대로 있을 수만은 더 더욱 없었기에 힘든 상황에서도 남모 르게 일단 회복의 주문을 외웠다.

현기증이 다시금 덮쳐 왔으나 그나마 조금 정신이 맑아지는 걸 느낀 나는 더 생각할 것도 없이 몸을 날려 병사들을 향해 뛰어들었다.

자신들의 대장급 두 명과 싸워서 기력이 없는 걸로 보였던 내가 갑자기 달려들자 맨 앞에 서 있던 병사들은 순간 당황하는 듯싶었다. 그리고 그 찰나의 순간이 나에게는 더없이 소중한 기회였다.

앞선 병사가 얼결에 내지른 창을 피해내며 곧장 그의 어깨에 손을 짚고 날아올랐다. 순간 시야에서 내 모습이 사라지자 창을 내질렀던 병사를 비롯한 주위의 병사들 모두 기겁을 했고, 난 그들이 놀라 우왕좌왕하는 사이에 늘어선 병사들의 머리며 어깨를 징검다리마냥 밟고 도망치기 시작했다.

자신의 머리나 어깨를 무언가가 밟고 지나가는 느낌에 정신을 차린 병사들 몇이 고함을 질러대기 시작했으나 좁아 터진 복도에 빽빽이 들어차 있는 병사들로서는 그처럼 말도 안 되는 방법으로 도망치는 나를 저지할 방법이 없었다.

그리고 마침내 마지막 병사가 나타나자 이번에는 그의 어깨를 밟지 않고 그대로 주먹을 한 방 날린 후 비틀거리는 그의 몸을 들어 뒤돌아보며 소리 지르는 병사들을 향해 던져 버렸다.

다시금 그 충격에 우르르 병사들이 넘어지는 것을 확인한 후 나는 몸을 날려 그들의 시야에서 사라져 버렸다.

그렇게 얼마나 정신없이 성안을 휘젓고 다녔을까.

어느 구석진 방 안에 숨어 들어간 나는 그제야 겨우 숨을 돌릴 수 있었다.

경황 중이라 몰랐지만, 그 괴물 같은 수문장의 일격에 어느샌가 나의 얼굴은 그야말로 곤죽이 되어 있었다. 그나마 뼈가 부러지지 않은 게 천만다행일 뿐이었다. 뼈가 부러진 건 제아무리 치유 마법이라고 해도 쉽사리 낫기 힘들 뿐더러 설령 낫게 만든다고 해도 워낙에 체력의 소모가 심해서 한동안은 제대로 싸울 수 없기 때문이었다.

그래도 일단은 좀 쉬게 되었으니 속으로 주문을 읊조려 치유와 회복을 다시금 행했다. 주문의 효과는 뛰어나서 곧 온몸을 미친 듯이 휘감고 있던 고통은 수그러들었으나 그로 인해 몰아친 현기증에 나는 잠시 아무 생각도 못하고 가만히 앉아 눈을 감고 있어야만 했다.

하나 일이 꼬이려고 하는 것일까.

그렇게 눈을 감고 잠시 휴식을 취하고 있는 와중에 문득 누군가 복도를 걸어 다가오는 소리가 들렸던 것이다.

빌어먹을. 이 방으로 들어오면 어쩐다지.

그냥 스쳐 지나간다면 좋겠지만 그렇지 않으면 어찌 되겠는가.

역시 모든 걸 운에만 맡기는 건 너무나 바보 같은 짓이기에 얼른 문가로 다가가 밖에서 전해지는 기척을 살폈다. 다른 층에 비해서 아무래도 병사들이 없는 것 같아 찾아 들어왔건만 왠지 잘못된 선택을 한 것 같다는 생각이 순간 들었다. 그러나 이내 그런 잡생각은 접고 바깥의 기척에만 온 정신을 집중하기 시작했다.

상대가 혼자라면 방 안에 들어오는 틈을 노려 제압할 생각이었으나 불행히도 그 발소리는 적어도 세 명 이상이나 되었다. 이렇게 되면 한두 명을 처리하는 사이에 남은 누군가가 비명이나 고함을 질러댈 수도 있는 문제였고, 그렇게 되면 대번에 다시 내 위치가 들통나게 되어버리는 셈이었다.

순간 고개를 돌려 이제껏 관심을 두지 않았던 방 안을 이리저리 살피며 숨을 곳을 살펴보았다.

무척이나 화려하게 치장된 침대와 옷장, 그리고 거울이 달린 화장대. 이건 여자 방인가?

이곳에 있을 만한 여자가 누가 있을까. 군대라는 집단이니 여자가 일단 많지는 않을 것이 당연한 일. 예전에 메프를 찾으러 왔을 때도 키치와 메프 외에는 여자라고는 전혀 보질 못했었다.

그렇다면 이 방의 주인은 크게 세 명으로 압축이 된다.

바로 크라이스의 어머니인 힐라시엔과 키치, 그리고 이 모든 일의 원인이 된 공주인 것이다.

하지만 더 이상 생각할 틈도 없었다. 그 발자국 소리는 어느 틈엔가 더욱더 가까워지고 있었던 것이다.

누가 되었더라도 성안에 침입자가 있는 이상 방 안에 들어와서 한바탕 수색을 할 것임에 분명했기에 방 안에 숨는 건 바보나 하는 짓이었다.

그렇다면?

더 생각할 것도 없이 나는 재빨리 창문가로 달려가 창문 위쪽으로 기어올라 갔다.

그리고 내가 손가락과 발끝에 힘을 주며 간신히 자리를 잡는 순간 방문이 열리는 소리가 들려왔다.

그리고 두런거리는 소리와 함께 대화가 시작되었다.

"키치님, 만일을 위해 잠시 실례하겠습니다."

"그러도록."

정중한 부탁과 간단한 대답. 하지만 그것만으로도 이 방의 주인이 누구인지 판단하기에는 부족함이 없었다.

운이 좋은 건가, 나쁜 건가. 하필이면 저 키치의 방이라니.

잠시 부스럭부스럭거리며 방 안을 뒤지는 소리가 들려온다. 입 안에 침이 잔뜩 고였지만 침 넘기는 소리가 저들에게 들릴까 봐 그걸 삼키지도 못한다.

"괜찮은 듯싶습니다. 저희는 이제 이 층의 나머지 방도 돌아보러 가겠습니다."

"수고하도록."

그리고 문이 닫히는 소리가 들려온다.

끄응. 이걸 어쩐다. 내려가지도 못하고 그렇다고 이대로 매달려 있을 수도 없고. 만약 누군가 밖에서 이런 내 모습을 보기라도 하면 어쩐단 말인가.

일단 위로 다시 올라가야 하는 걸까.

하지만 그러기 위해 움직이다 보면 또 그 소리가 키치에게 들릴 수도 있었다. 그녀 역시 보통 사람은 아니니까.

하지만 마법사라면 차라리 방금 전에 싸웠던 두 사람보다는 나을 수도 있었다. 그녀가 마법을 사용하기 전에 순식간에 제압해 버린다면 어떨까.

고민될 수밖에 없었다. 왠지 그녀는 다른 누구보다도 상대하기가 꺼려진다는 것이 솔직한 심정이었다.

하지만 그렇다고 망설일 여유가 있을 리 없었다. 방금 전까지는 지친 몸에 조금이라도 체력을 비축하기 위해서 쉬어 있던 것이지만, 지금은 이미 어느 정도 체력도 회복한 상태였다.

결심하고 아래로 내려가려는 순간이었다.

그때 다시금 문이 열리는 소리가 들려왔다.

"어서 와요. 힐라시엔, 그리고 발드레드."

"그럼 실례하겠습니다."

뭐?

젠장. 이래서야 완전히 갈 데까지 간 상황이 아닌가. 발드레드만 해도 맞싸우기 버거운 인물인데, 거기에 두 여자까지 함께 있는 상황이라니.

하지만 문득 이상한 생각이 들었다.

지금 이토록 바깥이 소란스러운 마당에 저들은 여기서 무얼 하고 있단 말인가.

"생각대로 일이 처리되는 것 같군요."

"솔직히 우리도 그들이 이처럼 훌륭히 일을 해낼 거라고는 생각지 못했습니다."

왠지 힐라시엔의 말투가 깍듯했다. 키치가 분명 외모는 어려 보이지만 사실은 늙은 노파라는 크라이스의 말이 생각났다. 하지만 힐라시엔은 분명 북의 탑 주인이라고 하지 않았던가.

"그녀는?"

"기회를 보아 사로잡아 두었습니다."

그녀라니? 누구를 말하는 걸까?

엘리스? 메프? 아니면 공주?

"다행이군요. 엉뚱하게 꼬마를 사로잡아 일이 잘못 풀리는 게 아닌가 걱정했는데."

"제 아들 녀석 때문에 조금 고생하기는 했습니다만 무사히 일이 진척되고 있으니 걱정하지 않으셔도 될 거예요."

아들 녀석? 그렇다면 크라이스를 말하는 것인데?

"그때 그 꼬마 녀석이 메프로슈네 양을 빼돌리는 바람에 무척 난감했는데, 이렇게 때가 되니 제 발로 찾아오는군요."

"그것이 그 애의 운명인가 봅니다. 후후."

뭐지, 도대체 무슨 일인 거지? 뭔가 내가 모르는 또 다른 일이 벌어지고 있는 건가?

확실히 곰곰이 생각해 보니 발드레드와 힐라시엔의 대화에 이상한 부분이 있기는 했지만, 깨어나서 계속 급한 마음에 다른 건 생각 못하고 있었기에 거기까지는 온전히 생각이 미치지 못하고 있었다.

"그럼 준비는 다 된 건가요?"

"네."

"그럼 언제?"

이제껏 입을 다물고 있던 발드레드가 끼어들었다.

"일단 지금은 아직 소란이 가라앉지 않은 상황이니까 조금 기다려 보는 게 어떨가 합니다만."

"아니, 그건 좋지 못해요. 공연히 시간을 끌다가 또 예기치 못한 일이 벌어지면 안 되니까요."

"그럼 당장 시행하도록 하죠."

"그게 좋겠군요. 앞장서세요."

"네."

그리고 다시 문 여닫히는 소리가 들리는가 싶더니 잠시 후엔 기척이 완전히 사라져 버렸다.

이러고 있을 때가 아니었다. 그들은 메프를 이용해 무언가를 하려 하고 있었고, 내 직감은 그것이 절대 좋은 일이 아니라 경고하고 있었다.

어느 틈엔가 나는 몸을 날려 다시 방 안으로 들어가 그들의 뒤를 따르고 있었다.

생각해 보면 이전부터 저 두 여자는 메프에 대해 별로 좋지 못한 감정을 가지고 있었다. 힐라시엔의 경우 직접 나서서 그녀를 죽이려 들기까지 했었으며, 키치의 경우도 마찬가지였으니까. 하지만 이 경우에는 이전까지와 다른 무언가가 있는 것이 분명했다.

그렇게 생각할 수밖에 없는 것이, 굳이 죽이려 든다면 그들이 저처럼 떼로 뭉칠 필요도 없는 것일 뿐더러 일부러 잡아놓고 저렇게 몰려갈 필요도 없는 것이다. 더군다나 키치가 그녀를 미워했던 것은 내가 알기로 영살검주 때문인 듯한데, 단순히 그 이유 때문이라면 그보다는 당면한 최대의 적수인 아스트리스 공주를 노려야 맞는 얘기가 아니겠는가.

자세한 것은 알 수 없지만 아스트리스 공주의 행동으로 미루어보건대 영살검주와 메프의 관계처럼 이익을 위한 것이 아닌 감정의 교감이 있는 그런 사이일 것이고, 그렇다면 키치로서는 메프가 이 성에 왔을 때보다 몇 배는 더 긴장하고 불안해해야 맞는 얘기가 아니겠는가.

백 번 다 양보해서 두 여자가 노리는 것이 단순히 메프를 붙잡아 화풀이하는 것이라 치더라도 그러면 발드레드의 행동이 설명이 안 된다.

그를 자세히 아는 것은 아니지만, 단순히 여자들의 광기에 싸인 화풀이 놀이에 끼어들 만한 인물은 아닌 것이 분명했다.

그렇다면, 그렇다면 도대체 무슨 이유란 말인가.

하지만 지금으로써는 그에 대한 결론을 끄집어내기에는 너무나 단서가 미약했다. 아니, 단서는 충분하지만 내가 그걸 연관 짓지 못하는 것인지도 모르겠다.

어찌 되었든 그들을 계속 쫓아가는 수밖에 없다.

물론 그조차도 쉬운 일이 아니었다. 그들 셋 모두가 일반적이라는 말과는 전혀 상관이 없는 존재인데다, 나부터가 현재 쫓기는 상황이고 보니 다른 병사들의 눈을 피하면서 그들을 뒤따른다는 게 보통 힘든 일이 아니었던 것이다.

병사들을 피하려고 몸을 숨기다가 그들을 놓칠 수도 있는 일이었고, 그들을 쫓으려고 몸을 움직이다가 병사들에게 들킬 수도 있는 일이니 말이다.

그러나 힘들다고 하지 않을 수 있겠는가.

그들은 별다른 대화 없이 천천히 복도를 가로지른 후 계단을 내려가기 시작했다. 어서 따라가야 하는데!

하지만 운 나쁘게도 내가 몸을 움직이려는 그때 복도 양 옆에 늘어선 방문들 중 하나로부터 인기척이 전해졌다.

"다음 방으로 간다."

허겁지겁 다시 원래 있던 키치의 방 안으로 들어가야만 했다. 하필이면 지금 나올 건 또 뭐지. 그들은 아마도 아까 키치의 방을 수색하겠다며 들어왔던 병사들이리라.

큰일이다. 이대로라면 세 명의 종적을 놓치고 만다. 하지만 그렇다고 무작정 나서게 되면 소란이 벌어질 건 당연한 일이니 내 위치부터가 들통이 날 것이다. 그렇게 되어버리면 이미 추적이고 뭐고 물 건너가 버리는 셈이었다.

"고생하는군."

"헉!"

머리를 쥐어싸며 어떻게 해야 할지 고민하고 있는데 갑자기 누군가 그렇게 내 귓전에 대고 말하는 것이 아닌가!

갑자기 들려온 말에 그냥 놀라는 정도가 아니었다. 잔뜩 긴장해서는 지금 이 상황을 어떻게 해결해야 할지 부심하고 있던 찰나에 누군가 갑자기 귓가에 입김을 훅 불어젖히며 그렇게 말한다면 누가 놀라지 않고 배기겠는가.

누군지 확인해 볼 틈도 없이 난 일단 몸을 앞으로 날리며 허리를 트는 자세로 내 머리 옆쪽에 펀치를 날렸다. 엉겁결에 반사적으로 나온 행동이라 힘 조절을 전혀 하지 못한 위력적인 펀치였는데, 또다시 당황스러운 일이 발생하고 말았다.

전력을 다하다시피 하며 휘두른 주먹이 너무나 허무하게 잡혀 버리고 만 것이다!

그러나 다음 순간,

내 눈앞을 가로막고 있는 사람의 모습을 확인한 나는 내 주먹이 잡힌 것이 당연한 일이란 걸 인정하지 않을 수 없었다.

"꽤 괜찮은 일격이군 그래."

말은 그렇게 하면서도 여전히 콧방귀를 뀌는 그 말투의 주인공은 바로 이뮤시엘이었다.

"당신이 여길 어떻게!"

"아예 네가 여기 있다고 광고를 하지 그러나?"

"헙!"

나도 모르게 고함을 쳤다가 황급히 두 손으로 입을 닫았다. 하지만 이미 나온 말을 주워 담을 수는 없는 법이었다.

기겁을 하고 주위의 기척을 다시 한 번 살펴보았다. 이미 그들의 기척은 사라지고 없었다.

"후우……."

십 년은 감수한 느낌이다. 하지만 이뮤시엘은 그 꼴이 우스운지 여전히 비웃음만 날리고 있다. 그냥 그 표정만 보아도 울컥할 만했지만, 나로서는 그보다 더 그녀를 증오해야 할 이유가 있었다. 그러나 방금의 일만 보더라도 나보다 그녀가 더 노련한 것이 사실이니, 일단은 모르는 척 넘길 수밖에. 생각 같아서야 당장에라도 그녀와 사생결단을 내고 싶었지만, 이미 죽어버린 제레미와 루크 아저씨보다는 아직 살아 있는 메프가 더 중요하니까.

"여긴 어떻게 온 거죠?"

"주시자라면 당연히 와야겠지."

"네?"

지금 이건 또 무슨 말이지? 주시자라면 당연히 와야 한다?

곰곰이 머리를 다시 굴려봐야 했다.

하지만 역시 난감할 수밖에 없는 일이었다. 결정적으로 난 도대체 아직까지도 주시자가 무엇을 위해 존재하는지 알 도리가 없었다. 신이 어쩌구 하는 관념적인 얘기 따위 늘어놓아 봐야 내가 이해할 리도 없는 일이니 그건 당연한 일이었다. 게다가 누구 하나 그것에 대해 세세하게 설명해 준다거나 하지도 않는 일이고 말이다.

덩그러니 주시자의 무구란 걸 어쩌다가 내가 전부 가지게 되기는 했지만, 도대체 그 쓰임을 알 수가 없어서 있으나마나 한 상태이다. 주시자라고 명목은 되어 있지만 주시자로서 한 일이라고는 하나도 없는 상태이니 말 다 한 것 아니겠는가.

하지만 그건 차라리 이제까지는 나에게 도움이 되면 되는 일이었지 손해는 아니었다. 힘은 주어졌지만 의무가 없다는 건 무척이나 좋은 일이 아니겠는가.

그런데 지금 느닷없이 나타난 이뮤시엘이 말한 것은 어떤 의무나 책임이라는 단어를 내포하고 있었다. 주시자라면 당연히 와야 한다는 것은 주시자로서의 의무라는 말이나 같은 것이니까.

처음으로 주시자가 도대체 무얼 하는 자인지 알 수 있게 되는 것은 좋았지만, 그 순간이 왜 하필 지금인지는 정말 의문스러울 수밖에 없는 일이었다.

"무슨 말이죠? 주시자라면 당연히 와야 한다니."

이뮤시엘은 잠시 눈살을 찌푸리더니 뒤로 질끈 묶은 불타는 듯한 금발을 가볍게 흔들며 말하기 시작했다.

"정말 몰라서 묻는 거냐?"

"전 누군가를 떠볼 만큼 머리가 좋지 못합니다. 잘 아실 텐데요."

"정말 머리가 나쁜 자라면 자신의 머리가 나쁘다는 것조차도 알지 못하는 법이지."

"…그런 말장난할 틈은 없습니다만."

특별히 말을 비꼬려고 해서 그렇게 된 것이 아니라, 정말로 난 지금 한시가 급한 상황이었다. 당장 행방조차 묘연한 다른 일행들의 안위도 걱정이 되었고, 저 기분 나쁜 삼인조에게 납치되었다는 메프의 일도 너무 급한 터인데 지금 이렇게 대화를 즐기는 듯한 그녀의 태도가 마음에 들 리가 없는 것이다.

"그런가?"

"네."

이 역시도 전혀 불필요한 대화였다.

이뮤시엘은 고개를 끄덕이더니 창가로 다가가 밖을 내다보았다. 하지만 그것 역시 점점 더 조급해지는 나에겐 나를 일부러 놀리기 위한 수작으로밖에 비치지 않았다.

정말 짜증이 솟구쳐서 한마디 하려는 순간 그녀가 먼저 입을 열었다.

"무척 소란스럽군."

"그런데요."

"밖이 아니라, 안이 너무 소란스러워."

그거야 지금 나나 다른 일행들 때문에 병사들이 분주히 움직이고 있어서 그런 것이 아니겠는가.

"그게 뭐 어쨌단 거죠?"

"이래서야 무안의 성이라고 할 수가 없지."

"네?"

이건 또 무슨 소리란 말인가. 이래서야 무안의 성이 아니라니. 아!

그제야 나의 뇌리를 스쳐 가는 한 가지 생각.

이전에는 일단 방문을 닫으면 그 밖으로 일체의 소리가 새어 나가지 않는 그런 공간이었다, 이 무안의 성은. 적어도 내가 메프를 구하러 갔을 때만 해도 그랬었다.

그런데 지금은 분명히 방문을 닫고 있음에도 불구하고 안팎의 소리가 모두 전해져 오지 않는가. 하다못해 천천히 지나쳐 가는 사람의 호흡 소리까지.

"바보들이야. 아무도 이런 변화를 이상하다고 생각하는 자들이 없어."

"왜 그런 거죠?"

그냥 그런가 보다 하면 그럴 수도 있는 문제였지만, 이뮤시엘의 말투에는 이것이 무언가의 전조라는 듯한 뉘앙스가 가득 담겨 있었다.

하나 그녀는 한마디만을 남기고 갑자기 창문 밖으로 훌쩍 뛰어올랐다.

"글쎄, 그건 여기까지 네가 오게 된 운명에게나 물어보는 것이 좋겠지."

허겁지겁 창가로 달려가 살펴보았으나 이미 그녀의 모습은 사라진 뒤였다.

제23장 날개의 신

날개의 신

　정말 정신없는 일이다. 무엇 하나 나의 머리로는 파악할 수 없는 일들이 줄줄이 벌어지고 있었다. 하지만 분명 실마리는 주어진 듯하면서도 실체를 파악할 수가 없었다.

　방금 이뮤시엘이 나에게 남긴 말만 해도 그렇다. 운명에게 물어보라니, 도대체 뭘 어떻게 하란 말인가. 내가 수백 년을 살아서 토시 하나만 듣고 모든 걸 파악할 수 있는 그런 현자도 아닐 테고, 밑도 끝도 없이 말도 안 되는 소리를 지껄이고 홀로 사라지다니.

　언제나 그랬다. 저 이뮤시엘이라는 여자의 속은 종내 그 끝을 알 수가 없었다. 행동 하나하나부터 말 한마디 한마디 모두가. 특히나 신전에서 나온 이후 그녀와 마주칠 때마다 그녀의 말과 행동은 전혀 그 의미를 파악할 도리가 없었다.

　도대체 뭘 어쩌란 말인가.

빌어먹을.

욕이 저절로 나온다. 분명 이전과 달라졌다고는 해도, 이런 식의 수수께끼를 푸는 데는 아무런 도움도 되지 않는 것이다.

그래, 풀 수 없는 수수께끼라면 일단 무시하고 내가 할 수 있는 무언가를 찾아보는 게 낫지 않을까.

공연히 그녀의 말 한마디에 휘둘려 지금 당장 급한 일을 제껴둘 수는 없는 일이었다. 지금 가장 급한 것은 무엇보다도 다른 일행들의 안위와 저 삼인조에게 끌려간 메프의 행방이었다.

메프가 저들에게 잡혀 있다면 남은 것은 엘리스와 크라이스, 그리고 루스와 제드밀란 이 넷이다. 크라이스 녀석, 그렇게 메프를 보호하겠다고 큰소리쳐 놓고는 이게 도대체 무슨 일이란 말인가. 어찌 되었든 그 네 명 중에는 일단 엘리스와 크라이스가 있으니 별다른 일은 없을 것이다. 적어도 지금 이 성안에서 가장 위험한 삼인조는 메프에게 정신이 팔려 있고, 데런은 성안에 없는 듯했으며, 남은 두 명의 강자는 나에게 패배하고 부상을 당했으니 쉽게 움직이지 못할 것이다. 결과적으로 운 나쁘게 영살검주와만 마주치지 않는다면 그들이 탈출하는 데 무리는 없을 것이다.

혹시라도 바보같이 이 상황에서 공주를 빼돌리겠다고 마음먹는다면 위험할 수도 있는 노릇이지만, 적어도 엘리스가 그 일행에 있는 이상은 안심이 되었다. 단순한 제드밀란이 공주를 구출해야 한다고 난리를 피우더라도 그녀라면 능히 잠자코 있도록 만들 수 있을 테니까.

그렇다면 내가 해야 할 일은 정해진 셈이었다. 바로 메프를 구해야만 하는 것이다.

하지만 또다시 난감해졌다. 난데없는 이뮤시엘의 등장으로 인해 그들의 뒤를 쫓을 타이밍을 놓쳐 버린 것이다.

어떻게 해야 그들을 찾을 수 있을까.

일단 그들이 움직일 장소는 크게 두 군데, 성안과 성 밖이었다.

성안이라면 문제는 조금 더 쉬워지지만 성 밖이라면 이건 해결하기가 너무 곤란해진다.

그들 중 둘은 마법사, 그렇다면 마법을 이용해 밖으로 나갔을 경우 내가 그들의 뒤를 쫓을 수 있는 가능성은 전혀 없는 것이다.

하지만 순간 이뮤시엘의 말이 떠올랐다.

"바보들이야. 아무도 이런 변화를 이상하다고 생각하는 자들이 없어."

듣는 순간부터 께름칙했던 말이다. 그건 이전에 무안의 성이 가지고 있던 그 이상한 힘이 단순한 것이 아니며 지금 이 순간 그 효과가 없어진 것은 자연스러운 것이 아니란 얘기인가?

혹시 이것이 메프의 일과 연관된 것은 아닐까?

그렇다면 적어도 그들이 성 밖으로 나갔을 확률은 바닥으로 떨어지게 된다.

무안의 성이라고 이름 붙게 한 그 효과를 만들어내기 위해서는 적어도 그 효과를 내는 무엇인가가 이 성 어딘가에 숨겨져 있다는 얘기가 될 테니까.

하지만 이렇게 막연히 추측만으로 결론지을 얘기는 역시 아니었다.

그렇다면?

되든 안 되든 일단 그들의 뒤를 쫓는 게 우선이리라.

하지만 이미 놓쳐 버린 그들을 어떻게 쫓는단 말인가.

다시 원점이다. 아무리 머리를 굴려봐도 더 이상 해결 방법이 나오지 않는다.

그렇다면 역시 이럴 땐 우선 행동하고 보는 게 나을지도 모른다.

정말로 운명이라는 것이 존재하고, 그것이 나를 이끌고 있다면 이번에도 그럴 테니까. 너무나 막연한 기대였지만 지금은 그 이상 붙잡을 수 있는 것이 아무것도 없었다.

결국 나는 그들의 발걸음 소리가 사라졌던 방향을 향해 있는 힘껏 달리기 시작했다.

막무가내로 누군가의 자취를 추적해 뒤를 쫓는다는 것은 결코 쉬운 일이 아니다. 하물며 그것이 야외도 아니고 복잡하게 지어진 성안이라면.

차라리 야외에서는 여러 가지 흔적이 남으므로 추적에 관한 기술을 제대로 익힌 자라면 그 행동이 어떠했는지까지 소상히 밝혀낼 수 있겠지만, 이처럼 단단한 돌 바닥에 흔적이 남을 리 만무한 일이었다.

게다가 그들만이 있는 것이 아니라 수십, 수백 명의 사람들이 바글대는 곳이라면 더욱더 난감할 수밖에 없는 일이었다.

계속해서 복도에 늘어서 있는 수많은 방들을 지나쳐 가다 보니 계단이 나온다. 위? 아래? 어느 쪽으로 갔을까?

내가 그들이라면 아마도 사람들이 북적대는 아래쪽보다는 그보다 한산한 위쪽을 택했을 것이다. 무엇인가 비밀스러운 행위를 하려는데 시끄럽고 북적댄다면 역시 주의 집중이 제대로 되지 않을 테니까.

일단 그렇게 생각을 굳힌 나는 있는 힘껏 계단을 박차고 위로 뛰어올랐다.

위로는 한 층뿐이었다.

주의를 집중하여 다시금 기척을 살핀다. 아니, 그럴 필요도 없었다. 일단의 병사들이 건물 내를 수색하기 위해 돌아다니고 있는 것이 곧장 눈에 들어왔기 때문이다.

얼른 구석에 몸을 숨기며 기척을 숨겼다. 다행히도 저들은 아까 아래층을 수색했던 병사들인 모양이었고, 내가 있는 자리는 이미 살펴본 다음인 듯했다.

그들이 이곳저곳을 돌아보다가 다시 계단으로 돌아올 때까지 나는 계속 구석에 숨을 죽인 채 기다려야만 했다. 다시 돌아오면서 여기저기 둘러보면 어쩌나 싶었지만 다행히도 그들은 한번 돌아본 곳은 다시 눈길을 주지 않았다. 아마도 명령 때문에 수색은 하고 있어도 바보가 아닌 이상 건물 위로 도망치는 일은 저지르지 않으리란 걸 알고 있기 때문이리라.

쫓기게 되면 경황 중에 건물 위쪽으로 올라가게 되는 경우가 있는데 그렇게 되면 오히려 출구가 막혀서 스스로 퇴로를 봉쇄하는 것이나 마찬가지 일이기 때문이었다. 적어도 여기까지 숨어든 자들이 그런 바보짓을 하리라고는 그들도 생각하지 않는 것이겠지만, 나처럼 일부러 무언가를 찾으러 오는 경우가 있다는 건 몰랐나 보다.

다행이라면 다행이겠지만 난 그들이 지나쳐 가고 곧 기척마저 사라지자 그때서야 참았던 숨을 겨우 내쉬었다. 인간의 호흡이란 참 미묘해서 이런 긴장된 순간에 내쉬게 되면 그 체향이 더욱 강해지게 되고 의도적이지 않은 기척마저 내게 되어 있기 때문에 일부러 숨을 참고 기다린 것이다.

어찌 되었든 근처에 다른 기척이 들리지 않는 것을 확인한 나는 천천히 그 층의 모든 방을 일일이 확인하기 시작했다.

문을 열기 전에 문에 귀를 대고 듣는 것 또한 바보 짓이다. 일반적으로 문은 튼튼하게 만들기 마련이고 어지간해서는 방패의 역할도 해줄 수 있겠지만, 그렇다고 전혀 뚫을 수 없는 것도 아니었다. 에스토크나 파이크같이 찌르기를 위해 만들어진 무기라면 얼마든지 뚫고 문밖의 적을 살상할 수 있는 것이다.

그래서 나는 문 근처의 벽에 귀를 대고 그 안의 기척을 살피는 방법을 썼다. 그래서인지 모르지만 덕분에 더 많은 시간을 소요할 수밖에 없었다.

하지만 불행히도 나의 그 같은 노력은 완전히 물거품으로 돌아가 버리고 말았다. 모든 방을 뒤져 보았지만 메프와 그녀를 납치한 삼인조의 자취는 찾을 방도가 없었던 것이다.

단서 하나 없이 누군가를 추적한다는 것이 얼마나 힘겨운 일인지 절감하면서 잠시 창밖을 바라보며 긴장된 근육을 풀었다.

어두컴컴한 하늘. 분명히 늦은 시간은 아니건만 하늘이 온통 잿빛으로 검게 물들어 있다.

왠지 그것이 앞으로 닥쳐올 일들에 대한 불길한 전조같이 느껴져 곧 시선을 돌린다.

하나 시선을 돌리다가 문득 무언가를 보게 된 나는 몸을 낮추면서 방금 눈에 들어온 무언가를 유심히 살피기 시작했다.

그것은 바로 한 사람의 뒷모습이었는데, 또한 너무나 낯익은 것이기도 했다.

반짝이는 대머리와 거대한 체구, 무언가를 한 아름 안고 있던 그는 외성에 솟아 있는 하나의 첨탑 부근에서 주위를 한번 살피고는 문을 열고 안으로 들어갔다.

내 기억이 틀림없다면 저 사람은 발드레드를 기다리고 있다가 지하 통로를 안내했던 바로 그자였다.

위층을 수색한 것이 전혀 헛된 일은 아니었던 모양이다. 지금 이 위치가 아니었다면 그가 첨탑 안으로 들어가는 것을 볼 수 없었을 것이다. 첨탑의 입구 위치가 참으로 미묘해서, 내가 고개를 내밀고 있는 이 창문에서가 아니라면 다른 위치에서는 보이지 않았기 때문이다.

다른 생각 할 것도 없이 나는 바로 몸을 날려 창밖으로 뛰어내렸다.

아래로 뛰어내린 그곳은 내성 후미의 작은 공터였는데 다행히 소란은 성 안쪽과 성 바깥쪽에서만 일어나고 있었다. 이것이 그들 삼인조의 의도인지는 모르겠지만, 이상하게도 이곳 역시 성의 일부분임에도 불구하고 아무도 관심을 기울이지 않고 있었다.

혹시나 갑자기 안에서 누군가 나올 것을 대비해 살금살금 발소리를 죽이며 문가에 다가갔다. 그리고 잠시 눈을 감고 다시금 기척을 살폈다.

다행히 부근에 아무도 없는 듯했다. 하긴 이렇게 기척을 살피는 일이 요즘 들어서는 소용이 있나 싶기도 하지만.

정말로 기척을 숨기고 싶은 자라면 내 능력으로는 그가 다가서는지 아닌지 파악할 수가 없다는 걸 이뮤시엘의 일로 깨닫게 된 것이다.

하지만 그렇다고 해도 무턱대고 짓쳐들어갈 수도 없는 노릇이었다. 적은 다수고 나는 단 혼자이니까. 게다가 이 안에는 또 얼마만큼의 인원이 숨어 있는지 도무지 알 수 없으니까.

잠시 그렇게 기척을 살피다가 안전하다고 느껴져 몸을 일으키는 순간이었다.

갑자기 나의 감각에 누군가가 다가오는 기척이 느껴졌다.

본능적으로 어둠 속으로 몸을 숨긴 다음 기척이 느껴지는 방향에서 보이지 않도록 내성 건물의 구석에 숨어들었다. 공성을 위해서인지는 몰랐지만 내성과 외성 건물에는 구조상 톱니와 같은 요철이 있어서 이럴 경우 몸을 은신하기 좋았다.

숨을 죽인 후 조용히 귀를 기울였다.

그들 역시 발소리를 최대한 죽인 채 내가 들어가려고 했던 첨탑에 다가서고 있었다. 그리고 마침내 그 첨탑의 입구에 도달한 순간, 거의 귓속말이나 다름없는 숨죽인 목소리로 수군거리는 소리가 들려왔다.

"여기가 맞아?"

"틀림없어."

그 목소리는 내가 너무나 잘 알고 있는 자들의 목소리였다. 그리고 그걸 깨달은 순간 나는 고개를 내밀며 작게 그들을 불렀다.

"엘리스. 크라이스."

문가에 선 채 주위를 살피며 내가 했듯이 안쪽의 기척을 살피던 두 사람은 화들짝 놀라며 나에게 동시에 시선을 돌렸다. 내 예상대로 그들은 차가운 인상의 미청년 크라이스와 어디서든 한눈에 알아볼 수 있는 푸른 머리의 미녀 엘리스였다.

"마스터?"

그들이 나를 확인하자 나는 몸을 숨기고 있던 그늘에서 슬며시 나와 그들에게 다가갔다.

"둘 다 여긴 어떻게 온 거지?"

"그거야말로 내가 하고 싶은 말이야. 마스터는 어떻게 여기에 와 있는 거지? 그들에게 붙잡혀 갔었잖아."

내가 목이 꿰뚫리고도 아직 살아 있는 걸 어떻게 설명해야 하지. 그걸 설명하자면 한도 끝도 없는데.

"그건 좀 설명하기가 복잡해. 그나저나 우연찮게 메프가 잡혀 있다는 얘기를 들었어. 어떻게 된 일이야?"

"그게……."

엘리스가 대답하려다 말고 크라이스를 돌아본다. 그녀의 시선을 쫓아 살펴보니 그의 표정은 침통하게 굳어져 있는 상태였다.

그의 모습을 잠시 바라보던 엘리스는 고개를 가볍게 젓더니 천천히 나를 향해 대답했다.

"마스터도 잡혀가고, 우리의 임무도 모두 들통난 상태에서 그대로 돌진할 수도 없는 일이라서 미안하지만 사실 난 그냥 돌아가자고 했어. 마스터 걱정을 안 한 건 아니지만, 그렇다고 모두 떼 죽임을 당할 수는 없는 노릇이었으니까."

"이해해."

솔직히는 별로 이해할 수 없었다. 내가 적에게 붙잡혀 있는데 그냥 가버리려고 했다니. 솔직히 좀 기분이 상하는 게 사실이었지만, 그렇다고 지금 여기서 그런 기색을 드러낼 수는 없는 노릇이었다. 적어도 내가 완전히 어린애가 아닌 이상에는 말이다.

엘리스 역시도 그런 내 기분을 짐작하는지 미안한 표정을 지었지만, 그렇다고 그녀의 결정이 잘못된 것은 아니라는 듯한 태도였다. 하지만 원래대로라면 더욱더 화가 나야 할 그 표정이 왠지 당연스럽게 받아들여진다. 하긴 나를 찾겠다고 모두 떼 죽임당하는 건 나도 바라지 않는 일이었기 때문인지도 모른다.

"어쨌든 루스나 크라이스도 그렇게 하자고 하기는 했는데, 문제는 두 명이었어."

"제드밀란이 고집을 피운 모양이군. 안 봐도 알 만해."

"그런 거지. 하지만 그렇다고 해도 그 혼자 공주를 찾겠다고 나설 수 있는 처지도 아니라 결국 그도 포기했지. 아무래도 발드레드를 본 게 충격이긴 했나 보더군. 문제는 메프로슈네였지."

"메프가 왜?"

그녀는 다시 한 번 크라이스를 슬쩍 훔쳐보았다. 나 역시 그녀를 따라 다시 한 번 살펴보니 크라이스의 표정은 더욱더 굳어져 있었다. 왠지 잘못 건드리면 한 대 칠 것만 같다고 해야 하나.

"두 번이나 자기 목숨을 구해준 마스터를 이런 곳에서 혼자 죽게 내버려 둘 수는 없다고 고집을 피우는 거야. 안 되면 자기 혼자서라도 찾으러 가겠다고 고집을 피우더라구."

"허……."

왠지 메프가 그처럼 떼를 썼다는 자체가 믿어지지 않았지만, 한편으로는 또 기분이 좋아졌다. 그리고 동시에 크라이스의 표정이 왜 저렇게 죽을상인지 알 만했다.

그녀를 지키지 못했다는 죄책감에, 자기가 엄연히 있는데 누군가를 위해 그처럼 메프가 나섰다는 현실이 참을 수 없이 싫었던 것이리라.

한 사람이 다른 사람을 마음에 두고 또 사랑한다는 것은 생각보다 쉬운 일이 아닌 모양이다. 세상의 모든 사랑은 짝사랑이라는 말도 있지만, 지금 크라이스의 모습은 나로서는 너무나 애처롭게 보이기만 한다.

하지만 어떤 면에서는 누군가를 저토록 사랑한다는 사실이, 그리고 그 사랑을 저토록 열렬히 표현할 수 있다는 사실이 무엇보다도 부러웠다.

나 자신 역시 에롤을 향해 남다른 감정을 지닌 것이 사실이지만 그 것이 지금의 크라이스만큼 강렬한 것일까. 만약 그렇다고 해도 내가 그처럼 내 마음을 표현할 수 있을까.

모를 일이다. 하긴 사람마다 기준이 다르고 생각이 다른 법이니 굳이 그와 나를 비교할 수는 없는 일이겠지만.

무슨 말이라도 건네려고 하였으나 역시 그만두는 편이 나을 것 같았다. 지금 내가 여기서 무슨 말을 한다 해도 그에게는 비아냥거림으로 밖에 들리지 않을 것이기에. 그리고 지금 그의 머리 속에는 단 한 사람, 메프의 일밖에 떠오르지 않을 것이기에.

"그런데 어쩌다 메프가 저들의 손에 떨어진 거지?"

"하도 막무가내라 어떻게 달래보려고 하는 와중에 병사들이 덮쳤어. 지도를 받았다고는 하지만 우리가 이 성 내부에 대해 아는 것이 있을 리도 없었고, 어쩌하다 보니 뿔뿔이 흩어지고 말았었지. 겨우겨우 그 난리통을 빠져나왔는가 싶었을 때 이미 그녀는 사라지고 난 후였어. 그런데 저들이라니?"

"음, 그럼 메프가 누구에게 잡힌 건지도 아직 모르는 모양이구나?"

"누가 데리고 간 거지?"

이제껏 잠자코 인상만 쓰고 있던 크라이스가 갑자기 달려들듯이 나에게 물었다. 역시 메프의 상황이 언급되니 가만있을 수 없는 노릇이었겠지.

말해야 할까. 뭐라 해도 그의 어머니가 연관되었는데.

하지만 크라이스는 그런 나의 태도만으로 이미 모든 걸 파악해 버렸다.

"어머니로군."

"정확히는 너의 어머니와 키치, 그리고 발드레드 세 명이야."

"영살검주도 그 사실을 아는 건가?"

"글쎄, 나도 그것까지는 잘 모르겠어. 일단 저 안에 들어가 본다면 어떻게 된 일인지 알 수 있겠지."

나로서도 그렇게 말하는 도리밖에는 없었다. 내가 모든 사실을 알고 있는 것도 아니었고, 추측하기엔 단서가 너무 부족했다. 아니, 이미 단서는 다 밝혀졌는데 내가 알아차리지 못한 것인지도 모르지.

"그나저나, 그럼 루스와 제드밀란은?"

"그들은 지금 성 밖으로 무사히 나가서 왕성을 향해 가고 있을 거야."

"역시. 그들은 기사니까 우선은 보고가 먼저겠지."

사실 그들 역시도 처음부터 이 임무를 가볍게 보고 있었는지도 모른다. 그렇지 않다면 덜렁 기사 두 명이 끼어들 생각 따위는 하지 못했겠지.

그렇게 잠시 문가 그늘에 몸을 숨긴 채 서로 떨어져 있던 동안의 얘기를 나누고 있을 때였다.

누가 먼저랄 것도 없이 순간 나와 엘리스는 말을 멈추고 주의를 집중했다. 가만히 우리의 얘기를 듣기만 하던 크라이스도 우리의 행동에 이상을 느끼고는 주의를 기울이기 시작했다.

우리가 순간 긴장한 것은 다른 이유에서가 아니었다.

미약하지만 벽 너머에서 인기척이 느껴졌기 때문이다.

우리가 느낀 것이 단순히 착각이 아니라는 것을 확인하자 주저하지 않고 일단 아까 내가 숨었던 곳으로 재빨리 몸을 놀렸다. 마땅히 숨을 만한 데가 없기도 했거니와 어디 다른 곳을 찾을 여유도 없었기 때문이다.

다시금 숨죽이고 문가를 살피는데 삐그덕거리는 소리와 함께 누군가가 밖으로 고개를 내밀고 주위를 살핀다. 어두운데도 불구하고 유난히 눈에 띄는 대머리. 두말할 것도 없이 아까 안으로 들어갔던 발드레드의 부하였다. 아마도 용무를 마치고 다시 나오는가 보다.

그는 잠시 주위를 살피고는 아무도 없다고 생각했는지 천천히 문밖으로 나와서 조심스레 문을 닫고는 아무 일 없었다는 듯 태연히 내성 쪽으로 발길을 돌렸다.

"저 안에 있는 게 확실해?"

그를 쫓아오기는 했지만 아무래도 확신이 가지 않았던 나로서는 이렇게 반문할 수밖에 없었다. 적어도 엘리스와 크라이스가 여기까지 온 데에는 어떤 이유가 있겠지 하는 생각에서였다.

"혹시나 해서 추적할 수 있도록 그녀에게 마법을 걸어두었다."

과연, 마법사이니까 가능한 일이로군. 그렇다면 더 이상 의심할 여지는 없는 것이로군.

"좋아. 그럼 대상이 바뀌긴 했지만 공주님을 구하러 가볼까?"

아무래도 분위기가 마음에 들지 않았던지 엘리스가 그렇게 실없는 소리를 했다. 그녀도 메프가 공주 대접받은 적이 있다는 것을 알 리는 없을 텐데. 아마도 크라이스의 하나뿐인 공주란 뜻이겠지.

크라이스 역시 조금 언짢은 기색이었지만 아무래도 메프에 대한 걱정이 앞서는 터라 별말없이 천천히 몸을 일으켰다.

조심스레 움직여 다시금 문가로 가서 기척이 없음을 확인한 후에 우리는 문을 열고 그 안으로 들어갔다.

문 안쪽은 완전한 암흑이었다. 그리고 무언가 탄 냄새가 미약하게 풍겨 나오고 있었다. 잘 살펴보니 한쪽에 방금 꺼서 걸어둔 듯한 횃불이 걸려 있었다.

먼저 엘리스가 바닥을 유심히 살펴보더니 한마디 했다.

"상당히 오랫동안 쓰지 않던 곳인가 보군. 그러다가 요즘 들어 왕래가 빈번해진 듯한데."

"그걸 어떻게 알아?"

"이 복도의 한가운데로는 먼지가 별로 없지만 벽 근처로 갈수록 쌓여 있는 먼지의 양이 장난이 아니야. 이건 일 이 년 동안 비워진 건 아닌 듯한데. 하긴 뭐, 이 성 자체가 워낙에 오래되었으니 그럴 법도 하지만."

별로 중요한 정보는 아닌 듯하여 그냥 고개만 끄덕여 주고 주위의 기척을 살피며 천천히 나아가기 시작했다. 아무래도 앞에 무엇이 있을지 모르니 횃불을 사용하는 게 나을지도 몰랐지만, 우리는 지금 초대받지 않은 곳에 몰래 들어가는 입장인만큼 조금 더 조심할 필요가 있었다.

"내가 앞장설게."

내가 먼저 움직이긴 했으나 엘리스가 그처럼 말하자 난 고개를 끄덕여 주며 자리를 비켜주었다. 아무래도 앞쪽에 무엇이 있을지 모르는 상황에서는 보다 어둠에 익숙하고 함정 같은 것도 좀 더 잘 알고 있을 엘리스가 앞장서는 것이 나으리라 생각했기 때문이다. 명색이 도적 길드 마스터이긴 해도 내가 도적의 능력에 대해 아는 건 거의 없다시피 했으니까.

분명 내 마음속에 존재하던 다섯 영혼들이 지금 나와 합쳐져 그 모든 지식과 기억 역시도 내가 가진 상황이긴 했지만, 루디는 실제로 도적이었던 존재가 아니라 내가 만들어낸 허구의 인물이었으므로 실제 도적 일에 몸담은 엘리스보다 나을 리가 없었다.

어찌 되었든 우리 셋은 시야도 제대로 분간할 수 없는 복도를 천천히 걸어나갔다. 그렇게 한 열 발자국쯤 이동했을까. 문득 엘리스가 조그맣게 속삭였다.

"조심해. 계단이야."

그곳에는 그녀 말대로 계단이 하나 있었다. 그러나 바깥에서 보았던 겉모양이 첨탑이었던 데 반해, 이 계단은 올라가는 것이 아니라 내려가는 것이었다.

그렇다면 이것은 눈속임을 위한 것? 하지만 무엇 때문에?

"천천히 날 따라와."

엘리스가 조용히 내 손을 잡아주었다. 아무래도 계단은 평지를 걷는 것과는 다를 수밖에 없으므로 자세를 최대한 낮추고 나 역시 뒤따라오는 크라이스의 손을 맞잡았다. 얼핏 주저하는 기색이었으나 아무리 나를 싫어하더라도 지금 상황에서는 역시 어쩔 수 없다는 것을 깨달았는지 순순히 잡혀주었다.

천천히, 너무나 느릿하게 움직이는 터라 그대로 시간이 멈추어 버린 것은 아닌가 하는 생각이 들 정도였다. 그건 지금 내 마음속에서 일어나기 시작한 초조함 때문에 더욱 그런지도 몰랐다.

만약 지금 우리가 너무 늦어서 이미 메프의 몸에 무언가 이상이 생긴 것이라면?

바로 그것이 지금 내 마음속에, 아니, 어쩌면 나보다도 크라이스가 더욱더 가슴 졸이고 있을 이유였다.

하지만 그렇다고 이대로 불을 켜고 미친 듯이 돌격해 갈 수도 없는 노릇이었다. 일단 키치, 힐라시엔, 발드레드 세 명이 모두 만만치 않은 상대이기도 했거니와 그들만 이곳에 있으란 법도 없었다. 세 명만이 조심스레 무언가를 꾸미고 있다면 또 모르지만 아까도 봤듯이 발드레드의 부하 역시 이곳을 출입하고 있었고, 그와 같은 사람이 더 있다고 생각하지 못할 이유도 없었다.

답답하더라도 지금은 이 방도뿐이었다. 하지만 그래서 더 초조한 것인지도 몰랐다.

"이건?"

잠시 동안이지만 상념에 잡혀 있던 내게 문득 엘리스의 중얼거리는 소리가 들렸다.

"무슨 일이야?"

"이 소리, 들리지 않아?"

그녀의 말에 나와 크라이스는 너나 할 것 없이 잠시 움직임을 멈추고 귀를 기울였다.

역시나 그녀 말대로 무언가 소리가 계단을 통해 전해지고 있었다.

흐느낌? 아니, 그렇다고 보기엔 뭔가 좀 다른 느낌이었다. 이건 노랫소리인가?

"조금 더 내려가 보자."

아무래도 그 노랫소리가 일반적인 것이라고는 생각되지 않았기에 우리는 너나 할 것 없이 다시금 천천히 아래로 내려가기 시작했다.

얼마쯤 더 내려가자 우리는 비로소 그 노래가 한 사람이 부르는 것이 아니라 여러 사람이 합창하고 있는 것이라는 걸 깨달았다. 그리고 노랫소리가 들려오는 위치가 생각보다 훨씬 더 아래라는 것도.

그리고 그 노래 또한 내가 이전에 한 번 들은 바가 있는 노래였다.

그렇게 힘 풀린 얼굴로
대지의 속박에 안주하는가.
언제까지라도 지금처럼
힘겹게 걸어다닐 건가.

날개는 바람을 가르는 나의 칼날.
대지의 얽매임을 가르고
저 태양과 달을 가로막고
폭풍을 뚫는다.

날개는 대지를 감싸는 나의 외투.
대지의 열기를 감싸고
나를 부르는 별들을 어르고
산들바람을 탄다.

그대, 높이 솟아올라 보아라.
하늘에서부터 빛을 발하며 날아라.
서서 기다리지만 말고
스스로 찾아가 보아라.

날개의 신.
잠시도 멈추지 않는 바람처럼
함께 저 아득히 날아올라 보아라.

얽매여 있던 모든 것을 버려라.
가두고 있는 사슬을 잊고 뛰어올라라.

날개의 신.
네 몸속에 깃들어
들어 올린 팔은 펄럭이는 날개가 되리라.

너와 함께 가리라.

대지를 떠나서 창공을 뚫고서
더없이 먼 빛까지 솟아올라
영원히 꺾이지 않을 날개로.

날개의 신.
영원히 너와 함께하는,
너의 날개에 머무는 빛이 되리라.

　그 노래는 바로 리카온 대제 무왕 칼스를 찬미하는 노래로 이른바 '날개의 신' 이라는 제목으로 알려져 있는 노래였다.
　왜 갑자기 이 노래가 여기서 들려오는 거지? 그것도 한 번 불리우고 끝나는 것이 아니라 계속해서 이어져 울려 퍼지고 있는 것이다.
　"이거 날개의 신이잖아."
　엘리스 역시 그 노래가 무엇인지 알아차렸는지 대뜸 그렇게 말했다.

하긴 우리 나라 사람치고 무왕 칼스의 이야기나 이 노래를 들어보지 않은 사람이란 없을 테니까.

"이상한 일이군. 이곳은 수인족의 성인데. 무왕 칼스라면 수인족을 정벌해서 무명을 날린 사람이건만 어째서 그의 노래가 이곳에서 울려 퍼지는 거지?"

그때까지 잠자코 있던 크라이스 역시 의문이 생기는 모양이었다. 하지만 그건 나 역시 마찬가지였다.

이곳은 뭐라 해도 고대 수인족의 성터. 후일 무왕 칼스가 '아멜리잔 교서' 라는 칙령을 내려 수인족과의 통합을 유도하기는 했지만 누가 뭐라 해도 그는 즉위해서 왕권이 안정되자마자 수인족에 대한 정벌을 일으키기 시작해 총 5번이나 그들을 유린한 바 있는, 수인족으로서는 원수나 다름없는 인물이 아니었던가.

도대체 이젠 뭐가 뭔지 갈피를 잡을 수가 없게 되어버리고 말았다.

"이상한 일이긴 하지만 일단 계속 내려가 보는 게 좋겠다."

막상 여기서 아무리 머리를 굴려본다고 하더라도, 그리고 머리를 굴려서 저 노래가 들려오는 이유를 파헤쳐 낸다고 하더라도 그것이 지금 메프를 구하는 데는 아무래도 도움이 되지 않을 것 같았기에 나도 크라이스도 말없이 고개를 끄덕이며 그녀의 뒤를 따라 다시금 계단을 내려가기 시작했다.

내려가면 갈수록 목소리는 더욱 웅장하게 울려 퍼지고 있었으며, 거기에 묻혀 또 다른 잡음이 섞이는 것을 알 수 있었다.

"이건… 수인족의 말인가?"

문득 크라이스가 그렇게 중얼거린다.

무왕 칼스를 추앙하는 노래 사이에 그에게서 박해받은 수인족의 말이 울려 퍼지다니. 아무래도 이해하기 힘든 일이 아닐 수 없었다.

마침내 끝이 없을 것만 같던 그 기나긴 계단의 출구가 희미하게 눈에 들어오기 시작한다. 작은 문이 있고, 그 문틈으로 약하긴 해도 밝은 빛이 새어 나오고 있었던 것이다.

노랫소리와 거기에 섞인 수인족의 말은 아마도 동굴의 영향인지 메아리쳐 울리며 점점 더 크게만 들려오고 있었다.

앞장선 엘리스가 조심스레 문을 열고 문틈으로 안쪽을 들여다보았다. 나 역시 궁금함을 참지 못하고 그녀의 아래쪽에 고개를 내밀곤 문 안쪽을 훔쳐보기 시작했다.

그것은 지하에 만들어진 거대한 광장이었다.

하지만 그것밖에는 알 도리가 없었다. 일단 문틈으로 그 안의 모든 걸 파악할 수 없을 정도로 거대한 규모인데다, 무슨 커다란 상자 같은 것이 앞을 가로막고 있어서 자세하게 관찰할 수가 없었던 것이다.

다만 불빛이 이리저리 흔들리는 천장에 몇몇 사람의 그림자라고 생각되는 것이 어른거리는 게 내가 확인할 수 있는 전부였다.

"으음, 역시……."

아무래도 답답해서 문을 좀 더 열고 안으로 들어가 보려고 하는데, 문득 내 머리 위에서 엘리스가 들릴락 말락 하게 중얼거리는 소리가 들렸다.

역시? 뭐가 역시라는 거지?

그 말은 그녀가 지금 여기서 벌어지는 일들에 대해 어느 정도 추측하고 있었다는 의미가 아니겠는가!

전부터 비밀이 많은 그녀였지만 이런 것까지 예측하고 있다니, 도대체 그녀는 얼마나 많은 것을 보고 들었기에 이럴 수 있는 거지?

"안으로 들어가 보자."

하지만 내가 무언가 물어보기도 전에 그녀는 문을 열고 천천히 걸음을 옮겼다. 나 역시 엉겁결에 그녀의 뒤를 따라 조심스레 안쪽으로 걸음을 옮겼다.

살금살금 발소리를 죽이며 문 안으로 들어갔다. 앞장선 엘리스의 뒤를 따라 주위를 살피며 들어가자 비로소 그 안에 펼쳐진 정경이 한눈에 들어왔다.

그것은 하나의 거대한 광장이었다. 지하에 이토록 거대한 광장이 펼쳐져 있다는 사실도 놀라웠지만, 이런 곳이 이제까지 알려지지 않았다는 것 또한 놀라운 일이었다.

어른 둘이 팔을 펼쳐야 간신히 감싸 안을 것만 같은 두께에다 높이만 해도 어른 키 4명분은 합쳐야 할 것만 같은 거대한 기둥들이 적어도 열 개 이상 일렬로 서 있었으며, 우리가 들어온 입구의 맞은편에는 원형의 공터가 있었는데 그 안에는 복잡한 문양의 원이 화염과도 같은 기운을 내뿜으며 빛나고 있었다. 기둥마다 횃불이 꽂혀져 있기는 했으나 이 광장을 밝히는 빛은 모두 그 원에서 뿜어져 나오고 있었다.

사람들은 그 원 둘레에 둘러서 있었는데, 거기에도 어떤 법칙이 있는 듯했다. 두건으로 몸을 가리고 지팡이를 짚은, 척 봐도 마법사라고 생각할 수밖에 없는 사람들 네 명이 각기 네 개의 방향을 점하고 있었으며, 그들의 몸에서도 어떤 휘황한 광채가 뿜어져 나오고 있었다.

또한 그들의 바깥쪽에도 사람들이 서 있었는데, 두 줄로 다시 원을 에워싸고 있었으며 저마다 입을 열어 무언가를 읊조리고 있었다. 아마도 한 줄은 노래를, 한 줄은 수인족의 말을 복창하고 있는 듯 보였다.

우리는 다시 기둥들 사이를 옮겨가면서 그들의 말소리가 들려올 만한 위치까지 접근했다.

"메프!"

문득 크라이스가 신음처럼 그녀의 이름을 불렀다.

그랬다. 그녀 역시 바로 그곳에 있었다. 원 앞쪽에 설치된 마치 제단과 같은 단상 위쪽 벽에 두 개의 유리로 된 관 같은 것이 박혀 있었는데, 각기 한 사람씩 그 안에 들어가 있었고, 그중 하나가 바로 메프였던 것이다.

크라이스는 지금의 모습이 무슨 의식인 듯하고 그 의식에 메프가 제물로서 사용되는 것처럼 보이는 그 광경에 발작하듯 뛰쳐나가려고 했으나, 그전에 우리가 그를 먼저 제지했다.

"안 돼! 지금 뛰쳐나가 봐야 소용없어."

단정하는 듯한 엘리스의 말에 크라이스는 성난 눈길로 돌아보았으나 엘리스는 전혀 기죽지 않고 또박또박 그를 설득하기 시작했다.

"모르겠어? 지금 저곳엔 북의 탑과 벨더의 정예들이 모여 있는 거라구. 바깥에서 우왕좌왕하는 떨거지들과는 격이 다른 인물들이야. 네가 아무리 천재라는 소리를 듣고 있다고는 해도 저들을 당해낼 수 있을 것 같아?"

"하지만! 이대로 그냥 놔둘 수는 없어!"

크라이스의 심정이야 충분히 이해가 되었으나 달랑 우리 셋만으로 저 인원들을 모두 상대하는 것에는 나도 반대였다. 하지만 그렇다고 이대로 죽치고 앉아 있을 수만은 없는 일 아닌가.

그렇게 어찌할 바를 모르고 우왕좌왕하고 있는데 문득 노랫소리와 주문과도 같은 말소리가 점점 수그러드는가 싶더니 한 사람이 제단을 향해 걸어 올라갔다. 두건을 쓰고 있었으나 우리는 그 사람의 작은 체구와 말소리로 바로 정체를 알 수 있었다. 그것은 바로 키치였다.

키치는 가만히 고개를 들어 벽에 박혀 있는 유리관을 응시하며 말하기 시작했다.

"무왕 칼스, 네가 비록 천고에 다시없는 영웅으로 우리의 주인을 그 몸 안에 봉인했다 하나 이제 그대의 노력은 한낮에 수그러드는 이슬방울마냥 사그라지게 되었도다. 한낱 인간의 몸으로 우리 주인께 불경하고 그 명예를 더럽힌 죄 마땅히 이전에 치러야 했으나 그대가 우리 주를 품고 있었기에 이제껏 그 한을 풀지 못하고 있었다. 하나 이제 시간이 되었으니 그대의 그 뻔뻔한 용모를 더 이상 두고 보지 않아도 되게 되었구나. 인간의 제왕이여, 한낱 피조물로서 창조주를 업신여기다니 그 죄를 어찌 감당할까. 이제 의식이 끝나고 나면 그대의 육체는 완전히 불태워져 이 세상에서 그 흔적이 사라지고 말리라. 또한 그대의 자손들은 피로 씻기워 역사의 저편으로 사라지게 될 것이니, 이후로 그대의 흔적은 완전히 사라지게 되리라. 그대의 이름, 그대의 기억 모두 사라지게 만들어 영원히 망각의 저편에서 헤매이게 될 것이니, 이것이 바로 내가 그대에게 베푸는 최후의 저주이니라."

이게 무슨 소리지?

설마 저 유리관 안에 들어가 있는 인물 중 하나가 바로 무왕 칼스란 말인가?

오랜 세월이 지난 것을 암시하듯 길게 늘어진 머리카락과 거칠게 자란 수염, 지그시 눈을 감고 있으나 알게 모르게 근엄함을 느끼게 만드는 장년의 기사.

저 사람이 바로 무왕 칼스라고?

저 유명한 대제가 이 작은 수인족의 성에 잠들어 있었다고?

놀라서 입을 다물지 못하는 상황에서도 키치의 말은 계속 이어지고 있었다.

"이제 영사족과 은랑족의 피로서 지어진 이 성에서 마침내 모든 차비가 끝마쳐졌으니, 우리 주 사나스의 영광이 그 자식들에게 두루 미치는도다. 수백 년 세월 동안 모으고 모은 언령의 힘이 우리 주를 일깨울 것인 바, 이제 그 광영은 세세토록 변함없이 이어지리로다."

수백 년 동안 모으고 모은 언령의 힘? 언제 그런 일을 했단 말인가.

아니, 그것보다 지금 저들은 그들의 신을 부활시키겠다 이 말인가?

허무맹랑하고 황당한 얘기였다. 신이란 게 실재하는 것이었단 말인가? 그리고 그 신 중 하나를 무왕 칼스가 봉인했다고?

그렇다면 그가 일으킨 다섯 번의 전쟁은 모두 사나스란 신을 봉인하기 위한 수단이었단 말인가? 그리고 마침내 그 신을 봉인하자 더 이상 수인족과 싸울 필요가 없었기에 정벌을 그만두고 교서를 내려 수인족과 통합 정책을 벌인 것이고? 그렇다면 그는 늙어 죽은 게 아니라 자신의 몸에 신을 봉인하고 잠들었다는 얘기인 건가.

역사 속에 숨어 있던 진실이 한 꺼풀 벗겨지는 순간에 내가 서 있다는 것도 믿기지 않는 일이었지만, 단순한 전쟁 영웅인 줄 알았던 무왕 칼스에게 그런 비밀이 숨겨져 있다는 사실 또한 충격이었다.

"미친 광신도들의 짓거리라고 보기엔 저 기운이 너무 심상치 않아. 무안의 성에 그런 비밀이 숨겨져 있었다니. 정말 놀라운 일이군."

"비밀?"

"그래, 원래 이 성에선 말이 밖으로 새어 나가지 않았지. 그러던 것이 이번에 와서 보았을 때는 그렇지 않아서 이상하다 싶었는데 이런 이유가 있었군."

"무슨 소리지?"

"원래 수인족들은 말속에 모두 작게나마 언령이 깃들어 있어서 그것을 이루도록 만드는 힘이 있다고 믿어왔지. 지금 저 작달막한 마법사가 한 말로 미루어보건대 이 성에 펼쳐져 있던 술법은 모두 그 작디작은 언령의 힘을 모으기 위함이었나 봐. 그리고 이제 충분한 힘이 모여서 더 이상 모을 필요가 없기에 술법을 해제한 거겠지."

작은 사실들을 모아 이런 결론을 추론해 내는 엘리스도 놀라웠지만, 그 추측이 전혀 틀린 것 같지 않았기에 더욱더 놀라웠다.

하지만 엘리스의 말은 아직 끝나지 않았다.

"그렇게 본다면 지금 저들이 부르고 있는 날개의 신이란 노래 또한 무왕 칼스를 추앙하기 위한 것이 아니라, 그들의 신을 부르기 위한 소도구라고 볼 수 있어. 아마도 저 노래는 지금 저들이 부활시키고자 하는 신을 위한 노래일 테고 그 노랫말 속에 담긴 언령의 힘은 우리도 모르는 사이에 다시 저 마법진 안에 축적되고 있었던 거지. 그렇게 본다면 이 작은 성은 그 언령들을 모으는 창고의 역할도 했던 셈이 되겠고."

확실히 신이라는 거대한 존재를 일깨우는 데 몇몇 개인의 힘이나 제물 몇 가지로 가능하지는 않겠지만, 오랜 세월 동안 참고 기다리며 보잘것없는 작은 힘들을 모아왔다니 그 인내심 또한 대단한 일이었다.

하지만 그렇다고 더 이상 놀라고만 있을 수는 없는 일이었다.

"의식을 시작하라!"

마침내 뒤돌아선 키치의 입에서 한마디 말이 떨어짐과 동시에 수그러들었던 주문 소리와 노랫소리는 더욱더 크게 울려 퍼지기 시작했다.

그리고 어디선가 크라이스의 어머니 힐라시엔, 그리고 벨더의 수장 발드레드가 나타나 키치와 함께 원 안으로 걸어 들어갔다. 노랫소리와 주문 소리가 광장 안을 가득 메우는 가운데 더 더욱 강렬하게 타오르는 빛의 소용돌이 속으로 들어간 그들은 서로 손을 맞잡고 무릎을 꿇은 채 고개를 숙였다.

제24장 운명의 소용돌이

# 운명의 소용돌이

"저 마법진을 부숴야 해."

"마법진을?"

갑작스런 엘리스의 말을 바보처럼 되풀이하는 나와는 달리, 크라이스는 그 말을 듣자마자 벌떡 몸을 일으켰다.

"그래, 그런 것이군."

그리고 말려볼 사이도 없이 정신을 집중하며 마법 주문을 외우기 시작했다.

확실히 엘리스의 말이 일리가 있었다. 저 마법진이야말로 그들의 신을 부활시키기 위한 모든 언령을 모아놓은 상징이었으며, 지금 의식을 이끌어내는 데도 크나큰 구실을 하고 있는 것이 분명하니까. 저들 모두를 상대해 이겨낸다는 보장은 없지만 기습적으로 마법 공격을 가해 저 마법진을 부수거나 최소한 손상을 가한다면 지금 벌어지는 이 일들을 막을 수 있지 않을까?

아까 키치가 읊조린 말에서도 나타났듯이 지금 저 신이 부활하게 된다면 자신을 그 지경에 빠뜨린 무왕 칼스는 물론 그 자손들이 이룩한 모든 것, 다시 말해 지금의 왕실이 가진 모든 것을 파괴하려 들 것이고, 그것이 끝난 이후에는 이전의 라스타니아가 그랬던 것처럼 전 대륙을 정복하려고 할 것이 분명했다.

그것은 단지 한 국가 안에서 벌어지는 작은 반란의 규모가 아니라 모든 대륙의 인간들, 아니, 인간들을 포함한 모든 생명들이 대전쟁의 소용돌이에 휘말린다는 뜻도 되었다. 더구나 그 힘이 어떠한지는 모르겠으나 명색이 신이라는 초월적 존재가 개입한다면 그 전쟁의 승패 역시 한눈에 들어오는 일이었고, 그 신이 이제껏 갇혀 있던 분풀이를 하고자 한다면 그건 더욱더 상상하기 싫은 일이 될 것임에 틀림없었다.

막아야 한다!

마침내 나 역시 결심을 굳히고 몸을 일으켰다. 어느샌가 크라이스의 몸에는 마법적 힘의 영향으로 붉은 섬광이 피어오르고 있었다. 그리고 그것은 마치 자신의 위치를 저들에게 밝히는 일이나 마찬가지였다.

원 둘레에서 의식에 참여하지 않은 채 조용히 무릎을 꿇고 참관하던 자들이 그걸 보지 못할 리가 없었다.

"침입자다!"

어느 틈엔가 한마디 외침이 울려 퍼지고, 그 소리에 의식에 참여하여 노래 부르고 주문을 외우는 자들을 제외한 모든 자들이 우리들에게 벌 떼처럼 달려들기 시작했다. 휘황한 마법진 때문에 미처 모르고 있었지만 갑자기 수많은 사람들이 땅속에서 들고일어난 듯한 착각이 들 정도였다.

그들 중 몇몇 사람이 크라이스가 지금 무얼 하려고 하는지 알아차렸는지 활과 마법을 사용해 그를 노리기 시작했고, 순식간에 크라이스는 수많은 자들의 표적이 되어 빗발치는 화살과 마법들의 폭풍에 휩싸였다.

"칼리엘의 이름으로, 주의 가호!"

이런 상황에서 나 역시 주를 부른다는 것 또한 웃긴 일이었지만, 지금 상황에서 저 많은 공격을 모두 막는 데는 역시 주시자의 힘을 빌리는 도리밖에 없었으므로 나는 주저하지 않고 내가 가지고 있는 가장 강력한 방어의 주문을 외치며 크라이스 앞으로 뛰어들었다.

순간 무언가 눈에 보이지 않는 힘의 장막이 내 앞에 서리는가 싶더니 수많은 화살과 마법들이 내 눈앞에서 작렬하기 시작했다. 화살 하나하나, 마법 하나하나가 눈앞에서 내가 펼친 힘의 장막에 푸른 파문을 만들며 튕겨 나갈 때마다 아찔한 현기증이 내 온몸을 휘감았으나, 지금 상황으로서는 저 마법진을 부술 만한 능력을 지닌 것은 크라이스뿐이었으므로 나는 이를 악물고 버티어냈다.

무수한 화살과 마법들을 그처럼 막아내자 다시 수많은 벨더의 병사들이 저마다 무기를 뽑아 들고 덤벼들기 시작했다.

하지만 그와 동시에 크라이스의 주문 또한 완성되었다.

갑자기 등 뒤에서 사나운 불꽃의 폭풍이 일어난다고 생각한 순간 나는 다급하게 몸을 옆으로 굴리며 내가 펼치고 있던 힘의 장막을 해제했다. 그리고 그 순간 크라이스의 낭랑한 목소리가 나의 고막을 세게 두들겼다.

"파이어 스톰!"

어느샌가 크라이스의 몸은 검붉은 화염의 소용돌이에 휩싸여 있었다. 하나 모든 것을 태워 버릴 듯한 그 엄청난 불기둥 속에서도 크라이스는 화염 따위는 전혀 무시한 것마냥 머리카락과 옷자락을 휘날리며 손을 내뻗은 채 눈을 감고 있었으며, 내가 장막을 회수하는 순간 그에게 덮쳐진 수많은 화살과 마법들은 그 불기둥에 휘감겨 크라이스에게 도달하기도 전에 벽난로에 눈 조각을 집어 던진 것마냥 힘없이 사그라져 버렸다.

그리고 마침내 크라이스가 눈을 뜨는 순간,

그의 전신을 휘감고 있던 불의 기둥은 미친 듯이 휘몰아치며 마법진을 향해 그 뜨거운 숨결을 폭발시켰다. 말 그대로 폭풍이 휘몰아치는 듯한 그런 모습으로.

하지만 크라이스를 향해 달려들던 벨더의 전사들은 조금도 두려워하지 않은 채 그 불길을 향해 뛰어들었다. 그러나 그들의 무모한 용기에도 불구하고 화살조차 순식간에 녹여 버리는 백열의 불길에 그들 모두 순식간에 화염에 휩싸여 버렸고, 비명을 지를 사이도 없이 한 줌 재로 화해 버렸다.

마법진 앞에 늘어선 채 크라이스를 저지하려던 마법사들은 벨더와는 달리 그 엄청난 마법에 경악하여 저마다 몸을 피하기에 급급했으며, 마침내 마법의 불길은 거칠 것 없다는 기세로 강하게 마법진에 부딪쳐 갔다.

순간 나는 크라이스의 마법과 저 마법진에서 뿜어져 나오는 힘이 서로 충돌할 때의 충격에서 몸을 피하고자 본능적으로 몸을 수그리며 바닥에 납작 업드렸다.

그러나,

"이럴 수가."

기대하던 폭음과는 달리 조금은 맥 빠지는 크라이스의 탄식이 대신 들려왔다.

그렇다. 크라이스가 뿜어낸 마법의 불길은 지금 의식이 벌어지고 있는 마법진의 광채에 빨려 들어가듯이 흡수되어 버리고 만 것이다. 아니, 빨려 들어갔다기보다는 마치 하나가 된 듯이 그 주위를 휘감으며 함께 어우러지고 말았다.

크라이스와 나, 둘 다 아연한 표정으로 그 모든 상황을 그저 멍하니 바라보고 있을 때, 얼이 빠져 있던 상대편의 마법사들이 일제히 정신을 차리고 다시 반격을 감행했다.

절대다수의 절대 소수에 대한 포위 공격.

크라이스의 불길에 희생되지 않은 벨더의 병사들이 다시금 몸을 일으켜 우리를 향해 달려들었고, 그들 뒤에 선 마법사들은 저마다 자신의 최강 마법을 읊조리기 시작했다.

어떻게 해야 한단 말인가.

마법조차 먹히지 않다니. 하지만 우리가 미처 생각치 못하고 간과했던 것이었다. 상대편의 중추 세력 중 하나가 바로 북의 탑이라는 것을.

북의 탑. 현존하는 최강의, 아니, 유일한 마법사들의 집단.

그들의 세력이 이전에 비해 많이 줄어들고 힘도 약해졌다 할지라도 엄연히 마법이라는 힘의 유일한 계승자였으니, 제아무리 천재라 불리는 크라이스라 할지라도 그들이 대비해 놓은 만전의 대비에는 당할 도리가 없었던 것이다.

"유리관을! 유리관을 부숴!"

어느 틈엔가 쇄도해 온 벨더의 병사 하나를 단검으로 찍어 넘기며 엘리스가 악을 쓰고 있었다.

유리관? 아!

아까 키치의 말에 따르면 그들의 신은 지금 저 유리관 중 하나에 잠자고 있는 무왕 칼스의 유체에 머물러 있을 것이 분명했다. 그렇다면 지금 당장 그 유체를 파괴해 버린다면? 그들도 분명히 신이 그 안에 봉인되어 있기에 무왕 칼스를 건드리지 못했다고 하지 않았던가!

더 생각하지 않고 있는 힘껏 몸을 날려 제단을 향해 도약했다. 그리고 그와 동시에 크라이스는 나를 엄호하기 위해 몸을 허공으로 띄워 병사들의 검을 피하며 마법을 난사하기 시작했다.

수없이 쏟아지는 불과 얼음, 그리고 빛과 바람.

마법사들 간의 일대 격전 속에서 나는 내가 낼 수 있는 최대한의 속력으로 제단을 향해 뛰어들었다. 물론 벨더의 병사들과 북의 탑 마법사들 역시 나의 의도를 알아채고 공격을 나에게 집중하기 시작했다. 내가 아무리 몸놀림이 빠르더라도 그걸 모두 피한다는 것은 불가능했으므로 나는 다시 한 번 권능제언의 힘을 빌어야 했다.

"칼리엘의 이름으로, 주의 가호!"

말이 떨어지자마자 다시금 현기증과 함께 나의 주위에 보이지 않는 힘의 장막이 생겼다. 아니, 생기는 동시에 주위에서 쏟아지는 모든 공격을 받아내느라 푸른 파장으로 온통 뒤덮여 시야마저 흐려질 정도였다.

"저건! 역시 주시자의 권능!"

"무왕의 후계자다!"

그리고 허공에 떠오른 나의 목소리가 울려 퍼지는 순간 마법을 날리던 북의 탑 마법사들과 벨더의 병사들이 경악하며 술렁거리기 시작했다.

저들이 어떻게 주시자의 권능을 아는 거지?

"어림없다!"

어느 틈엔가 다가온 벨더의 한 병사가 나에게 거대한 도끼를 내려쳤다. 일일이 맞서 싸울 여유가 없긴 했지만 그 위력이 너무나 강해서 나는 재빨리 몸을 옆으로 피하며 강력한 일격을 그의 얼굴에 날렸다.

우직!

뼈가 으스러지는 소름 끼치는 소리와 함께 그는 저만큼 멀리 나가떨어져 버렸고, 그가 들고 있던 거대한 도끼는 그대로 바닥에 떨어져 박히며 하마터면 내 발가락을 잘라 버릴 뻔했다.

도끼가 바닥에 떨어진 순간, 나는 곧바로 그것을 집어 들고 있는 힘껏 무왕 칼스가 잠들어 있는 유리관을 향하여 세차게 집어 던졌다. 이 정도 크기와 중량이라면 눈앞에 보이는 유리관 정도는 쉽게 부숴 버릴 수 있을 거라는 기대감과 함께.

하나 그 공격 역시 무위로 끝나 버리고 말았다. 도끼는 날아가 정확히 유리관을 때렸지만, 금은커녕 긁힌 자국 하나만을 남긴 채 허무하게 되튕겨져 버렸다.

"빌어먹을!"

나도 모르게 욕설을 내뱉으며 다시금 제단을 향해 달려들려고 하였으나 내가 도끼를 명중시킨 것이 마치 신호였다는 듯이 갑자기 무왕 칼스의 몸에 잔잔한 붉은색의 서기가 어리기 시작했다.

"깨어나시기 시작했다!"

더는 지체할 수 없었다. 내 힘으로 마법진을 깰 수 없다면 저 유리관만이라도 부숴야만 했다.

"나와라, 소울 브레이커!"

일반적인 무기가 소용없다면 주시자의 무구를 써보면 어떨까 하는 생각과 함께 마침내 내 몸 안에 잠자고 있던 마검 소울 브레이커를 빼들었다. 발악적으로 그렇게 외치는 순간 내 오른손에 광망이 어리는가 싶더니 하나의 검이 모습을 드러내었다.

"저건 소울 브레이커!"

"저게 어떻게 저 소년의 손에!"

여기저기에서 폭음과 소란 와중에 비명과도 같은 울림이 울려 퍼지는 것이 느껴졌다. 이미 내가 주시자라는 것도 밝혀져 버린 이상에야 더 이상 숨길 것도 없거니와 왠지 모를 조바심 때문에 결국 마검이라 불리우는 소울 브레이커를 빼 든 것이다.

기왕에 이렇게 내가 가진 모든 것을 까발린 이상 더 이상 머뭇거릴 이유도 없었다.

있는 힘껏 도약하며 내가 가진 최고의 수법, 이전까지 헤븐즈 볼트라 불리워졌던 단순 무식한 최강의 기술을 사용하여 유리관을 향해 짓쳐들어갔다.

"막아!"

"안 돼!"

단말마와 같은 메아리가 극심함 폭음과 주문 소리, 그리고 노랫소리와 어우러지는 가운데 내 손에 쥐어진 마검 소울 브레이커는 정확히 유리관에 격중하였다.

그러나,

소울 브레이커는 유리관에 부딪치자마자 듣기 싫은 파찰음을 내면서 미끄러져 내려갔다. 그리고 그 순간 유리관 주위에서 강렬한 백색의 불꽃이 튕기며 나를 밀쳐 내버렸다.

어째서! 이건 무왕 칼스가 썼다는 최강의 검인데!

바닥에 나뒹굴면서도 아연하여 어찌할 바를 모르고 있는 그때였다.

무언가 잔잔한 울림이 내 몸을 휘감는가 싶더니, 갑자기 검을 들지 않은 한 손에서 강렬한 어떤 울림이 전해져 오기 시작했다.

아니, 그냥 울림만이 아니었다. 어느 틈엔가 그 울림은 빛으로 변해 건틀릿으로 싸여 있는 내 손에서 폭발하듯 터져 나오고 있었다. 아니, 그렇게 느꼈을 때는 이미 건틀릿에서도 연쇄 반응을 일으키듯이 강렬한 빛이 터져 나오고 있었다. 그리고 나는 순식간에 폭주하는 빛의 소용돌이 속에 갇히고 말았다.

—토머스 루크레노 베라크루스. 맞는가?

갑작스런 이 기현상에 놀라 어찌할 바를 모르고 있는데 누군가 내 이름을 부르기 시작했다. 그것은 주변을 가득 메운 강렬한 소음 더미 속에서도 똑똑하게 내 귀에 전해졌다.

도대체 이해할 수 없는 상황에 대답조차 못하고 우물쭈물하고 있는데, 그 목소리는 다시금 나에게 말하기 시작했다.

—마침내 운명의 시간이 다가왔군. 또 다른 나, 그대에게 이제 비로소 주시자의 무구가 가진 모든 힘을 일으켜 주겠다. 이것은 나의 의지이며, 시간을 주관하는 그분의 의지이다.

도대체가 이해 불가능한 그 말과 함께 빛의 폭주는 더욱더 강해져 마침내 내 망막을 하얗게 태워 버리는 듯했다. 그리고 어느 순간 한줄기 바람이 부는가 싶더니 마치 거짓말처럼 빛이 사라져 버리고 말았다.

뭐지? 뭐가 어떻게 된 거지?

내 자신조차 지금의 상황이 어찌 된 것인지 몰라 당황하고 있는데 문득 무언가 내 뒷머리를 세차게 내려치는 듯한 느낌을 받았다. 아니,

그것은 어디까지나 느낌일 뿐 실제로 충격 같은 건 전혀 전해지지 않았다. 이 기이한 현상에 나도 모르게 고개를 돌리자 그곳에는 거대한 철퇴를 든 벨더의 한 병사가 얼빠진 표정으로 나를 돌아보고 있었다.

"이, 이럴 수가. 진정한 주시자였단 말인가!"

진정한 주시자? 그건 또 뭐란 말인가?

하나 그와 함께 내 시야가 무언가에 상당 부분 가려져 있다는 것도 깨달았다. 마치 투구를 쓰고 있는 것처럼.

투구? 투구라니!

무언가에 이끌리듯 내 몸을 훑어보았다. 어느 틈엔가 나는 온몸에 검은색으로 물든 금속제 갑옷을 두르고 있었다. 하나 그 육중해 보이는 모습과는 달리 이상하게도 옷 하나 걸치지 않은 것같이 너무나 자연스러웠다. 빛이 사라진 직후에도 내가 그런 변화를 느끼지 못한 건 입은 것 같지도 않은 그 자연스러운 착용감 때문이었다.

또한 소울 브레이커 역시 그 모습이 바뀌어 있었다. 고작해야 조금 수수해 보이던 롱 소드에서 그 두께만도 내 손바닥 길이는 충분히 될 만큼 거대한 중검으로 변해 있었던 것이다.

"빌어먹을 시간의 여신이 끝내 우릴 방해하려는가!"

젠장할, 알아먹을 소리 좀 해달라고! 이번엔 또 웬 시간의 여신이냔 말이다!

하지만 그걸 따지고 있을 새가 없었다. 어느 틈엔가 무왕 칼스의 유체가 담긴 유리관에는 왕의 몸이 보이지도 않을 만큼 강렬한 빛이 가득 차 있었고, 그 옆에 있는 메프의 몸에서도 조금씩 은은한 서기가 서리고 있었던 것이다.

설마!

저들은 메프의 몸에 그 사나스인가 하는 망할 신을 강림시킬 생각인 건가!

그렇겐 안 돼!

다른 생각 할 것 없이 다시 한 번 검을 두 손에 맞잡은 채 왕의 유체가 잠들어 있는 유리관을 있는 힘껏 내려쳤다.

마침내 검이 유리관과 맞부딪힌 그때.

폭발하는 듯한 섬광이 순간 내 시야를 가득 메웠다.

단순히 섬광만이 아니었다. 그것은 정말 폭발적인 힘이었고, 항거할 수 없는 파도였다. 그 위력에 내 몸이 튕겨져 순식간에 제단 아래로 떨어져 처박혔다. 다행히 갑옷 때문인지 별다른 충격은 전해지지 않았으나 몸을 일으키려는 순간 강한 살기가 내 전신을 휘감아왔고 본능적인 움직임으로 다른 건 생각지도 않고 바닥을 데굴데굴 굴렀다.

아니나 다를까, 내가 쓰러졌던 자리에 무언가 육중한 것이 박히는 소리가 귓가에 전해져 온다.

구르던 몸을 추슬러 자리에서 벌떡 일어났을 때 내 눈앞에 보인 것은 발드레드의 분노한 얼굴과 그가 휘두르는 거대한 대검이 내뿜는 차가운 살기였다.

다른 건 생각할 틈도 없이 나 또한 소울 브레이커를 들어 그의 검에 마주쳐 갔다. 그리고 두 개의 검이 마주친 순간 발드레드는 무언가 거대한 것에 얻어맞은 것처럼 튕겨져 나가 신전 기둥 하나에 처박혀 버렸다.

나 역시도 내가 발휘한 위력에 놀랐고, 주위의 다른 자들도 마찬가지였다.

발드레드가 누구이던가. 바로 벨더의 수장이 아니던가. 그 능력만큼은 영살검주도 가벼이 보지 못한다는 투사가 아니던가.

그런 그를 단 일 격에 바닥에 처박아 버렸으니 그를 믿고 따르던 부하들이며, 그의 힘을 익히 알고 있던 다른 사람들의 놀라움이 어떠했겠는가.

하나 그런 걸 기뻐하고 있을 틈이 없다는 걸 잊지 말았어야 했다.

"재미있군. 깨어나자마자 본 광경이 주시자가 나의 종을 때려눕히는 장면이라니."

익히 잘 알고 있으나 그와는 이질적인, 청순한 듯하면서도 고고하며, 또한 음탕하여 듣는 이의 마음을 평정에서 억지로 끄집어내는 그런 목소리.

"메프?"

저쪽에서 한창 마법사들과 사투를 벌이던 크라이스가 놀란 목소리로 부르짖는 소리가 들려왔다.

그러나 그 목소리가 들려옴과 동시에 그때까지 우리에게 미친 듯이 덤벼들던 벨더의 병사들과 마법사들이 저마다 무기를 내려놓고 바닥에 무릎을 꿇은 채 고개를 수그리는 것이 아닌가.

설마, 그 사나스인가 하는 자가 마침내 부활한 것이란 말인가!

"오랜 시간 당신을 기다렸습니다. 위대하신 날개의 신, 사나스시여."

어느샌가 마법진의 타오르던 빛은 모두 사라진 상태였고, 기둥마다 밝혀져 있던 횃불도 언제인가 모두 꺼진 상태였다. 지금 이 순간 이 광장 안에 빛나고 있는 것은 오직 하나 바로 메프뿐이었다. 아니, 메프의 모습을 한 또 다른 무언가였다.

"흥."

코웃음만이 대답으로 돌아왔건만 키치는 전혀 태도를 바꾸지 않은 채 허리를 숙이고 감히 고개를 들지 못했다.

사나스는 내가 여전히 아무런 행동도 취하지 않고 가만히 그를 바라보고 있자 피식 웃으며 한마디 했다.

"저 오만한 여신의 졸개가 보내는 시선이 몹시 불쾌하군."

"제게 기회를 주시옵소서."

사나스의 말이 떨어지기가 무섭게 한 명이 그렇게 말하며 나선다. 누군고 하니 방금 나에게 일격을 맞고 나가떨어졌던 발드레드였다.

"벨더의 수장인가?"

"그러하옵니다."

"나의 자식이 입은 치욕은 내게도 치욕. 그대가 입은 치욕을 갚아 나의 영광에 보태어라."

사나스의 말이 끝나기 무섭게 갑자기 발드레드의 몸에서 광채가 어리는가 싶더니 그의 용모가 바뀌기 시작했다.

순식간에 그의 피부가 부풀어 오르며 푸르게 변하는가 싶더니, 그의 머리 역시 앞뒤로 길어지는 형상이 되었다. 갑자기 길어진 입에서는 어느샌가 날카로운 이빨들이 튀어나오기 시작했으며, 푸르게 변했던 피부에서는 번쩍이는 비늘들이 솟아나기 시작했다.

그건 영락없이 거대한 용인의 모습이었다.

그렇지 않아도 거구였던 그의 몸은 어느 틈엔가 이전보다 머리 두 개만큼은 더 커져 어지간한 어른의 두 배는 됨 직한 체구로 변해 버린 것이다.

자신의 몸이 그런 괴물의 것으로 변했음에도 불구하고 그는 전혀 놀라지 않았다. 아니, 오히려 넙죽 엎드리며 여전히 푸른 서광을 온몸에 내뿜고 있는 사나스를 향해 고개를 조아렸다.

"감사하옵니다!"

그런가. 그들은 자신들의 본모습을 그리워하여 온몸의 털을 깎고 다녔었다고 했다. 이제 본모습을 찾았으니 저토록 기뻐하는 것인가? 괴물로밖에는 보이지 않는 저 모습에?

하나 나의 감상이야 어찌 되었든 사나스는 가볍게 고개만 끄덕였고, 발드레드는 그와 함께 벌떡 몸을 일으키며 다짜고짜 나에게 달려들었다.

순간 몸이 흐릿해지는 듯한, 아니, 그것마저도 환영이라고 생각될 만큼 엄청난 속도!

과연 이자가 방금 내 일격에 힘없이 나가떨어졌던 바로 그자란 말인가!

엉겁결에 그가 휘두른 검에 다시 한 번 소울 브레이커를 맞부딪쳤다.

하나 이번엔 묵직한 충격과 함께 오히려 뒤로 몇 걸음이나 밀려나고 말았다. 물론 발드레드 역시 밀려났지만 방금 전과 비교했을 때 너무나 엄청난 차이였다.

이럴 수가. 그냥 내가 강해졌으니 그도 강해진 것이다라고 말하기에는 너무나 다른 힘의 차이였다. 이것이 저 사나스라는 자의 능력이란 말인가. 이 힘으로 수인족들은 대륙을 지배했었단 말인가.

지금 이렇게 주시자의 무구가 변화하기 이전까지의 내 힘만 해도 어지간한 어른 두세 명의 힘을 합친 것보다 강했었다. 하지만 그건 이렇게 변화하기 이전의 일이었고, 지금의 힘은 나조차도 그 위력이 어떤지 가늠하기 힘들 정도였다. 그런데 그런 나와 동등한 힘이라니!

"역시 하나만으로는 부족한가?"

"아닙니다. 저 하나만으로 충분합니다."

"흠."

발악하는 듯한 발드레드의 말에 사나스는 그저 팔짱을 끼고 구경하는 듯한 자세를 취했다. 아마도 나 따위는 어떻게 되든 별 관심 없다는 듯이.

신이라는 것이 그토록이나 초월적인 존재란 말인가.

그 오만함이 거슬렸다. 하나 지금 당장 내 눈앞에 있는 발드레드를 상대하는 데도 내 힘이 충분한지 알 수 없었다. 하물며 그 주인인 사나스는 어떠할 것인가.

슬그머니 공포가 내 머리 속에 스멀스멀 기어 들어오기 시작했다. 그러나 그것을 느낀 순간 나는 세차게 머리를 저으며 애써 그 감정을 떨쳐 버리려 애썼다.

적어도 이전의 나약했던 자신으로 돌아가기는 싫었기에.

발드레드를 향해 검을 들이대다가 문득 지금 저자의 힘의 원천은 다름 아닌 사나스라는 걸 떠올렸다. 그렇다면 사나스를 먼저 해치우면 그의 힘도 사라질 것이 아닌가. 가장 위험한 것은 누가 뭐래도 사나스라는 자일 테니까.

그제야 비로소 주시자의 역할이 무엇인지 어렴풋이 깨달을 수 있었다. 지금 내게 이런 힘이 주어진 것은 저 사나스를 막으라는 뜻이 아니고 무엇이겠는가.

내게 세상을 구원하겠다거나 하는 그런 생각이 있는 것은 아니었다. 다만 적어도 지금 나에게 주어진 이 일에서 도망치고 싶지 않다는 생각만이 간절했다. 이것이 운명이라면, 적어도 운명에서 도망치는 낙오

자가 되고 싶지는 않았던 것이다.

깊게 숨을 들이쉬며 심호흡을 했다. 어림도 없는 일일지도 몰랐다. 하나 최소한 도전해 보지도 않고 물러날 수는 없었다. 마침내 결심이 섰다.

혹여라도 지금 세운 결심이 흩어질까 하는 마음에 나는 그렇게 마음을 정하자마자 즉시 솟구쳐 오르며 어느 틈엔가 공중에 떠올라 있는 사나스에게 달려들었다.

그러나 나의 굳은 결심에도 불구하고 결과는 너무나 처참했다.

결의를 다지고 달려든 나에게 사나스가 보인 반응은 단 한 가지였다.

"흥."

손가락 하나 까딱하지 않고 그저 코웃음을 한번 흘렸을 뿐.

그리고 그 순간 내가 있는 힘껏 휘두른 소울 브레이커가 사나스를 베어 들어갔다.

하지만 소울 브레이커는 그녀의 몸에 닿아보지도 못했다.

닿기도 전에 무언가 알 수 없는 힘의 장막에 되튕기어 나와 버린 것이다. 아니, 그것뿐만이 아니라 내가 이 일격에 퍼부었던 모든 힘이 거꾸로 몇 배나 증폭되어 나에게 돌아왔다.

순식간에 천장과 바닥이 뒤집히더니 등을 무엇엔가 세차게 부딪치고 다시 땅바닥에 떨어지며 몇 번이나 굴러 버렸다.

정신이 있다면 오히려 이상한 일. 그 충격에 나는 숨조차 제대로 들이쉬지 못하고 바닥에 널브러져 버리고 말았던 것이다.

정신 못 차리고 그렇게 호흡이라도 챙기려고 애쓰는 나에게 사나스의 목소리가 전해져 온다.

"가소롭군."

달랐다. 너무나도 달랐다. 이래서야 사나스를 어떻게 해보는 건 고사하고 내 한 몸 지켜내는 것도 어려운 일 아닌가.

사나스의 비웃음에 그만 자기혐오에 빠지려던 그때.

"파이어 볼!"

문득 크라이스의 음성이 터져 나왔다.

그래, 마법이라면!

하나 힘겹게 고개를 들어 올리는 나의 눈에 들어온 것은 방금 전 크라이스가 마법진을 공격했을 때처럼 허무하게 사라지는 화염구의 잔해뿐이었다.

"홍, 내 힘을 빌려 나를 치려 하다니. 정말 웃기지도 않는 일이군."

이건 또 무슨 말인가. 마법 또한 원래 사나스의 힘이란 말인가?

어이없는 일이었다. 그래, 수인족이라면 주법이고, 그렇다면 사나스의 힘을 사용한다는 건 주법을 사용하는 것일 텐데. 마법이란 건 주법과는 다른 것이 아니었나?

문득 그때 예전에 메프가 했던 말이 떠올랐다.

"신의 가호를 받는 나에게 마법은 통하지 않아."

그때는 그저 그런가 보다 하고 넘겼었건만, 마법 또한 사나스의 힘이 원천이라면 왠지 수긍할 수 있는 말이 된다.

어찌 되었든 이로써 크라이스와 내 힘으론 저 존재를 어찌해 볼 방법이 없다는 게 명확해졌다.

그럼 어떻게 해야 한단 말인가.

"귀찮군. 더 이상 이 답답한 곳에 있기 싫다. 나의 자식들아, 저들을 쓸어버리고 어서 나를 밖으로 인도하라."

그러나 사나스는 내가 다시 어떤 방법을 찾아보기도 전에 그렇게 호령했고, 그의 말이 끝나기가 무섭게 남아 있던 벨더의 병사들 또한 발드레드처럼 모습이 변화하기 시작했다. 아니, 그뿐이 아니었다. 도열해 있던 수많은 마법사들과 크라이스마저도 모습이 변화하기 시작했다. 오직 하나, 키치만을 제외한 모두가.

마법사들은 벨더처럼 용인으로 변하는 것이 아니었다. 그들이 변화하는 모습은 다름 아닌 은빛 갈기를 가진 늑대인간이었다.

무엇이 어떻게 된 것인지 도무지 짐작조차 할 수 없게 되어버리고 말았다. 설마 북의 탑 마법사들조차 수인족의 후예들이란 말인가!

크라이스는 자신의 마법이 무용지물이 되자 아연해져서 메프의 몸을 빼앗은 사나스를 하염없이 바라보고 있다가 자신의 몸이 이상하게 변화하는 것을 깨닫고 기겁을 했다.

"뭐, 뭐야! 이건!"

그러나 그런 그의 앞에 어느 틈엔가 검은 옷차림을 한 날렵한 모습의 은빛 늑대인간 하나가 다가서며 이렇게 말했다.

"크라이스, 놀라지 말아라."

그 목소리는 놀랍게도 그의 어머니 힐라시엔의 것이었다.

"어, 어머니?"

"그래, 나다."

"이건 도대체?"

"우리 북의 탑은 원래 멸족한 것으로 알려진 은랑족의 후예들이다. 이곳 무안의 성을 만들고 세상의 이목을 끌어들인 뒤 스스로 몸을 감춘 다음 북의 탑이라는 장소에 은거한 것이지."

그런가. 북의 탑마저 사나스의 자식들이란 말인가.

더욱더 저 사나스라는 존재가 두려워지기 시작했다. 그는 봉인되어 있는 상황에서도 그 세력을 이곳저곳에 널리 퍼뜨려 놓았던 것이다.

"아, 안 돼. 이건 말도 안 돼."

"왜 그러니? 이건 전혀 흉칙한 모습이 아니란다. 하찮은 인간들의 사고방식은 버려라. 우리는 선택받은 민족이니까."

"자, 뭘 꾸물대고 있는가! 어서 나를 인도하라는데도!"

아직까지 유일하게 인간의 모습을 하고 있는 키치가 그 말을 받았다.

"자, 모두 주의 명을 받들라!"

"와아아아아!"

나와 크라이스, 그리고 사나스와 키치를 제외한 모든 자들이 일제히 함성을 울리며 노도처럼 내가 있는 방향으로 달려들기 시작했다. 누런 뱀의 눈을 한 용인들과 푸르게 빛나는 눈동자를 가진 늑대인간들이 저마다 한달음에 내닫는 모습은 가히 압도적이어서 겨우겨우 몸을 추슬러 일어나려는 나로서는 도저히 감당해 낼 도리가 없었다.

결국 난 부끄러운 건 접어두고 도망칠 도리밖에 없었다.

제25장 결전의 그날

결전의 그날

나와 같은 힘을 지닌 수인들이 파도처럼 밀려드는 그 광경이란 내가 아무리 담이 크더라도 도저히 감당할 수 있는 종류의 것이 아니었다. 설사 내가 저들 중 몇을 감당한다고 쳐도 그건 널판지 하나로 해일을 막아보겠다고 설치는 정신병자의 그것과 다르지 않을 것이다.

정신없이 계단을 올라가 문을 열고 밖으로 나갔다. 하나 그 순간 또 다시 앞을 가로막은 수많은 사람들 때문에 발길을 멈추지 않을 수 없었다.

바로 영살검주와 그 부하들이 첨탑을 포위하고 있었던 것이다.

첨탑 아래에서는 고함 소리와 함께 수많은 수인들이 뛰쳐올라 오고 있었고, 눈앞에는 영살검주가 버티고 있는 상황.

그의 실력은 이전에도 경험해 보았지만 나보다 위였다. 물론 새로운 의지와 힘을 전해 받은 내가 이전보다 몇 배는 유리하지만, 여기서도 중과부적의 상황인 건 매한가지였다.

창백해진 안색의 안경잡이와 한쪽 팔을 붕대로 감고 있는 수문장. 그들 역시 영살검주의 뒤에 도열해 있었다.

"그대는 누구지?"

아마도 온몸을 갑옷으로 감싸고 있어서 나를 알아보지 못하는 것이리라. 하나 지금은 통성명 같은 걸 할 상황이 아니었다. 곰곰이 생각해보니 그들 또한 수인족이 아닌 이상 위험하기는 매한가지가 아닌가.

"도망쳐요!"

뜬금없는 말이기는 했으나 나로서는 그렇게 말할 도리밖에 없었다. 영살검주가 나를 이상한 눈으로 쳐다보는 건 당연한 일이었다.

그러나 설명하기엔 너무 급박한 상황이었다.

영살검주가 막 나에게 다시 반문하려던 순간, 첨탑의 문을 산산조각 내며 수인족들이 몰려나온 것이다.

밝은 곳에서 보니 그 형상의 기괴함이란 더 말할 필요가 없을 지경이었다. 온통 푸른빛을 내뿜는 비늘을 뒤집어쓴 채, 누런 뱀눈을 가늘게 뜨고 여신 혀를 쉭쉭거리는 용인들과 온몸을 은빛 털로 감싼 채 푸른 눈을 번뜩이며 날카로운 이빨을 번뜩이는 늑대인간들이 달려드는 모습이란 건 도저히 필설로는 형용할 수 없는 위압감을 지니고 있었던 것이다.

더 이상 꾸물거릴 겨를이 없었다. 나는 그대로 몸을 솟구쳐 맞대어 있는 내성 건물을 향해 내쳐 뛰어올랐다. 내 뒤를 쫓아온 수인들 역시 나를 향해 뛰어오르기 시작했고, 그들 중 몇몇은 얼이 빠져 말조차 제대로 하지 못하는 영살검주의 부하들을 덮쳤다.

"악마다!"

제아무리 잘 훈련된 병사라 할지라도 이 같은 상황에서 평정을 유지한다는 건 말이 안 되는 일이었고, 겁에 질려 뒷걸음질치는 영살검주의 부하들은 순식간에 수인족들의 제물이 되어버리고 말았다.

"겁먹지 마라! 크악!"

병사들을 독려하려던 어느 지휘관의 머리가 용인이 휘두른 손에 맞아 순간 박살나 버리고 말았다. 그렇지 않아도 겁을 집어먹은 병사들은 저마다 비명을 지르며 도망치기 시작했다. 물론 용기있게 그들과 맞서려는 자들도 있었으나 그건 너무나 허무한 결말을 내고 말았다.

영살검주의 부대로도 도저히 승산이 없다는 것을 깨닫자 나는 그대로 내쳐 성을 빠져나가려고 하였다. 나를 향해 다가드는 두 명의 용인과 늑대인간을 힘겹게 쓰러뜨리고 나서야 결정한 일이지만.

하나 막 도망치려는 찰나 문득 한 광경을 목격하고 말았다.

바로 아스트리스 공주가 겁에 질린 채 창문가에 서서 휘청거리는 모습이었다.

사나스와 수인족들이 가장 증오하는 것은 바로 무왕 칼스의 후손, 바로 현 왕실이 아닌가.

내가 무슨 왕실에 절대적인 충성심을 가진 것도 아니고, 그렇다고 공주에게 무슨 특별한 감정을 품고 있는 것도 아니었으나 지금 저대로 놔두면 그녀는 세상에서 가장 고통스러운 형태의 죽음을 맞이하게 될 것이 뻔했다. 그들이 섬기는 신의 부활의 기치로 그녀의 목이 걸릴 것이고, 그녀의 육신 또한 철저히 유린될 것이 뻔했다. 나는 자비심이 넘치는 사람도 아니지만 그렇다고 그런 걸 뻔히 내버려 둘 만한 냉혈한 사람도 아니었다.

바로 생각을 정리하자마자 다시 몸을 솟구쳐 단숨에 그녀가 있는 곳을 향해 뛰어올랐다. 그리고 그녀가 비명을 지르든 말든 다짜고짜 그녀의 허리춤을 나꿔챈 뒤 죽어라고 성벽을 넘어 도망치기 시작했다.

그리고 내가 성벽을 넘는 그 순간 지평선 너머에서 자욱하게 먼지가 일며 뿔피리 소리가 울려 퍼지기 시작했다.

지축을 울리며 질주하는 기마대의 함성. 그건 아무리 바보라도 군대의 함성이라는 걸 바로 알 수 있을 만한 것이었다.

도대체 누가?

그러고 보니 아까 전령 하나가 급하게 들어오는 모습을 보기는 했지만, 저렇듯 급하게 일단의 군대가 들이닥칠 줄은 몰랐다.

하지만 조금 생각해 보니 그 해답은 어렵지 않게 얻을 수 있었다.

지금 여기서 군대를 몰고 나타날 자는 단 두 명, 바로 데런과 리필린느 남작뿐이었으니까.

그러나 그들이 과연 지금 저 미쳐 날뛰는 수인들을 상대할 수 있을까?

어려운 일이었다. 방금 전 영살검주의 부하들이 어떻게 되었는지 똑똑히 눈으로 본 나로서는 그렇게 단정할 수밖에 없었다.

그들은 일반 병사라고 보기 어려울 정도의 능력을 갖추고 있는 정예 중의 정예였다. 하나 방금 전 그들의 모습은 마치 전장에 처음 나선 소년병의 그것보다 나을 것이 하나도 없었다. 공포라는 것이 얼마나 무서운 것인지 여실히 보여주는 모습이기도 했지만, 그만큼 수인족의 병사들이 얼마나 강한가를 알려주는 대목이기도 했다.

저 병사들이 리필린느의 병사이든 데런의 병사이든 간에 지금 이곳을 들이닥친다면?

어느 편이든 몰살을 면하기 어려울 것이다. 일단 성 바로 앞을 제외하고는 모조리 우거진 숲으로 둘러싸여 있었고, 일단 숲속에서의 전투가 되면 기마대는 저들을 상대로 아무런 소용이 없었다.

일단은 어떻게 되든 저들에게 지금 이 사태를 알려야 한다.

결정이 내려지자 더 이상 주저하지 않고 다시금 몸을 날려 숲 속을 질주하기 시작했다.

그러나 잠시 동안 머뭇거린 것이 화근이었을까.

어느 틈엔가 수인족의 병사 몇이 나를 따라붙은 상태였다.

거의 얼이 빠져 있던 아스트리스 공주는 기괴한 형상의 수인족 병사들이 바람처럼 내 뒤를 따라붙자 자지러지는 듯한 비명을 지르기 시작했다.

"꺄아아악!"

아무래도 곱게만 자란 공주님에게 이런 광경은 악몽이라고밖에 생각되지 않았을 것이다. 나 역시도 나을 것은 하나도 없었지만.

그런데 무언가 잊고 온 듯한 기분이 드는 건 또 왜일까.

하지만 길게 생각할 여유가 없었다. 어느 틈엔가 뒤쫓아온 수인족들이 일제히 공격을 시작했기 때문이다.

아무래도 장애물이 많은 숲 속이다 보니 그들보다 속력이 떨어질 수밖에 없는 데다 허리춤에 아스트리스 공주까지 들고 있는 상황이었기에 바로 따라잡히고 만 것이다.

용인이 셋, 늑대인간이 넷.

공주를 허리춤에 안은 채 한 손으로 싸우기에는 어림도 없는 숫자였다.

하나 싸우고 안 싸우고를 내가 판단할 수 있는 상황도 아니었다.

어느 틈엔가 앞지른 늑대인간 하나가 느닷없이 내 앞을 가로막은 것이다. 그리고 순간 당황하여 발이 엉킨 나를 향해 대뜸 검을 휘두른 것이다.

발이 엉킨 상황이라 쉽게 피해낼 수 없는 상황이었으나 그렇다고 순순히 그 검을 맞아줄 수도 없었다. 주시자의 무구가 제아무리 좋다고 해도 저 무지막지한 힘을 감당할 수 있을지 의문스러웠던 것이다.

비틀거리는 김에 아예 통째로 몸통 박치기를 시도했다. 원래 그 늑대인간도 내 발걸음만 멈추려던 의도였던지 그 공격은 그대로 들어가 박혔고, 질풍같이 달려들던 내 속도 때문에 그자는 저만치 나가떨어지고 말았다.

하나 덕분에 그자의 의도는 성공한 것이나 다름없었다. 도망치던 속도가 줄어 순식간에 수인들에게 포위당해 버린 것이다.

이렇게 되어버리면 싸우고 싶지 않아도 싸울 수밖에 없다. 하지만 공주를 옆구리에 끼고 있는 상황에서 과연 일곱이나 되는 수인족들과 제대로 싸울 수 있을까.

어려운 일이었다. 하지만 그렇다고 그냥 날 잡아 잡수 하고 목을 내놓을 생각은 털끝만큼도 없었다.

공주를 내려놓은 후 소울 브레이커를 고쳐 잡는다. 최악의 경우 공주를 포기해야 할지도 모른다. 특별히 왕실에 반감을 가지거나 한 것은 아니지만, 그렇다고 내 목숨 바쳐 가며 충성하고 싶은 생각도 없었다.

공주 역시 나의 그런 생각을 눈치 챈 것인지는 몰라도 내가 손을 놓자 나에게 찰싹 달라붙는다. 그런데 공주의 키가 이렇게 작았던가. 어째서 내 어깨 정도밖에 되질 않는 것이지?

하지만 그런 잡념을 떠올릴 상황이 아니었다.

자신들이 수적으로 우세하며 힘 또한 별반 차이가 나지 않는다는 것을 깨달았는지, 주위를 둘러싼 수인족들이 일시에 달려든 것이다. 그리고 그와 동시에 공주가 떠나갈 듯한 비명을 지르며 나에게 매달렸다. 그 탓에 순간 나는 타이밍을 잃어 검을 휘두를 기회를 놓치고 말았다.

순식간에 일곱 개의 저마다 다른 병장기가 나를 덮쳐 온다. 내가 아무리 용기가 있는 사람이었다 할지라도 그 광경에는 버티어낼 재간이 없었고, 얼결에 나는 공주를 감싸며 땅에 엎어져 버리고 말았다.

그리고 마침내 나의 몸에 저들의 무기가 떨어져 내렸다.

하나 그건 예상했던 만큼 강한 충격을 내게 선사하지 못했다.

주시자의 변형된 모습이 그만큼 효과가 뛰어난 것이었을까?

아니었다. 거기엔 다른 이유가 있었다.

이상하게 생각한 내가 고개를 살며시 들었을 때 내 주위에 두 발을 딛고 서 있는 수인족은 단 한 명도 없었던 것이다.

그리고 어리벙벙한 채로 조심스레 고개를 드는 내 앞에는 너무나 눈에 익은 한 명의 여인이 서 있었다.

바로 이뮤시엘이었다.

게다가 그녀는 혼자도 아니었다. 엔지, 휴리엘을 비롯하여 내가 알지 못하는 수많은 자들이 그녀의 등 뒤에 도열해 있었다. 특징이라면 그들 모두의 눈빛이 풀려 있다는 정도일까.

"역시나 막지 못했군."

이미 예상했었다는 듯한 말투. 사람으로 하여금 은근히 짜증이 솟구치게 하는 말투였으나 당장 내 생명을 구한 것이 그녀였기에 난 아무 말도 하지 못하고 가만히 그녀의 말을 들을 수밖에 없었다.

"그래도 제파엘과는 대면한 모양이군. 하긴 그 정도만도 대단한 일이지."

제파엘?

"그게 누구죠?"

"제파엘보다는 무왕 칼스라는 이름으로 더 널리 알려진 인물이지."

그, 그런! 무왕 칼스조차도 주시자였단 말인가!

하지만 그건 예상된 답변인지도 몰랐다. 한낱 인간의 몸으로 신이라는 초월적 존재를 봉인할 수도 없는 일이고, 주시자의 무구를 사용할수도 없었을 테니.

"아무튼 버러지들이 난리를 피우고 있으니 청소를 시작해야겠군. 그런데 그 여자는 누구지?"

"저, 저는……."

아스트리스 왕녀는 그제야 정신을 차린 듯했지만, 우리를 둘러싸고 있는 무표정한 얼굴의 사람들에게 기가 질렸는지 제대로 말을 잇지 못했다.

물론 이뮤시엘은 그런 그녀의 말을 끝까지 들어줄 만큼 마음이 넓지도 않았다.

"그만. 또 어디서 울고 있는 여자를 보고 그냥 넘어가지 못한 모양이군. 이 여자가 바로 오아실의 공주라는 그 여자인가?"

"네."

이미 다 알고 있으면서 또 무슨 확인이람.

"흠, 골치 아픈 짐을 떠안았군. 할 수 없지. 그 여자는 네가 데리고 오도록."

"데리고 오라니, 무슨 말이죠?"

"사냥을 시작해야 한다는 말이다. 모두 출발. 너도 바로 따라와."

그녀의 말이 떨어지기가 무섭게 그녀의 주위에 서 있던 냉막한 표정의 사람들이 일시에 모습을 감춘다.

저들은 누구일까 하는 질문이 떠올랐으나 그 해답 또한 바로 떠올릴 수 있었다. 바로 엔지와 휴리엘의 모습 때문이었다.

그들은 바로 퍼핏이었다.

이전에도 그랬지만 왜 죽은 사람들의 몸을 저처럼 자기 멋대로 사용하는지에 대해 의문을 품어왔었는데 이윽고 그 의문이 풀린 것이다.

이뮤시엘은 오래전부터 지금과 같은 사태를 예견했고, 수인화한 저들에게 맞설 군대를 만들고 있었던 것이다.

퍼핏, 죽어버린 자들을 이용한 생체 인형.

단순히 시체를 이용해 만든 언데드와는 분명히 다른, 생전의 기술과 능력에 힘과 민첩성을 극대화시킨, 전투만을 위한 인형.

죽어서도 자유로워지지 못한 불행한 사람들.

하나 이전에 누군가 그랬던 것처럼 죽어버리면 모두 그저 고깃덩어리일 뿐인지도 모른다.

저 엔지는 나와 함께 울고 웃던 그 엔지가 이미 아닌 것이다.

몇 번이나, 몇 번이나 그렇게 그녀를 볼 때마다 되뇌이건만 어째서 난 그녀의 그림자에서 자유롭지 못한 걸까.

단순한 죄책감이었을까.

자낙 또한 스스로 인형이라 칭했으면서도 결국 자유로워지지 못했던 그 그림자. 단순히 모습이 닮았다고 치부하기엔 너무나 큰 가슴의 상처인 것일까.

모르겠다. 그리고 지금은 그런 걸 따질 여유가 없다.

이 모든 것이 철저한 각본에 의해 짜여진 것이라면 나 역시 그 말판을 떠도는 장기말로서 이 모든 것의 결말을 보아야 할 의무가 있다.

그것이 주시자의 운명인지도 모른다.

하지만 그전에 지금 나에게 매달려 벌벌 떨고만 있는 공주를 그녀가 있던 원래의 위치로 돌려놓아야겠지.

그녀는 단지 자신의 사랑을 위한 도피를 하려 했던 것뿐이니까.

사랑의 도피라…

어찌 보면 우습기도 하고, 또 한편으로는 부럽기도 하다.

하지만 역시 나와는 거리가 먼 단어이겠지.

"아스트리스 공주님."

특별히 그녀나 왕실에 대해 존경이나 충성을 가진 것도 아니고, 제드밀란처럼 레이디를 존중해야 할 의무도 없는 나였지만 내 인생 거의 대부분 동안 그렇게 길들여졌기 때문일까, 저절로 존칭을 쓰게 되는 건 단지 타성에 젖어서일까.

"일단 공주님은 피신시켜 드리겠습니다."

"네?"

이뮤시엘이 움직였다는 건 그만큼의 확신이 있어서일 것이다. 퍼핏이라면 나도 몇 번 싸워본 적이 있긴 하지만, 솔직히 저 미쳐 날뛰는 수인족의 군대와 싸워 이길 거란 확신은 별로 들지 않았다. 그러나 그녀가 사냥이니 청소니 하는 단어로 이 싸움을 표현했다면 거기엔 그만큼의 자신감이 있어서일 것이다. 그녀를 좋아하진 않지만, 아니, 실상 거의 증오하는 것이나 다름없지만, 그녀가 자신감을 가지고 행동한다면 그건 믿어도 충분할 것이다. 적어도 그녀는 나처럼 운명에 휘말려드는 자가 아닌, 운명 자체를 부수어 버리고도 남을 자이니까.

공주가 멍하니 고개를 들어 나를 보는 것을 외면하고 다시 그녀의 허리를 낚아채 번쩍 안아 올린 후 저 멀리에서 엄청난 먼지구름을 일으키며 달려오는 군대를 향했다. 저것이 데런의 군대이든 리필린느의 군대이든 그런 것은 아무 상관이 없었다. 어느 쪽이든 공주를 홀대할 이유는 없으므로.

입을 꼭 다문 채 숲을 벗어나 황야를 달린다. 그리고 문득 예전에도 이와 같은 일이 있었음을 떠올린다. 물론 그때 내 품 안에 있었던 것은 엔지였다. 그리고 지금과는 몸도 마음도 달랐다.

어느 쪽이 더 행복한 것일까. 그저 아무것도 모르고 얼결에 얻은 힘에 우쭐대던 애송이와 운명이라는 파도에 정면으로 도전하는 애송이 중에.

모르겠다. 어쩌면 이 싸움이 끝난 후 그 윤곽이 조금은 보이지 않을까.

바뀌어진 몸 때문인지는 모르겠지만, 아니, 그만큼 상념의 시간이 길었던 것인지도 모르겠지만 어느 틈엔가 나는 그들의 얼굴을 볼 수 있을 만큼 근접해 있었다.

"멈춰라!"

이전이라면 감히 이런 모습 상상이나 했을까. 위풍당당하게 황야를 질주하는 기마대의 앞에 버티어 서서 그들을 가로막는 모습이라니.

하긴, 예전에 그랬다면 그들은 그냥 날 무시하고 그대로 짓밟고 지나가 버렸겠지.

아무튼 그들은 나의 외침을 듣고는 서서히 속력을 줄였다. 그리고 중장갑으로 몸을 감싼 한 명의 기사가 앞으로 나왔다.

"그대는 누구인가?"

역시나 변해 버린 주시자의 무구 때문에 다른 자들이 알아보는 데

무리가 있었을 것이다. 그나저나 저 목소리는 귀에 익군. 누군지 알 만한데.

"그건 알 필요 없고, 그대는 왕실의 기사인가, 아니면 영살검주의 부하인가?"

사실 별로 필요없는 일인지도 몰랐으나 그래도 어느 편에 넘긴 것인지는 알아둬야겠기에 그렇게 물은 것이다. 아니, 그것도 사실은 별 상관 없는 일일까.

"우리는 영예로운 왕실의 기사, 왕명을 받잡고 역적을 토벌하러 가는 중이다. 이제 그대의 성명을 밝혀라."

"왕실의 기사라면 이분을 모를 리 없겠군."

그러면서 그녀를 내려놓았다. 그녀는 정신없는 질주에 안색이 파리해진 채 내 품에 얼굴을 기대고 있었고, 내가 내려주자 비틀거리며 여전히 나에게 기대려 들었다.

"아스트리스 공주님?"

나에게 말을 걸던 그 기사는 그녀의 이름을 부르며 자신의 투구를 벗었다. 역시 짐작했던 대로 그는 리필린느 남작이었다.

"남작? 당신이 어떻게……."

공주 역시 그를 알아보는 데 별 지장은 없었나 보다.

그들의 재회야 어찌 되었든, 나로서는 지금 이 순간 그가 어떻게 영살검주의 안마당인 이곳에 와 있는지부터가 의문이었다.

하나 그것도 별로 어려운 수수께끼는 아니었다. 슬며시 투구의 앞부분을 들어 올리는 리필린느의 부하들의 면면 중에 루스와 제드밀란이 있었던 것이다.

"그런 것이었나."

물어볼 필요도 없는 일이었다. 처음부터 나 같은 애송이를 공주 구출 작전이라는 명목 하에 파견한다는 자체가 이상한 일이었으니까. 남작은 나를 미끼로 해서 저 두 기사로 하여금 영살검주의 본성을 염탐케 하고자 했던 것이다. 의도한 바는 아니었으나 무안의 성 내부 설계도를 얻었으니 그들로서는 임무를 다 한 셈이고.

어디 남의 손에 놀아난 것이 한두 번인가. 이젠 분노의 감정이 피어오르지도 않는다.

"남작, 당신의 지모는 과연 대단하군요. 아니, 책략이 더 어울리겠지만. 어쨌든 당신이 원하는 대로 공주를 넘겨 드릴 테니 이만 돌아가시는 것이 좋을 겁니다."

좋게 말한다고는 했지만, 어딘지 모르게 비꼬는 듯한 말이 되어버렸다. 하지만 나로서도 뒤틀린 심사를 완전히 감춘다는 건 너무 힘든 일이었다.

"무슨 소리지?"

"당신들마저 죽게 만들고 싶진 않습니다."

"당신들마저?"

훗, 과연 이뮤시엘이 볼 때마다 뜻 모를 소리를 하는 기분을 알 만하다. 내 말에 어리둥절하는 저 꼴이라니.

"난 분명히 경고했습니다. 자세한 건 공주님에게 물어보십시오."

더 이상 볼일은 없다.

그렇게 생각되는 순간 나는 다시 몸을 돌려 무안의 성을 향해 달려갔다. 이뮤시엘의 말에 따라야 할 의무는 없었으나 나를 원망스레 바라보는 공주의 표정에서 내가 지금까지 잊고 있었던 게 무엇인지 깨달았기 때문이다.

엘리스, 그녀를 잊고 있었다.

어쩌면 그녀라고 칭하는 것조차도 우스운 일인지 모른다. 실제로 그녀는 남자였던 때도 있으니까. 그리고 솔직히 지금 모습도 본모습인지 의심스럽고.

사실 의심스러운 것이 어디 한두 가지인가. 단지 도적 길드를 오래 지켰다는 것만으로는 설명하기 어려울 만큼 너무나도 주변 정세에 능통한 데다 도무지 도적 길드에까지 전해지지 않았을 듯한 정보까지 모두 알고 있는, 사실상 이뮤시엘과 함께 내 주변의 사람들 중 가장 비밀스러운 존재.

차라리 주시자라는 정체를 알고 있는 이뮤시엘이 나을지도 모른다.

하나 그런 점을 다 제외시키더라도 지금까지 그녀만큼 헌신적으로 나를 보살핀 사람이 또 있을까.

이 말도 안 되는 가출 여행 내내, 아니, 그녀를 알게 되어 함께 지낸 이래로 그녀의 도움을 받지 않은 것이 무엇인가를 세는 편이 더 빠를 것이다.

그런데 나는 정작 중요한 때에 그런 그녀를 저 수인족들이 날뛰는 성안에 그대로 버려두고 온 것이다.

아무리 뛰어난 그녀일지라도 그건 인간의 관점에서 볼 때의 얘기다. 신이니, 용인이니, 늑대인간이니 하는 도무지 상식적으로 생각할 수 없는 존재들 틈에서 그녀가 얼마나 버티어낼 수 있을까.

언제나 나 자신이 바보 같다고 느꼈건만 이번만큼 다시 그걸 절실히 느낀 적은 없었다. 정작 중요한 인물은 놔두고, 엉뚱하게 공주나 구출해서 나오다니.

어쩌면 후세의 사람들은 저 혼란한 아수라장에서 공주를 구출한 이름 모를 기사에 대한 환상을 만들어낼지도 모른다. 물론 그걸 리필린느 남작이 허용한다는 전제 하에서의 얘기겠지만, 남작 혼자 나를 본 것이 아니니 혹시 모르는 일이지.

훗, 얼결에 나타난 의문의 기사와 소름 끼치는 수인들 틈바구니에서 그에 의해 구출된 아리따운 공주라……. 쿡쿡, 어쩌면 모든 전설들은 다 이렇게 얼떨결에 만들어진 것이 아닐까?

그렇게 실없는 생각을 떠올리며 달려가고 있을 때 갑자기 무엇인가가 공중으로부터 떨어지는 모습이 눈에 들어온다.

아니, 그것은 단지 시작에 불과했다.

마치 비가 내리듯 후두둑 떨어지는 살점과 피들.

끔찍한 일이었지만 왠지 모르게 그거 바라보는 나 자신은 별 감정이 일어나지 않았다.

성과 그 성의 상공, 그리고 성 주위의 공터는 이미 모두 그렇게 피에 물들어가고 있었다.

사냥? 그렇다. 이건 사냥이었다. 단지 사냥하는 자도 사냥당하는 자도 정해지지 않은, 그저 미친 듯이 눈이 띄는 상대를 도살하는 그런 사냥.

퍼핏이든 수인족이든 서로 자신의 몸이 어떻게 되든 상관하지 않고 그저 죽이는 일에만 몰두하고 있었다.

원래부터 죽음에 대한 공포가 없는 것이 당연한 퍼핏, 그리고 광기에 절어버린 수인들. 누가 더 낫다고 말할 수 있을까.

문득 수인족 하나가 나를 향해 달려든다. 피로 얼룩진 은빛 갈기를 휘날리는, 이런 상황이 아니었다면 충분히 아름답다고 느낄 만한 그런 모습의 늑대인간이었다.

광기로 물든 푸른 눈, 검마저 팽개치고 인간인 것조차 잊었는지 날 카롭게 선 이빨과 발톱을 들이밀며 나에게 덤벼든다. 정말로 짐승이 되어버린 것처럼.

무감각해진 나의 팔이 어느샌가 들어 올려지고 있었다. 그리고 미친 듯이 달려드는 늑대인간을 위에서 아래로 단호하게 내려쳐 버린다.

인간으로서 인간을 죽였다는 죄책감 같은 것, 느껴지질 않았다. 왜 일까. 왜 이렇게 되어버린 걸까.

반으로 갈라져 희뿌연 뇌수와 부글거리는 피를 내뿜는 늑대인간의 사체 또한 아무런 의미가 없는 그냥 고깃덩이로만 보인다.

왠지 웃음만 나온다. 이렇게 간단히 끝나는 생명이라니. 종이를 찢는 것보다도 더 쉽다니.

무엇 때문에 그들은, 아니, 우리는 이토록 아등바등 살았을까.

이기는 쪽도 지는 쪽도 없었다. 늑대인간 하나가 쓰러지며 동시에 퍼핏 하나가 박살났다. 그리고 그와 동시에 그 퍼핏을 공격하던 용인의 허리가 다른 퍼핏의 도끼에 두 동강이 난다.

애초에 이뮤시엘의 목적은 바로 이것이었을까. 그래서 새로운 주시자들을 대거 탄생시키기보다는 이미 죽은 자들을 일깨운 것일까.

왠지 허탈한 기분에 엘리스를 구해야 한다는 것도 잠시 잊고, 그 아수라장을 바라만 보고 있을 때, 문득 퍼핏도 수인도 아닌 일단의 사람들이 그들의 싸움을 피해 이리저리 몰리는 광경을 보게 되었다.

더 이상 인간이 아닌 존재들 사이에서 방황하는 인간들의 모습이라.

어찌 되었든 그들도 지금 벌어진 이 사태의 불운한 희생자들임에는 틀림없었다.

자신들이 어째서 이런 일을 당해야 하는지도 모르고 죽어버린다는 건 너무 불행한 일이었다.

어느 틈엔가 난 이미 그들을 향해 달려들고 있었다.

퍼핏이든 수인족이든 눈에 띄는 모든 것을 죽이라는 명이라도 받은 것인지 닥치는 대로 살육을 벌이고 있었다. 그런 그들 앞에 한때는 용맹한 병사였을 저들의 힘은 너무나 미약해 보였으나, 그들은 이를 악문 채 한 사람이라도 더 살아 나가기 위하여 악다구니를 치고 있었다.

"크악!"

또 한 사람이 용인의 일격에 팔 하나를 떨구며 자지러지는 듯한 비명을 지른다. 최후의 일격을 가하기 위해 그 용인이 다시금 손을 치켜드는 찰나 고통스러워하는 병사 앞에 내가 나섰다. 그리고 놀랄 사이도 없이 소울 브레이커를 휘둘러 용인의 머리를 날려 버렸다.

순간 소울 브레이커에 스미는 희뿌연 빛.

"누, 누구?"

한데 뭉쳐 수인과 어디에선가 나타난 정체 불명의 존재, 퍼핏을 피해 도망치던 병사들은 갑자기 나타나 자신들을 돕기 시작한 이상한 괴인, 바로 날 경이로운 눈빛으로 쳐다보기 시작했다.

부담스럽다. 부담스럽다.

하나 그 부담스러움이 나의 어깨를 짓누를수록 나의 손에 쥐어진 소울 브레이커는 더욱 신들린듯 춤을 추며 그들을 향해 덤벼드는 존재들을 무참하게 짓이겨 버렸다. 이미 살인에 대한 죄의식 같은 건 내 머리 속에 없었다.

난 이기적이니까.

"빌어먹을. 멀거니 볼 틈이 있으면 조금이라도 더 움직여서 얼른 이 지옥에서 나가 버리란 말이다!"

화낼 일이 아니었음에도 나도 모르게 그렇게 소리치고 있었다.

그들은 나의 말에 움찔하며 저마다 다시금 성을 등지고 달리기 시작한다. 그리고 그들이 안전해질 만하다고 여겨질 때까지 나는 계속 그들을 향해 덤벼드는 수인과 퍼핏을 박살 냈다.

"당신은 누구십니까?"

문득 그렇게 물어보는 자도 있었으나 나는 대답하지 않았다.

이 피 튀기는 전장에서 나 혼자 휘두르는 검이 얼마나 큰 영향을 미칠 수 있겠는가. 영웅이니 용사니 그 딴 건 이미 아무런 상관이 없었다. 어쩌면 나로 인해 벌어진 것인지도 모를 이 사태에서 한 사람이라도 더 구해내는 것이 중요했다. 이제껏 나를 보살피고 도와준 엘리스를 찾아내야만 했다.

생각이 이어진 끝에 경황 중에 잊고 있었던 일이 다시 생각났다. 그것은 바로 엘리스였다.

어쩌면 엘리스는 이미 죽었는지도 모른다. 그녀는 의식이 벌어지던 광장 안에 있었다. 크라이스야 그 태생이 원래 수인이었으니, 그리고 그 어머니가 수인족의 높은 지위에 있으니 별 상관 없겠지만 엘리스는 그런 것도 아니었다.

정신없이 바깥을 헤맸으나 이미 인간의 형체를 한 것은 정신없이 돌아다니며 닥치는 대로 움직이는 것을 공격하는 퍼핏들뿐이었다.

이미 늦은 걸까.

사나스가 부활한 지하 광장에도, 내성 안 어디에도 엘리스의 모습은 보이지 않았다. 죽었다면 그녀가 입고 있던 옷 조각 하나라도 보여야 하건만, 그녀의 푸른 머리카락 한 올이라도 보여야 하건만 아무것도 찾을 수가 없었다.

사실상 이 광기로 절어버린 아수라장에서 그녀가 살아남는다면 오히려 그게 기적일지도 몰랐다. 단 하나 희망을 가져 보는 건 지금까지 그녀가 보여주었던 모습 이외에 다른 무언가가 더 있지 않을까 하는 기대뿐.

아무도 없는 것마냥 묵묵히 그 전장의 한가운데를 걷고 있는 와중이었다.

"흑흑흑……."

귀곡성? 왠지 섬뜩한 느낌을 주는 여자의 울음소리. 지금 이 피에 얼룩진 대지와 아주 잘 어울리는 소음이기는 했지만 그것이 일단 여자의 목소리였기에 내 주의를 끄는 데 부족함이 없었다.

내 뒤에서 창을 들이대는 용인 하나를 돌아보지도 않은 채 슬며시 창끝을 피한 후 그 머리통을 갈라 버린 다음, 급히 그 울음소리가 들려오는 곳으로 몸을 날렸다.

하나 일말의 기대를 걸었던 것과는 반대로 그곳에서 눈물을 뿌리고 있는 것은 키치였다.

그녀는 한 남자를 품에 안은 채 쪼그리고 앉아 하염없이 눈물만 흘리고 있었다. 그런 그녀의 앞에는 예의 새도우 골렘 한 마리가 주인을 지키듯 버티고 서 있었다.

그러나 내가 그녀 앞에 섰음에도 골렘도 그녀도 움직일 생각을 하지 않았다. 그저 들릴 듯 말 듯 혼자 중얼거리고 있는 게 다였다.

"이런 게, 이런 게 아니었어……."

그녀의 품에 안긴 남자를 살펴보았다. 잔뜩 피가 엉겨 붙은 은빛 머리카락과 훤칠한 장신의 체구. 그리고 무언가 갈구하듯 꽉 움켜쥐고 있는 한 자루의 장검.

바로 영살검주였다.

확실히 그는 인간 중에서 손꼽히는 강자였으나 첨탑에서 미친 듯이 폭주하며 달려오는 수인족들과 정면으로 맞부딪쳤으니 어쩌면 지금의 모습은 당연한 것인지도 몰랐다. 적어도 그의 강함이란, 인간들 중에서나 통용되는 것이니까.

강하다라는 말 자체의 상대적 의미. 나는 영살검주의 주검 앞에서 그 의미를 다시 한 번 되새길 수밖에 없었다.

키치, 아무리 모략에 능하고 사람 기만하기를 즐기던 그녀라 할지라도 그에 대한 감정만큼은 진실된 것이었단 말인가. 원래대로라면 이 모든 일의 원흉인 그녀를 여기서 끝장내는 것이 순서이리라.

하나 난 아직 사랑하는 이를 잃고 오열하는 여인을 향해 검을 휘두를 만큼 마음이 모질지 못했다. 아니, 그건 어쩌면 대항할 수 없는 여자를 향해 검을 휘두르기 싫다는 내 오만의 소치였을지도 모른다. 그러나 묵묵히 돌아서는 내 어깨도 가볍지만은 못한 것 또한 사실이었다.

"네년도 그 암캐의 종인가."

"그런 셈이지."

어디선가 들려오는 또 다른 대화.

그것은 다름 아닌 사나스와 이뮤시엘의 대화였다.

잠시도 조용할 틈이 없는 아수라장 속에서도 웬일인지 둘의 목소리는 또렷하게 나에게 전달되고 있었다.

이 아수라장을 정리하기 위해선 사나스가 사라져야 한다.

하나 나의 힘으로 초월적 존재인 신에게 대항할 수 있을까?

이미 한번 검을 휘둘러 보았다가 근처에도 가보지 못하고 나가떨어지지 않았던가.

일단 기다려 볼까?

이뮤시엘이 저처럼 자신만만하게 나선 것에는 무언가 이유가 있을 테니 기다려 보는 게 좋지 않을까?

하지만 이뮤시엘은 나를 그렇게 구경하도록 가만히 두지 않았다.

―내가 사나스의 방어를 무력화시키면 그 순간 네가 소울 브레이커로 찔러라.

마치 귓가에 대고 소곤대는 듯한 목소리. 분명 이뮤시엘의 것이었다.

어디서 나에게 말을 하는 걸까.

생각보다 그들을 찾는 것은 어렵지 않았다. 내성의 옥상 언저리에서 은은한 서기가 퍼져 나오고 있었던 것이다. 내가 알기로 저런 빛을 뿜어낼 수 있는 것은 단 하나, 사나스뿐이었다.

곧장 몸을 솟구쳐 내성 옥상으로 뛰어올랐다. 예상대로 그곳엔 사나스와 이뮤시엘이 마주 서 있었다.

"흠, 또 다른 종이로군. 하나 저 녀석의 힘은 이미 시험해 봤지. 저 녀석을 기다렸던 거라면 넌 실수한 것이다."

"아니, 예전에도 그랬듯이 넌 저 검 아래 무릎을 꿇게 될 것이다."

"하하하! 왜, 소멸이라도 시켜보겠다는 건가? 이전에 제파엘조차도 하지 못했던 일이다. 그걸 저 녀석이 할 수 있을 거라 생각하는가?"

"하나만 알고 둘은 모르는군. 제파엘이 하지 못했기에 그가 할 수 있는 것이다."

"…무슨 소리지?"

"그것까지 세세하게 알려줄 필요는 없지 않겠나."

말을 마친 이뮤시엘은 더 이상 대화할 필요가 없다는 듯이 바람을 일으키며, 아니, 그녀 자신이 한줄기 폭풍이 된 것처럼 상대를 향해 짓쳐들어가고 있었다.

문득 그 모습에 한 가지 생각이 떠오른다.

그들이 싸우고자 하였다면 벌써 싸움이 시작되었을 것이라는 점.

그렇다면 정말로 이뮤시엘은 나를 기다린 것인가?

내 손 안에 들린 이 검만이 저 초월적 존재인 사나스를 매장시킬 수 있는 유일한 방법이고?

그렇다면 어째서 아까 전에는 그처럼 맥없이 내가 패퇴한 것일까.

—그건 간단하다. 넌 아직 의지를 이어받았을 뿐, 그 의지를 완전히 이끌어내지 못하고 있는 것이다.

어디선가 다시 또 속삭이는 목소리.

쉴 새 없이 몸을 번뜩이며 사나스의 방어를 뚫기 위해 주먹과 발을 내던지듯 퍼붓는 저 와중에도 나에게 이렇게 말을 걸 여유가 있다는 건가?

—그런 걸 따질 여유가 없다. 네 스스로 그걸 깨우치지 못한다면 내가 이끌어내는 수밖에.

뭐지? 갑자기 무언가가 내 온몸에서 이글거리며 타오르는 듯한 착각이 들었다. 아니, 그건 단지 느낌뿐만이 아니었다. 실제로 나의 몸, 어차피 변이해 버린 주시자의 무구로 둘러싸여 있는 몸이었지만, 아무튼 그 몸 전체가 푸르다 못해 흰 불꽃으로 이글거리며 타오르기 시작한 것이다.

그리고 그 순간 내 온몸은 주체할 수 없는 힘으로 가득 찼다.

—이것이 바로 시간의 여신이 무구에 남겨둔 의지. 바로 신의 힘이다.

신의 의지를 인간의 힘으로 받아들인다는 것은 너무나 고통스러운 일이었다. 금방이라도 온몸의 세포 하나하나가 전부 말끔히 재로 화해 버릴 듯한 충격. 그대로 정신이라도 잃어버릴것만 같았으나 순간 내 머리 속을 꿰뚫는 한 가지 생각이 있었다.

그건 다른 말로 오기라고 해도 좋을 만한 것이었다.

"이대로, 이대로 당신들 멋대로 하게 둘 순 없어!"

입술을 깨물었다. 무언가 찝찔한 것이 배어 나온다. 하나 그 정도 고통으로는 이 항거할 수 없는 무언가에 대적하기에는 너무나 미약했다.

무언가 다른 것이 필요했다. 다른 것이!

무엇 하나 내 뜻대로 해본 것 없는 인생이었다. 지금 이 순간도 그저 다른 자들의 의지로 멋대로 놔둬도 상관은 없었다. 하나 마지막이 될 지도 모르는 순간에서조차, 내 뜻대로 죽지 못한다는 건 도저히 용서할 수 없는 일이었다.

그렇다. 내게 필요한 것은 의지. 단순히 자신감이나 용기 같은 것은 부수적인 것이었다. 한때 그런 것들을 의지라고 생각했던 적도 있었으나 그건 엄연히 다른 것이었다. 의지라는 것은 나의 뜻, 내가 하고자 하는 바를 이루려는 것. 그리고 그걸 위해 나의 모든 것을 바치는 것.

내가 지금 이 순간 바라는 것은 무엇인가!

쉽지 않은 질문이다. 하나 해답은 이미 오래전부터 나와 있었다.

스스로의 운명을 개척해 나가는 것. 그 한 가지뿐.

언제나 남에게 기대어 살았던 나 자신.

그 자신을 버리고 이제 진정으로 스스로 이 세상의 파도를 헤쳐 나가는 것.

다른 자들의 의지가 감히 나에게 범접하지 못하게 하는 것.

그리고 마침내 내 스스로 자랑스러울 만한 인간이 되는 것.

마음속으로 그렇게 울부짖는 순간, 내 온몸을 짓누르던 고통은 순식간에 눈 녹듯 사라져 버리고 만다.

나를 짓누르던 다른 이의 의지 같은 건 이미 사라져 버리고 난 후였다.

하나 그것이 기쁘게 느껴지지도 않는다.

모든 것이 고요했다.

오히려 아무것도 들리지 않았다.

그리고 내 시야에 들어오는 것은 오직 하나 메프의 몸을 빼앗은 채 이뮤시엘의 연속된 공격을 비웃고 있는 사나스.

그를 향해 천천히 걸어간다.

순간 모든 세상이 캄캄해진다.

사나스의 몸에서 피어오르던 서기조차 수그러든다.

그에게 특별히 증오심이 인다거나 하지도 않는다.

다만 그는 이 세상에 있어, 그리고 나의 인생에 있어 불필요한 존재라는 것만 각인될 뿐.

그는 사라져야 한다.

착한 토미? 훗, 난 이제 더 이상 위선자도 아니다.

난 이기적인 인간일 뿐이다.

"이, 이 녀석은 도대체!"

코앞까지 다가들고 나서야 사나스는 나의 존재를 알아차린다. 그리고 이제껏 볼 수 없었던 강렬한 빛을 온몸에서 폭사시켰지만, 그 빛은 나의 몸에 닿기도 전에 스러져 버린다.

그의, 그녀의 것을 훔친 그의 눈이 경악으로 물든다.

그 눈동자에 나의 시선을 포개며 그 몸에 검을 찔러 넣었다.

"크아아아악!"

그의 입을 통해 희뿌연 무언가가 뛰쳐나오려 하였지만, 멀리 가지도 못하고 내 주위에서만 이리저리 우왕좌왕할 뿐이었다.

깃들어 있을 때는 검으로 베었다지만, 이처럼 손에 잡히지 않는 존재는 무엇으로 베어야 할까.

하나 그 생각을 끝맺기도 전에 갑자기 내 의지와 반대되는 힘이 내 몸 안에서 증폭됨을 느꼈다. 그리고 놀랄 사이도 없이 그 힘은 순식간에 내 모든 감각을 삼켜 버렸다.

에필로그

에필로그 |

　"끝났군."

　순간 벌어진 엄청난 폭발에 무안의 성이 붕괴되고, 그 언저리에서 싸우던 수인들과 퍼핏들마저 모두 전멸해 버린 모습을 한 여인이 무너져 버린 벼랑 위에서 바라보고 있었다.

　구름 한 점 없는 푸른 하늘을 그대로 실로 자아놓은 듯한 머릿결과 숨어버린 구름을 억지로 끌고 와 치장한 듯한 흰 살결.

　그녀의 이름은 바로 엘리스였다. 지하 광장에서 모습을 감추었던 그녀가 어찌하여 이런 자리에서 마치 구경 나온 소녀마냥 저 폐허가 되어버린 무안의 성을 바라보고 있는 것인가.

　"길고 긴 싸움이었지만, 이제야 끝난 것이군."

　알 수 없는 말 한마디를 중얼거리며 뒤돌아서려던 그녀는 순간 멈칫하며 걸음을 멈춘다.

그녀의 눈앞에 어느샌가 또 다른 인물 한 명이 서 있었던 것이다.

다 타버려서 오그라든, 예전에는 무척이나 화려하게 빛났었을 불타는 듯한 금발. 그리고 그 빛을 잃어버린 머릿결 아래, 붉게 익어버려 이전의 모습조차 잘 생각나지 않을 만큼 흉하게 변해 버린 얼굴.

하나 엘리스는 그 사람이 누구인지 너무나 잘 알고 있었다.

"살아 있었나, 뮤즈."

그녀를 뮤즈라는 애칭으로 부를 수 있는 자가 과연 몇이나 될까. 아니, 이뮤시엘이라는 그녀의 제대로 된 이름이라도 알고 있는 자가 과연 몇이나 될까.

"예."

끔찍하게 고통스러울 것임에도 불구하고 이뮤시엘은 아무런 기색도 내비치지 않은 채 무릎을 꿇는다.

"죽지 않았군."

마지막에 토미가 일으킨 폭발, 그곳에 가장 가까이 있던 이뮤시엘이 이렇게나마 살아 있다는 것이 놀라운 듯한 표정. 그러나 이뮤시엘은 여전히 표정의 변화 없이 천천히 대답했다. 어쩌면 표정을 만들어내기 어려울 만큼 화상을 입은 것인지도 몰랐다.

"마지막으로 해야 할 일 때문에……."

"마지막으로 해야 할 일?"

이뮤시엘의 임무는 세상의 모든 불멸자를 사라지게 하는 것. 그녀의 이름조차 소멸이라는 의미였다. 그리고 그 이름을 지은 것이 바로 엘리스였다.

"세상의 모든 불멸자를 사라지게 하는 것. 당신이 내게 주신 제일의 과제."

"불멸자? 이제 사나스가 소멸했으니 아무도 남지 않았잖는가."

"당신이 남았습니다, 시간의 여신이여."

그렇다. 엘리스의 정체는 바로 시간을 돌아보는 초월자였던 것이다.

"무슨 소리인가? 너를 만든 창조자에게 위해를 가하겠다는 말인가? 더군다나 나는 이미 신성을 버린 지 오래이다. 이젠 여느 인간과 다름없단 말이다."

하나 이뮤시엘은 가만히 고개를 저었다.

"불멸하는 인간이란 존재하지 않습니다."

그리고 천천히 몸을 일으켰다.

그와 동시에 그들의 주위에 불에 타다 만 퍼핏들이 줄줄이 늘어서기 시작했다. 당황하여 주위를 돌아보던 엘리스는 한줄기 남은 여유를 미소로 피워 올린다.

"웃기지 마라. 네가 날 어쩔 수 있다고 보는가? 세상에 내 아바타가 될 존재는 얼마든지 있고 이 몸이 사라지더라도 난 얼마든지 그들의 몸으로 옮겨갈 수 있다."

하나 이뮤시엘은 당연히 예상했었다는 듯이 대답했다.

"물론 그렇습니다. 그래서 전 지난 수십 년 동안 당신의 아바타가 될 수 있는 자들을 암살했습니다. 바로 이 성에 오기 전까지도. 더 이상 당신이 옮겨갈 인간은 이 세상에 남아 있지 않습니다."

"뭐, 뭐라고……?"

경악하여 말조차 제대로 잇지 못하는 엘리스를 향해 이뮤시엘은 천천히 무릎을 꿇었다.

"그럼… 이 세상 마지막 남은 불멸자에게 경의를."

에필로그 2

10년 후.

"이상으로 세미나를 모두 마칩니다."

왕립 대학이란 건 단순히 왕실에서 재정적인 지원을 한다는 의미만을 지닌 것은 아니다. 이것은 왕실에서 다음 세대를 이끌어 나가기 위한 인재들을 등용하기 위하여 설치한 교육 기관이며, 따라서 이곳에서 우수한 성적을 내는 자는 곧 창창한 미래가 보장되어 있다는 의미이기도 하다.

하나 모든 분야의 우수 학생에게 그런 특전이 돌아가는 것은 아니다. 이를테면 역사학과 같은 분야는 아무리 좋은 대접을 받아봐야 왕립 도서관 사서 외에는 할 일이 없다.

올해로 스물다섯인 로즈마리 베라크루스가 주위의 반대를 물리치고 역사학도가 된 건 다른 이유가 아니었다. 지나간 세월을 탐구함으로써 현재를 잊기 위함이었다.

어찌 본다면 그건 역사학을 연구하는 자의 기본 소양으로서는 너무나도 동떨어진 얘기일는지도 모른다. 게다가 그녀가 그토록이나 닮고 싶어하지 않았던, 이미 실종된 지 10년이나 지나 버린 오빠와 닮아가는 일이란 것 또한 그녀는 잘 알고 있었다.

"수고했어, 로즈."

지금 세미나 실 문앞에서 그녀를 기다리고 있는 이 청년의 이름은 루스 필리로제스. 이미 서른을 훌쩍 넘긴 나이이건만 여전히 그의 얼굴엔 어린아이 같은 치기가 서려 있다. 물론 그것이 그의 본래 모습이 아닌 것은 그녀도 잘 알고 있지만.

그는 원래 반역 가문의 출신이었으나 십 년 전 리필른느 남작, 지금은 후작이라는 위치에 오른 그녀의 후견인이 이끈 원정에서 크나큰 전공을 세워 본래의 기사위를 돌려받고 현재는 기사단의 요직에 있는 사람이었다.

"별로. 배고파. 우리 뭐 먹으러 가자."

열 살이 가까운 나이 차이건만 로즈의 말투는 예나 지금이나 변함이 없다. 하긴 루스도 그걸 더 자연스러워하기는 하지만.

둘은 왕립 대학을 천천히 팔짱 낀 채로 빠져나왔다. 예전 같았으면 그냥 대학의 구내 식당에서 끼니를 해결했을 테지만, 오늘은 로즈의 첫 논문 발표회 날이니만큼 특별한 저녁을 맞이하고 싶은 것이 둘의 심정이었다.

"세미나는 어땠어?"

"그냥 뭐, 그럭저럭. 요즘 같은 시대에 옛날 영웅에 대한 연구 같은 게 사람들 흥미나 끌겠어?"

"그런가?"

문득 둘 사이에 대화가 끊긴다.

화려하지는 않지만 왕실 기사단의 것이 분명한, 그것도 꽤나 높은 요직에 있음을 상징하는 커프스가 달린 약식의 갑옷을 입은 기사와 왕립 대학에서 시간 강사이기는 하지만 강의를 하고 있는 여인의 모습이란 건 언제나 주위의 이목을 집중시키기에 충분한 것이다.

둘의 외모가 특별히 뛰어난 것은 아니지만 그들이 가진 배경이 다른 사람으로 하여금 다시 한 번 뒤돌아보게 만드는 힘을 가지는 것이다.

"나 보러 올 때는 그 갑옷 좀 벗으라니깐."

조금은 짜증 어린 말투로 투덜거리면서도 루스를 힐끔거리는 여인들에 대해 시위라도 하는 것마냥 그의 팔을 더욱더 끌어안는 로즈. 루스는 그런 그녀가 너무나 사랑스러워 그저 씨익 웃고 만다.

그들이 어느 순간 갑자기 이런 연인 관계가 된 것은 아니었다. 로즈의 오빠 토머스가 남작이 내린 임무를 수행하던 도중 실종되자 그 소식을 알리게 된 것이 루스였다. 그 이전부터 안면이 있던 사이이기도 했기에 그리한 것이지만, 그것이 인연이 되어 오랫동안 서로를 다독이는 관계가 된 것이다.

지금에서야 누구라도 함부로 넘볼 수 없는, 왕실 근위대 제2기사단장이라는 직책과 왕실 기사단 총사령관 리필린느 후작의 오른팔이라는 위치에 있지만, 루스로서도 지난 십 년간은 그리 평탄한 길이 아니었다. 반역자 가문의 자손이라는 오명과 권력자에게 빌붙는 쓰레기라는 비난을 감수하며 지금에 이르게 된 것이다. 그리고 그 모든 힘겨운 일을 버티게 만든 데는 로즈의 공이 적지 않았다.

같이 자란 오빠가 실종되어 그 행방조차 묘연하게 되어버렸다는 건 로즈에게도 큰 충격일 수밖에 없었다. 언제나 오빠를 험담하기 바쁜 그녀였으나 실상은 오빠에게서 자신의 내면을 보고 있었는지도 몰랐다. 그런 오빠가 사라지고 천하에 의지가지 하나 없이 동떨어진 기분이 된 순간 이전부터 어느 정도 호감을 가지고 있던 루스가 접근해 왔으니 둘의 관계가 이렇게 된 것도 무리는 아니리라.

물론 둘 사이가 이렇게 급진전한 건 얼마 되지 않은 일이었다. 어느 정도 호감을 가지고 있고, 서로 눈치를 채고 있는 상황이기는 했으나 일단 나이 차이가 많았고, 루스도 로즈도 그다지 기반이 닦여 있지 않은 상황인지라 서로의 마음을 털어놓기 어려웠던 것이다. 그러던 것이 지난해 마침내 루스가 왕실 근위대의 기사단장 중 하나로 임명되면서 모든 상황은 하루아침에 급진전되었다.

"벌써 10년이네……."

문득 무심한 듯 중얼거리는 로즈의 말. 물론 루스 역시 그게 무얼 뜻하는 것인지 알고 있었다.

"그렇군."

언제나 그녀의 오빠 토머스를 생각하면 둘은 이렇게 조용해지고 만다. 하지만 오늘은 특별한 날이니만큼 그런 기분에 젖어들고 싶지 않았다. 적어도 루스는 그랬다.

"그 얘기 들었어?"

"무슨 얘기?"

전에 없던 일인지라 로즈가 동그랗게 눈을 뜨고 바라본다. 루스는 이 얘길 해야 할까 말까 고민하다가 마침내 결심하고는 천천히 입을 열었다.

"그 왜… 10년 전 그날, 공주님을 구했던 흑기사의 얘기 알아?"

그것은 기사단 사이에선 꽤 유명한 얘기였다. 10년 전 영살검주 토벌에서 단신으로 공주를 구출하고 마물들을 섬멸하던 전설적인 용사의 얘기. 남자라면 누구나 한 번쯤은 꿈꾸어보았을 그런 전설이었다. 더군다나 이렇듯 전설과 동떨어진 시대를 사는 그들에게는 어쩌면 절실할지도 모르는.

"음, 들어본 적이야 있지."

사실 들어보지 못했다면 그게 간첩일 것이다. 아니, 간첩일수록 그런 풍문에는 더 익숙한 법인지도 모르지만.

"근데 그게 사실은 토머스일지도 모른다는 얘기가 있어."

"에? 설마."

하지만 그건 사실 오랫동안 루스가 품어왔던 의심이다. 실제로 그 흑기사를 본 몇 안 되는 기사 중에 하나가 바로 그였으니까.

그의 체격과 몸집 때문에 몰랐지만, 곰곰이 나중에 생각해 보니 목소리가 왠지 토머스를 닮았었다.

"시답지 않은 농담은 그만두고, 빨랑 뭐 좀 먹자니까. 두 시간 내내 떠드는 게 얼마나 힘 빠지는 일인 줄 알아?"

"알았어, 알았다구."

에필로그 3

　한적한 교외의 어느 숲.

　아직 문명이 제대로 개척되지 않은 태초의 모습 그대로가 간직되어 있는 숲이다. 보통 이런 시절에 숲이 이렇게 제모습을 가지고 있기도 힘든 일이다. 시도 때도 없는 수인족들의 침입과 치안 혼란을 틈타 기승을 부리는 산적들 때문이다. 그들이 숲에 불을 지르거나 하는 일도 문제였지만, 그런 그들을 막아내기 위해 성채를 쌓고 요새를 만드는 일에 더 많은 나무가 희생되곤 한다. 그런 상황에서 이렇게 그 모습을 온전히 보존하고 있는 숲이라는 건 그런 위협이 없는 지역이거나, 또는 귀족들의 사냥터 둘 중 하나였다. 그중에서도 이 숲은 두 번째에 속했다.

　"이햐!"

　채찍 소리가 울려 퍼지며 한 명의 기사가 말을 달린다. 물론 사냥에 나선 상태이기에 일반적으로 떠올리는 번쩍거리는 판금 갑옷 같은 건 착용하지 않고 있다. 그저 간편한 튜닉에 가죽 장화를 신고 화살과 활을 등에 멘 그런 모습이다.

요란하게 짖어대는 사냥개들에게 몰린 사슴은 어찌할 바를 모르며 그 큰 눈을 희번덕거리는 모습으로 열심히 도망치고 있다. 하지만 사슴은 알아야 했다. 자신은 사냥당하기 위해 키워진 존재라는 것을.

어쩌면 지금의 이 모습은 현재 왕국에서 살아가는 사람들의 모습을 그대로 풍자하기에 전혀 부족함이 없는 모습인지도 몰랐다. 아무것도 모르고 시달리는 평민들과 그들을 쪼아대는 관리들, 그리고 그들 위에 군림하며 평민들에게서 짜낸 혈세를 즐기는 권력자들.

그러나 그런 오만 가지 생각 같은 건 당장 목숨을 위협받는 사슴에게 있어서는 아무런 도움이 되지 않는 일이다. 설사 누군가 지나가던 평민이 그 모습을 보고 자신의 처지와 비교하여 울분을 일으키고, 그 분노를 지금 활 쏘며 즐거워하는 귀족에게 퍼붓는다 할지라도, 그는 귀족의 장원에 함부로 침입한 범죄자가 되어 형벌을 받을 뿐이리라.

더욱이 지금 저 기사는 사냥감을 맞추는 것에서 즐거움을 느끼는 것이 아니라 달아나는 사슴의 애처로운 모습에서 즐거움을 느끼는 중이니까.

그리 못생긴 얼굴도 아니고 오히려 호남이라고 할 만한 인상이었다. 하나 그 외모와는 달리 지극히 방탕하고 음탕하여 온갖 못된 짓이라는 못된 짓은 다 벌이고 다니는 것이 바로 그였다. 지금 사슴을 쫓는 저 모습만 보더라도 그가 얼마나 변태적인 인간인지 알 수 있지 않을까.

그렇다고 해서 그를 나무라거나 하는 사람 따위는 존재하지 않았다. 비록 예전에 비해 권위가 많이 떨어졌다고는 하지만 그는 엄연히 국경 방위를 책임지고 이 지역을 맡은 변경백의 아들이었으니까.

하나 죄악을 쌓으면 그만큼 돌려받는 것이 하늘의 도리여서였을까, 아니면 그저 지독히 운이 나빠서였을까. 갑자기 마른하늘의 날벼락이 떨어져 그의 정수리를 그대로 후려갈긴 것이다!

꽈과광!

멀찍이서 그의 주위를 둘러싼 채 혹여 있을지도 일에 대비하고 있던 그의 호위병들은 갑자기 일어난 그 같은 변괴에 기겁을 하여 자신들의 주군을 향해 허겁지겁 모여들었다.

그들이 이 망나니 공자를 특별히 사모하고 충성하기 때문이 아니었다. 만약 그의 몸에 무슨 탈이라도 생기는 날에는 당장에 그들의 모가지부터 분노한 백작의 검에 날아가 버릴 것이기 때문이었다.

"공자님!"

그야말로 목숨이 걸린 상황인지라 저마다 급히 달려가 손발을 주무르고 인공호흡을 한다, 심장 마사지를 한다 법석을 떤다. 하지만 당사자는 잠시 정신을 잃었다가 마치 잠에서 깨듯 부스스 일어나 버린다.

불행 중 다행이라고 큰 탈은 없어 모가지는 건사했지만, 그래도 사고를 당한 것임에는 틀림없는지라 이후에 돌아올 문책을 생각하며 호위병들이 땀을 흘리는 순간 공자의 입이 열렸다.

"누구세요?"

"네?"

이럴 수가. 이게 무슨 변괴란 말인가?

공자가 자신들을 놀리는 것이 아니라면 지금 이 질문은 도대체 어떻게 해석해야 한단 말인가.

전에 없이 천진한 눈빛, 정말 아기의 눈빛이라고 해도 좋을 만한 아무것도 모르는 그런 눈빛을 하고 자신들을 바라보는 공자의 모습에서 호위병들은 다시금 절망을 느껴야 했다.

'죽었다……'

개중에는 눈물까지 흘리는 사람도 있었지만, 공자로서는 모든 게 어리둥절할 뿐이었다.

악랄한 면도 있었지만 그래도 귀족들 세계에서 살아가기엔 충분할 정도로 머리는 좋았는데, 순간 바보가 되어버린 것 같은 이 모습이라니……. 호위병들로서는 호랑이 같은 백작에게서 어떤 불호령이 떨어질지 전혀 예상조차 할 수 없었다.

호위병들의 난리법석과 함께 공자는 곧 영문도 모른 채 들것에 실려 성안으로 이송되었다.

하지만…

지금 일어난 이 모든 일들을 지켜보는 한 사람이 있다는 걸 그들은 알지 못했다. 그 사람은 불타는 듯한 금발의 머릿결을 허리까지 늘어뜨린 한 명의 여인이었다.

"역시 왔군, 토머스. 아니, 이젠 칼스라고 불리워야 하는 건가?"

잠시 공자 일행이 사라진 너머를 말없이 지켜보던 그녀는 영문 모를 말 한마디를 남긴 채 태고의 숲 속으로 소리없이 사라졌다.

"불쌍한 녀석."

그것이 공자를 말하는 것인지, 아니면 다른 누군가를 말하는 것인지는 오직 그녀만이 알고 있으리라.

〈완결〉